QUERIDO VECINO

QUERIDO VECINO

PENELOPE WARD

Traducción: Lidia Rosa González Torres

ITANIA
Argentina • Chile • Colombia • España
Estados Unidos • México • Perú • Uruguay

Título original: *Neighbor Dearest*
Editor original: Penelope Ward
Traducción: Lidia Rosa González Torres

1.ª edición Julio 2023

ISBN: 978-84-19131-20-1
E-ISBN: 978-84-19699-11-4
Depósito legal: B-9.713-2023

Fotocomposición: Ediciones Urano, S.A.U.
Impreso por Romanyà Valls, S.A. – Verdaguer, 1 – 08786 Capellades (Barcelona)

Impreso en España – *Printed in Spain*

PRÓLOGO

Cuando su coche se detuvo delante de nuestro bloque, se me hundió el estómago. Simplemente lo supe. Las últimas semanas habían sido como si se hubiera estado gestando lentamente una tormenta. No me preguntes cómo, pero por alguna razón mi corazón sentía que esta noche iba a romperse en un millón de pedazos.

De todas formas, se había ido rompiendo poco a poco.

Elec no había sido el mismo desde que volvió del funeral de su padre en Boston hace varias semanas. Algo lo había cambiado. Había puesto todas las excusas del mundo para no acostarse conmigo. Así es. Mi novio, el amor de mi vida, el que tenía un apetito sexual voraz, de repente dejó de desearme. Fue como si un interruptor se hubiera apagado dentro de él. Esa fue la primera pista que obtuve, pero hubo otros signos que indicaron que el chico que creía que era mi alma gemela había dejado de quererme.

Desde que volvió, se pasaba las noches escribiendo como un loco en vez de venir a la cama; hacía cualquier cosa para evitarme. Sus besos, que solían estar llenos de pasión, ahora eran simplemente tiernos, a veces castos.

Aunque sabía *qué* estaba pasando, no tenía ni idea de *cómo* o *por qué* había sucedido. Había *creído* que me amaba. Lo había sentido durante mucho tiempo. Era genuino. Entonces, ¿cómo pudieron cambiar las cosas tan rápido?

La puerta se abrió lentamente. Mi cuerpo se puso rígido y me senté en el borde de la cama, me preparé para lo peor.

Elec se quitó las gafas y las dejó sobre el escritorio. A continuación, despacio, deslizó las manos con nerviosismo dentro de los bolsillos. Dudaba que fuera a volver a sentir esas manos acariciándome el cuerpo. Tenía los ojos rojos. ¿Había estado llorando en el coche? Entonces, llegaron las palabras que comenzaron a deshacer toda la confianza que había tenido en mi propio juicio.

—Chelsea, por favor, quiero que sepas que he hecho todo lo posible para no hacerte daño.

El resto fue un revoltijo, enmascarado por la enormidad del dolor y la tristeza que se me acumulaban en el pecho y que me adormecían el cerebro.

No sabía cómo iba a recuperarme de este dolor, cómo iba a volver a confiar en el amor. Porque realmente creía que me amaba. Creía que el amor era indestructible.

Me equivoqué.

I
OÍDO SUPERSÓNICO

Mi hermana pequeña es toda una teatrera. Literalmente. Jade es actriz de Broadway.

Aplaudió a los estudiantes que acababan de presentarse con valentía a la prueba de *Joseph and the Amazing Technicolor Dreamcoat*.

—¡Habéis hecho un gran trabajo hoy! Mañana haremos el reparto de los papeles y empezaremos el primer ensayo. ¡Esto va a ser épico!

Jade había venido al Área de la Bahía de San Francisco para visitar a nuestra familia durante una semana y se ofreció como voluntaria en el centro juvenil donde yo trabajaba. Como no había tiempo suficiente para producir una obra entera, Jade decidió dirigir a los niños y niñas durante una escena clave del musical, el cual se representaría este fin de semana.

Me encantaba mi trabajo como directora de arte en el Centro Juvenil de Mission. Era lo único que me iba bien en la vida. El único inconveniente era el hecho de que estas paredes estaban atormentadas por los recuerdos de mi ex, Elec, que solía ser consejero juvenil aquí. Así fue como nos conocimos. A él también le encantaba su trabajo, hasta que lo dejó para poder mudarse a Nueva York después de nuestra ruptura. Se mudó para estar con *ella*. Sacudí la cabeza para alejar los pensamientos sobre él y Greta.

Jade agarró su bolso.

—Tengo que volver a tu casa para usar el baño y comer algo rápido.

Me acababa de mudar a un nuevo apartamento que estaba a pocas manzanas de mi trabajo. Había finalizado el contrato de alquiler del piso que compartía con Elec, situado al otro lado de la ciudad. A pesar de que mi ex, tras haberse mudado, estuvo mandándome su mitad del alquiler para lo que quedaba de contrato, estaba deseando dejar ese lugar; cada rincón me recordaba a él y a los miserables meses que le siguieron a nuestra ruptura.

Mi apartamento estaba en el centro-sur de District Mission. Me encantaba la cultura de mi nuevo barrio. Las calles estaban repletas de cestas con productos frescos y de toda una variedad de cafeterías. También era la meca de la cultura latina, lo cual era genial, excepto por el hecho de que me recordaba a Elec, que era medio ecuatoriano. Por todas partes había pequeños recuerdos de él que me rompían el corazón.

Jade y yo paseamos por la acera, y nos paramos en un puesto de fruta para que se pudiera comprar algunas papayas para un batido de media mañana que pensaba hacerse en mi apartamento. También acabamos comprándonos dos cafés para llevar.

Mientras caminábamos, doblé la tapa de mi café hacia atrás.

—Bueno, hermanita, nunca pensé que estaríamos en la misma situación al mismo tiempo.

A Jade la había dejado su novio músico hacía poco.

—Ya. Pero la diferencia es que yo siento que tengo muchas más distracciones en la vida que tú. No es que no piense en Justin. No es que no me ponga triste, pero las funciones me mantienen tan ocupada que es casi como si no tuviera tiempo para darle vueltas, ¿sabes?

—Te dije que he estado recibiendo sesiones de terapia telefónicas, ¿verdad?

Jade le dio un sorbo a su café y luego negó con la cabeza.

—No.

—Pues sí. Encontré una psicóloga especializada en traumas por relaciones fallidas, pero está en Canadá. Hacemos sesiones telefónicas una noche a la semana.

—¿Te está siendo de ayuda?

—Siempre ayuda hablar de las cosas.

—Ya. Pero no te ofendas, no pareces estar mejor. De todas formas, puedes hablar con Claire o conmigo. No tienes por qué pagar una fortuna para hablar con una extraña.

—La noche es el único momento que tengo para hablar con alguien.

Tú actúas por la noche, y Claire está demasiado enfrascada en ser una recién casada feliz. Además, a ella nunca le han roto el corazón. Escucha, pero no lo entiende.

Nuestra hermana mayor, Claire, se casó con su novio del instituto. Aunque las tres estábamos muy unidas cuando éramos más jóvenes y vivíamos cerca de Sausalito, siempre me sentí más cómoda abriéndome con Jade.

Cuando llegamos a mi edificio, mi hermana se detuvo para sentarse en uno de los bancos que había en la esquina del patio vallado.

—Vamos a sentarnos un rato y a terminarnos el café. —Su mirada se desvió por el césped hacia mi vecino, que iba sin camiseta—. Vale... ¿quién es el guapo de la gorra que está pintarrajeando la propiedad?

—¿Qué te pasa con las gorras?

—Justin solía llevar una. Por eso me encantan. ¿No es triste?

—*Es* triste.

—Lo dice la chica que todavía duerme con la camiseta de su ex.

—Es cómoda. No tiene nada que ver con Elec —mentí. Era lo único que me permitía de él. Me ponía triste, pero la llevaba de todas formas.

—Entonces... ¿quién es ese?

No sabía cómo se llamaba, pero de vez en cuando lo veía pintando con espray a lo largo del muro de hormigón que rodeaba la propiedad. Servía como un lienzo enorme. Su pintura con espray era arte auténtico, estaba claro que no era lo que se consideraría un simple grafiti. Se trataba de una elaborada mezcla de imágenes celestes y geográficas. Iba añadiendo poco a poco diferentes obras de arte a la pared. Estaba sin concluir todavía. Mi suposición era que tenía intención de pintar toda la circunferencia de la propiedad, tanto como le permitiera el espacio de la pared.

—Vive en el edificio, en la puerta de al lado, de hecho.

—¿Qué está haciendo? ¿Le permiten hacer eso aquí?

—No lo sé. La primera vez que lo vi aquí, pensaba que estaba vandalizando la propiedad. Pero a nadie parece importarle ni lo detiene. Cada día, añade algo al mural. La verdad es que es bastante bonito. Pero no coincide con su personalidad.

Jade sopló su café.

—¿A qué te refieres?

—No es una persona muy agradable.

—¿Has hablado con él?

—No. Simplemente no es simpático. He intentado hacer contacto visual, pero pasa de largo. Tiene dos perros grandes, y son bastante malos. No paran de ladrar. Los pasea todas las mañanas.

—A lo mejor es como un *savant*. Ya sabes, se le da muy bien el arte. O tal vez es un genio con habilidades sociales limitadas. ¿Cómo llaman a eso...? ¿Asperger?

—No. Se comunica bien. He visto cómo les gritaba a algunas personas. Estoy bastante segura de que no tiene eso. Simplemente no es simpático. No tiene Asperger. Es imbécil, nada más.

Jade se rio.

—Creo que deberías pasarte por su casa con unas magdalenas calientes en una cesta. Es lo que debería hacer toda vecina. Tal vez se relaje... o te relaje *a ti*.

—¿Magdalenas? ¿En serio?

—Magdalenas, una tarta, da igual. Si yo viviera aquí, iría a tope. Pero *no* vivo aquí. Tú sí. Y necesitas una distracción. Yo digo... que él es una.

Admiré sus hombros anchos y su espalda bronceada y musculosa a medida que movía el bote de espray arriba y abajo con el brazo.

—Dios, ¿no te recuerda a Elec? Tatuaje en el brazo... pelo oscuro. Artista. Básicamente, es el *último* tipo de hombre que busco en este momento.

—Entonces, si alguien se parece en algo a Elec, ¿está automáticamente descalificado? ¿Está destinado a hacer lo mismo que hizo Elec? ¿Así es como piensas? Es un razonamiento estúpido.

—Puede que sea una tontería. Pero lo último que quiero es estar con alguien que me recuerde a él en lo más mínimo.

—Bueno, es una pena, porque Elec estaba tremendo, y este chico... está más tremendo aún.

—¿Puedes recordarme por qué estamos hablando sobre este tema? Ni siquiera me saluda. No se va a apuntar a esta versión ilusoria de *The Bachelorette*. No está interesado.

El Querido Vecino se secó el sudor de la frente de repente, se quitó la máscara que le cubría la nariz y la boca y echó los botes de espray en un saco negro con cordón. Se lo colgó del hombro y, justo cuando pensé que iba a alejarse y a irse del patio, empezó a caminar en nuestra dirección. Jade se enderezó y odié que se me acelerara un poco el pulso.

Sus ojos se centraron en mí. No diría que era una mirada furiosa, pero no estaba sonriendo. La luz del sol incidía directamente en sus ojos azules, que brillaban y destacaban contra su piel bronceada. Jade tenía razón; era increíblemente guapo.

—Las de arándanos son mis favoritas —dijo.

—¿Cómo?

—Las magdalenas.

—Ah.

Jade se rio por la nariz, pero permaneció en silencio, dejando que yo me llevara la peor parte de la humillación.

—Y no soy antisocial ni un *savant*. Solo soy un imbécil chapado a la antigua... con un oído supersónico.

Esbozó una sonrisita de satisfacción y se alejó antes de que pudiera decir nada.

Cuando estuvo lo suficientemente lejos como para que no pudiera oírnos, esta vez de verdad, Jade suspiró.

—Los chicos enfadados son los mejores en la cama.

—No puedes contenerte, ¿verdad? ¿No has hecho suficiente daño? Mira que siempre te digo que hablas fuerte cuando te piensas que estás susurrando. Ahora hay pruebas... a mi costa.

—Me lo agradecerás más tarde, cuando estés gritando en pleno orgasmo mientras el artista enfadado está con su Goya dentro de ti.

—Estás loca.

—Por eso me quieres.

—Ya.

2

ORGASMO ENTRE LADRIDOS

Una semana más tarde, Jade se había vuelto a Nueva York. Era increíble lo mucho que la echaba de menos ya. La única razón por la que no había ido a visitarla era que ahora Elec vivía allí con Greta. Aunque era muy poco probable que me encontrara con él, todavía no estaba preparada para visitar su territorio.

Artista Enfadado y yo llevábamos sin cruzarnos desde el incidente que tuvo lugar durante la visita de Jade. Aunque no lo había visto por los alrededores, sus perros me despertaban casi todas las mañanas ladrando como locos. Como trabajaba en el programa de la tarde del centro juvenil, tenía las mañanas libres. A menudo tenía problemas para dormir durante la noche y necesitaba las mañanas para recuperar el sueño.

Llegó un momento en el que ya no podía soportar los ladridos. Si un perro no ladraba, lo hacía el otro. La mayoría de las veces era un coro de aullidos al unísono. Me daba igual su intimidante atractivo; tenía que tratar el tema con mi vecino.

El martes por la mañana, me levanté de la cama y me puse una sudadera. Me apliqué un poco de corrector de ojeras antes de dirigirme a su puerta y llamar.

Abrió, llevaba una camiseta blanca ajustada. Tenía el pelo revuelto de haber estado durmiendo.

—¿Puedo ayudarte en algo?

—Necesito hablar contigo sobre los perros.

—¿Cómo? ¿No hay cesta con magdalenas?

—No. Lo siento. No tenía energía para hacer repostería, dado que no puedo dormir por los incesantes ladridos de tus animales.

—No puedo hacer nada con los ladridos. Lo he intentado todo. No se callan.

—¿Qué se supone que debemos hacer los demás mientras tanto?

—No lo sé. ¿Comprar unos tapones para los oídos?

—¿En serio? Debe de haber algo que puedas hacer.

—Aparte de ponerles un bozal, cosa que no pienso hacer, no, no hay nada. De todos modos, ¿los oyes ladrar ahora?

Por alguna razón, habían dejado de hacerlo.

—No. Pero es raro que estén así de callados por la mañana, y lo sabes.

—Mira, si quieres quejarte al propietario, adelante. No puedo detenerte. Pero no hay nada que pueda hacer para evitar que ladren que no haya intentado ya. Tienen mente propia.

—Bueno, pues entonces no me queda más remedio que hacerlo. Gracias por hacer que tenga que recurrir a eso. Gracias por nada.

Me alejé y escuché la puerta cerrarse tras de mí poco después.

Casi en el momento en el que volví a mi apartamento, los ladridos comenzaron de nuevo.

Recostada en mi cama, sabía que solo podía hacer una cosa que me ayudara a relajarme lo suficiente como para dormir en medio de los ladridos. A pesar de no querer recurrir a ello, me puse mis cascos reductores de ruido Bose sobre las orejas para bloquear parte del sonido. A pesar de que no se estaba reproduciendo música, fueron de ayuda. No obstante, yo dormía de lado. Solo eran una solución si me tumbaba de espaldas. Y la única vez que lo hacía era cuando me masturbaba. ¿Y por qué estaba pensando de repente en el artista enfadado? Por desgracia, la idea de tocarme evocaba al instante imágenes no deseadas de él. No quería pensar en él de esa manera. Era un imbécil; no se merecía ser el objeto de mi lujuria. Pero olía tan increíblemente bien, como a especias, a almizcle y a hombre. No tenemos control sobre lo que fantaseamos. El hecho de que fuera cruel e inalcanzable hacía que fuese mucho más probable que se convirtiera en el objeto de mis pensamientos prohibidos. Tal y como aprendí en clase de Psicología en la universidad, la supresión de pensamientos suele llevar a la obsesión. Si te dices a ti misma que no debes pensar en algo, entonces pensarás aún más en ello.

Deslizando las manos por mis pantalones, comencé a masajearme el clítoris. Dios, ni siquiera sabía cómo se llamaba. Esto era enfermizo, pero en este momento daba igual. Me lo imaginé sobre mí, penetrándome con furia. Todo el tiempo, el indicio de los ladridos se mantuvo de fondo mientras me movía hacia delante y hacia atrás hasta que alcancé uno de los clímax más devastadores que había experimentado en mi vida.

Me desplomé hacia atrás y conseguí dormir durante una hora.

El sol de media mañana entraba por la ventana. Al abrir mis ojos adormilados, me di cuenta de que los ladridos habían cesado. Los animales debían de haber salido a pasear.

Tenía un par de horas antes de ir a trabajar, así que decidí buscar el número de teléfono del propietario del bloque. Había una oficina de gestión en el edificio, pero la mujer que trabajaba allí era bastante descuidada. Como sospechaba que no se tomaría en serio mi queja, pensé en dirigirme directamente a la dirección. Solo había tratado con la mujer de la oficina de alquiler y nunca había hablado con el propietario.

Una búsqueda en Internet me llevó al nombre de D. H. Hennessey, LLC. Había un número de teléfono para ponerse en contacto, pero saltaba un buzón de voz general con un saludo automatizado. Quería hablar con alguien en persona, así que colgué sin dejar ningún mensaje. Me di cuenta de que la dirección que aparecía estaba en la primera planta de este edificio. Decidida a ir allí, me puse un vestido y unos zapatos y me peiné.

Llamé a la puerta, respiré hondo y esperé. Cuando la puerta se abrió, la imagen de él casi hizo que me desplomara.

Artista Enfadado estaba allí, sin camiseta y con esa maldita gorra otra vez. El corazón me latía con fuerza. El sudor le caía por el pecho cincelado, y juré que se me hizo la boca agua de verdad.

—¿Puedo ayudarte en algo? —Era lo mismo que me había preguntado cuando abrió la puerta de su apartamento. Esto parecía un *déjà vu*, un episodio de *La dimensión desconocida* o un mal sueño en el que no importaba qué puerta abriera, él estaría allí.

—¿Qué haces aquí?

—Es mi espacio.

—No. Tu apartamento está al lado del mío.

—Así es. Ese es mi apartamento. Este es mi *espacio*. Mi estudio de arte y gimnasio.

—Esta era la dirección que figuraba como la del propietario.

En su rostro se dibujó una sonrisa irónica. De repente, me sentí la persona más estúpida del mundo cuando caí en la cuenta: él era el propietario. Por eso el imbécil me había animado a presentar una queja formal.

—Tú eres D. H. Hennessey...

—Sí. Y tú eres Chelsea Jameson. Excelente crédito, buenas referencias... quejica crónica.

—Bueno, esto explica mucho... sobre todo el hecho de que eres capaz de salirte con la tuya pintarrajeando la propiedad y siendo un imbécil total con tus vecinos.

—Yo no compararía mi *arte* con pintarrajear la propiedad. ¿No te has fijado en todo este barrio? Es una meca del arte. El mío está lejos de ser el único mural. Y estás exagerando con lo de los perros. Así pues, ¿soy el verdadero imbécil en esta situación? Discutible.

Detrás de él, vi múltiples lienzos de obras de arte pintadas con espray, así como un banco de pesas y otros equipos de entrenamiento.

—¿Dónde están los perros?

—Están echándose la siesta.

—¿Los perros se echan la siesta?

—Sí. Se echan la siesta. Están recuperando el sueño porque tus quejas los mantuvieron despiertos esta mañana. —Sonrió. Eso hizo que me diera cuenta de lo mucho que le estaba divirtiendo esta conversación.

—Está claro que la D es de «Dios me hizo imbécil».

No respondió al momento, y se produjo un pequeño concurso de miradas antes de que dijera:

—La D es de Damien.

«Damien».

«Pues claro que también tenía que tener un nombre sexi».

—Damien... ¿como el de la película de *La profecía*? Encaja. —Miré a mi alrededor—. ¿Por qué pones este sitio como tu dirección para los inquilinos?

—Oh, no lo sé. Tal vez no quiero que los locos que me comparan con el anticristo se presenten en mi residencia a todas horas.

No pude evitar reírme un poco. Esto era una causa perdida.

—Muy bien, está claro que esta visita ha sido en vano, así que disfruta de tu entrenamiento.

Esa tarde, miembros de la Sinfónica de San Francisco visitaron el centro juvenil. Hicieron una pequeña actuación solo para nosotros. Ver las sonrisas de los niños y de las niñas mientras jugueteaban con los elegantes instrumentos fue otro recordatorio de lo mucho que me gustaba mi trabajo.

Mientras todos se concentraban en nuestros invitados, me di cuenta de que una de las adolescentes, Ariel Sandoval, estaba escondida agachada en un rincón con su móvil. Los dispositivos inalámbricos iban en contra de las normas del centro, ya que se suponía que este era un lugar para aprender. Los adolescentes con móviles tenían que dejarlos en una cesta en la recepción y recuperarlos a la salida.

—Ariel, ¿va todo bien? Deberías estar participando con el resto.

Negó con la cabeza.

19

—Lo siento. Sé que se supone que no debo tener el móvil. Pero lo necesito. Y no, no estoy bien.

Me senté junto a ella. Sentí el suelo frío contra el trasero.

—¿Qué pasa?

—Es Kai. Estoy mirando Facebook para ver si alguien lo ha etiquetado.

Su novio, Kai, también solía venir por aquí y jugaba en el equipo de baloncesto del centro. Era objeto de afecto de más de una chica. Cuando descubrí que Ariel y Kai estaban saliendo, me preocupó, no solo por sus edades (ambos tenían quince años), sino por la popularidad de Kai.

Así pues, no me sorprendió en absoluto cuando ella dijo:

—Creo que está viéndose con otra persona.

—¿Cómo lo sabes?

—Lleva desde la semana pasada sin venir aquí después de clase, y mi hermano me dijo que vio a Kai en el centro comercial con una chica.

Se me hundió el corazón. Quería decirle que lo más probable era que tuviera razón en cuanto a sus sospechas sobre él, pero no estaba segura de que estuviera emocionalmente preparada para oírlo.

—Bueno, no saques ninguna conclusión hasta que lo confrontes, pero está claro que deberías hablarlo con él. Es mejor saber estas cosas a que te tomen por sorpresa después. No querrás perder tu tiempo con alguien que no es honesto.

«Sabía de lo que hablaba».

Aunque técnicamente Elec no me había engañado a nivel físico, sí lo había hecho a nivel emocional. Ariel se limpió los ojos y luego se volvió hacia mí.

—¿Puedo preguntarte algo?

—Claro.

—¿Qué pasó entre Elec y tú?

Se me revolvió el estómago. No me esperaba que fuera a mencionarlo, y era una historia demasiado larga como para repetirla.

Elec solía ser el consejero juvenil favorito de todos. Cuando dejó el centro, los chicos se quedaron destrozados. Por aquí se sabía que éramos novios; a todo el mundo le encantaba.

—¿Lo que quieres saber es por qué rompimos?

—Sí.

Si iba a resumirlo todo en una sola frase, solo había una respuesta.

—Se enamoró de otra persona.

Ariel parecía confundida.

—¿Cómo puedes estar enamorado de una persona y simplemente enamorarte de otra?

«Ah. La pregunta del año».

—Yo misma estoy intentando entenderlo, Ariel.

—Recuerdo cómo actuaba contigo. Parecía que estabais enamorados.

—Yo pensaba que lo estábamos —susurré.

—¿Piensas que de verdad no te quería en absoluto... o era que simplemente quería más a la otra chica?

Era como si esta niña de quince años hubiera hurgado en mi alma y escogido la pregunta que más me había hecho a mí misma. Quería ser sincera con ella.

—No estoy segura de si hay distintos niveles de amor, o si que se fuera significaba que nunca me quiso del todo. No entiendo si es posible dejar de amar a alguien. Estoy intentando resolver todas esas preguntas. Pero la conclusión es que, si alguien te engaña, no te quiere.

Ella se quedó mirando a la nada.

—Sí.

Le di un toque con el hombro y sonreí.

—Aunque aquí va la buena noticia. Todavía eres muy joven, y te queda mucho tiempo por delante para encontrar al adecuado en el caso de que no sea Kai. Ahora mismo estás en una edad muy difícil, probablemente la etapa más difícil de tu vida. Tanto tú como él estáis con las hormonas revolucionadas y acabáis de descubrir quiénes sois.

—¿Y tú?

—¿Qué pasa conmigo?

—¿Has encontrado a otra persona?

—No. —Hice una pausa y me miré los zapatos—. No estoy segura de que vaya a encontrarla.

—¿Por qué no?

¿Cómo iba a destrozar las esperanzas de esta chica tan joven? ¿Cómo iba a admitir en voz alta que no creía que pudiera volver a confiar en otro hombre? Ese era mi problema personal, y me negaba a contaminarla con mi oscura nube de dudas.

—¿Sabes qué? Todo es posible, Ariel. —Sonreí.

Si tan solo me creyera mis propias palabras.

3

AGUJERO EN LA PARED

—Solo tengo un par de minutos antes de tener que maquillarme para la función, pero cuéntame qué pasa —dijo Jade.

Le había enviado un mensaje de texto a mi hermana hacía un rato: «No te lo vas a creer. Llámame».

Fue justo después de descubrir la identidad de mi casero.

—Bueno, ¿te acuerdas de Artista Enfadado?

—¿Te lo has tirado?

—¡No!

—Entonces, ¿qué?

—Resulta que... es el dueño del edificio.

—¿Qué dices?

—No es algo bueno.

—¿Por qué no? ¡A mí me parece genial! —contestó.

—¿Cómo va a ser genial? Ahora no voy a conseguir que esos perros se callen nunca.

—No, me refiero a que cuando empieces a tirártelo, no tendrás ni que pagar el alquiler.

—No me lo voy a tirar. Porque es un imbécil. Y aunque lo hiciera en algún universo paralelo... *no* dejaría de pagar el alquiler. Eso me convertiría en una aprovechada.

Se rio.

—Mmm.

—¿Qué pasa?

—¿Sabes? El sexo enfadado es el mejor sexo.

—Sí, ya lo mencionaste antes. No puedo decir que lo haya experimentado.

—Pues cuando lo tengas con... ¿Cómo se llama?

—Damien. Así se llama. No voy a tener sexo enfadado con Damien.

—¿Damien? ¿Como el de *La profecía*?

—¡Eso es lo que le dije! Lo mencioné cuando me dijo su nombre. No pareció muy contento.

—¿Cuándo parece estar contento por algo?

—Cierto —respondí, riéndome entre dientes.

—Aunque es sexi. Mierda... me están llamando. Tengo que irme.

—¡Mucha mierda!

—¡Tírate al casero!

—Estás loca.

—Te quiero.

—Yo también te quiero.

Las conversaciones con mi hermana siempre me ponían de buen humor.

Cuando faltaba una hora para mi sesión de terapia telefónica, decidí ir a comprar algo de comida para llevar. De camino a la planta baja, me encontré con Murray, el portero del edificio. Estaba barriendo las escaleras y silbando mientras el metal de las decenas de llaves que llevaba atadas a su cinturón tintineaba.

—¡Hola, Murray!

—Vaya, hola, preciosa dama.

—Normalmente no trabajas los martes.

—Estoy pasando por una mala racha. El jefe me ha dejado hacer algunas horas extra.

—¿Por jefe... te refieres a D. H. Hennessey?

—Sí. Damien.

—¿Sabes? Acabo de conocerlo. No tenía ni idea de que mi vecino antisocial de al lado que tiene unos perros que no paran de ladrar era en realidad el propietario.

Murray se rio.

—Sí, la verdad es que no hace publicidad de ese dato.

—¿Qué es lo que hace?

—¿Te refieres a cómo es que un chico joven como él es dueño de este lugar?

—Bueno, sí, eso, pero también ¿por qué es tan arisco?

—Ladra más que muerde.

—¿Sin doble sentido?

—Sí. —Se rio—. En el fondo Damien es buena gente. Me deja hacer horas extra siempre que lo necesito y es muy generoso en Navidad. Aunque a veces parece tener un palo metido por el culo.

—¿Un palo? Más bien un poste. —Resoplé.

—Algunos días, sí. Pero oye, gracias a él tengo comida que llevar a la mesa, así que no voy a ser yo quien diga esas cosas. —Murray guiñó un ojo.

—Tiene bastante talento —dije—. Eso se lo reconozco.

—También es inteligente. Créeme. Se rumorea que se graduó en el MIT.

—¿El MIT? ¿Hablas en serio?

—Sí. No hay que juzgar un libro por su portada. Inventó algo. Al parecer vendió los derechos de la patente y luego usó el dinero para invertir en bienes raíces. Ahora solo cobra alquiler y hace lo que quiere... crea arte.

—Vaya. Eso es... bastante impresionante.

—Pero yo no te he dicho nada.

—Tranquilo, Murray.

—¿Algún plan para esta noche?

—No. Solo voy a comprar algo para cenar y a llevármelo al apartamento.

—Bueno, pues disfruta.

—Lo haré.

Veinte minutos después, volví al apartamento con tostones y arroz blanco con gandules de mi restaurante favorito, Casa del Sol.

Después de devorar la comida, me senté en mi habitación y medité un rato con el fin de prepararme para mi sesión de terapia telefónica con la Dra. Veronica Little: Especialista en traumas relacionales.

Cada sesión de una hora costaba doscientos dólares, por lo que la Dra. Little no era barata. Fue mi madre quien me sugirió que viera a alguien para hablar de mis sentimientos. Aunque no estaba segura de que fuera a funcionar, seguí acudiendo todos los martes a las ocho y media de la tarde.

A lo mejor debería haberle mandado las facturas a Elec.

Tenía a mi terapeuta en el altavoz mientras doblaba la ropa en el dormitorio.

—Sacas mucho a relucir esa cuestión, Chelsea. Si Elec te quería de verdad o no. Creo que parte de la razón por la que parece que no podemos avanzar más allá de ese punto puede explicarse con el concepto del unicornio.

—¿El unicornio? ¿Qué es eso?

—Un unicornio es algo de una belleza mítica e inalcanzable, ¿verdad?

—Vale...

—Pues eso era Greta para Elec. Él había descartado la posibilidad de enamorarse de ella porque estaba prohibido. Mientras tanto, fue capaz de enamorarse de ti. Y ese amor era bastante genuino. Sin embargo, cuando el unicornio se vuelve de repente alcanzable, lo cambia todo. El poder del unicornio es extremadamente potente.

—Entonces, lo que estás diciendo es que Elec me quería de verdad, pero solo cuando básicamente pensaba que estar con Greta era algo imposible. Ella era su unicornio. Yo no era un unicornio.

—Correcto... No eras su unicornio.

—No era su unicornio —repetí en un susurro—. ¿Puedo...?

—Lo siento, Chelsea. Nuestro tiempo se ha acabado por hoy. Exploraremos este tema un poco más el próximo martes.

—De acuerdo. Gracias, Dra. Little.

Exhalando un largo suspiro, me dejé caer en la cama e intenté encontrarle sentido a lo que acababa de decir.

«Unicornio. Mmm».

Se me paralizó el cuerpo cuando oí la risa. Al principio creí que me lo estaba imaginando.

Venía de detrás del cabecero. Me levanté de un salto.

—Unicornio. Pero ¿qué cojones? —dijo con su voz profunda antes de reírse un poco más.

«Damien».

«¡Había estado escuchando mi sesión de terapia!».

Me dio un vuelco el estómago.

¿Cómo era posible que hubiera escuchado todo eso a través de la pared?

—¿Me has estado escuchando a escondidas? —pregunté.

—No. Tú has estado interrumpiendo mi trabajo.

—No lo entiendo.

—Hay un agujero en la pared. No puedo evitar escuchar tus conversaciones telefónicas de persona con la cabeza hecha un desastre cuando estoy trabajando.

—¿Un... agujero en la pared? ¿Llevas todo este tiempo sabiendo lo del agujero?

—Sí. Todavía no lo he arreglado. Debe de llevar ahí desde antes de que comprara el edificio. Probablemente solía ser un *glory hole* o alguna mierda así.

—¿Me has estado escuchando... a través de un *glory hole*?

—No. Tú me has estado sometiendo a conversaciones estúpidas con gente que te está estafando... a través de un *glory hole*.

—Eres un...

—¿Imbécil?

4

LOCA POR EL BEICON

Al día siguiente, en el trabajo, no pude evitar obsesionarme con el hecho de que Damien había estado escuchando mis conversaciones privadas. ¿Era eso siquiera legal?

La noche anterior, después de su revelación, concluí rápidamente nuestra comunicación a través de la pared y me retiré al salón para beberme una botella de Zinfandel con un poco de masa para galletas.

Por suerte, hoy he estado demasiado ocupada en el centro juvenil como para dejar que este tema me consumiera por completo, ya que era la noche de la función anual de «desayuno para cenar» del centro. Una vez al año, el personal preparaba un desayuno gigante en la cocina de tamaño industrial para todos los niños y niñas. Mi responsabilidad era freír kilos de beicon.

De camino a casa, literalmente apestando a grasa de beicon, retomé mi obsesión por el agujero de la pared. Me había dado cuenta de que la abertura estaba justo detrás de la cama. Lo único que me salvaba era que, si mi habitación estaba junto a su despacho, cabía la posibilidad de que por la noche no soliera estar allí tanto tiempo como podría estarlo en otra habitación. A lo mejor no había escuchado todas mis sesiones. O a lo mejor me estaba engañando a mí misma.

¿Cuánto sabía Damien exactamente? Había hablado de algunas cosas realmente privadas con la Dra. Little. Durante el camino de vuelta a casa, estuve a punto de chocar con un puesto de fruta.

Me sentía con fuerzas, por lo que, cuando llegué a mi edificio, pasé de largo mi puerta y me dirigí impulsivamente al apartamento de Damien. Los perros, normalmente tranquilos por la noche, estaban ladrando como locos por alguna razón.

Mientras golpeaba la puerta frenéticamente, planeé exigirle a Damien que me dijera exactamente lo que había escuchado a través de la pared. Como no abría, llamé con más fuerza. Los ladridos se intensificaron, pero seguía sin haber respuesta. Justo cuando estaba a punto de darme la vuelta e irme, la puerta se abrió de golpe.

Damien tenía el pelo oscuro empapado, y unas gotas de agua le caían desde la frente hasta el pecho. Estaba completamente mojado. La «V» tallada en la parte inferior de sus abdominales era la prueba de que todo el ejercicio que hacía en la planta baja estaba dando sus frutos. Una pequeña toalla envuelta alrededor de la cintura era la única pieza de tela que cubría su cuerpo.

«Su cuerpo musculoso y tonificado».

«Me cago en todo».

«Resulta obsceno lo bueno que está».

Alcé la mirada.

—¿Qué haces abriendo la puerta así?

—¿Que qué estoy haciendo *yo*? ¿Qué haces *tú* llamando a la puerta como una loca? He intentado evitar salir de la ducha, pero pensaba que algo iba muy mal. ¿Y qué diablos es ese olor? No será beicon, ¿verdad?

—Sí. He estado friendo beicon en el trabajo...

—¡Mierda! —gruñó entre dientes.

—He venido a hablar contigo para arreglar el agujero de la pared, pero está claro que...

Antes de que pudiera terminar la frase, los dos rottweilers negros se abalanzaron sobre mí y su peso hizo que me cayera de culo. Me lamieron la cara, el cuello y el pecho con ímpetu mientras yacía en el suelo del pasillo. También me mordieron la tela de la camiseta.

Aterrorizada, logré gritar:

—¡Quítamelos de encima!

Con dificultad, Damien me quitó a los enormes animales de encima del cuerpo. Tenía la cara pegajosa por las babas.

Los metió en su apartamento mientras sus patas arañaban y resbalaban sobre el suelo de madera. Damien volvió al pasillo y cerró la puerta de un golpe para dejar a los perros dentro.

Extendió la mano y la tomé mientras me levantaba del suelo lenta pero enérgicamente, como si mi cuerpo fuera ligero como una pluma.

Sin palabras, me miré. Me faltaba un trozo grande de tela en la parte delantera de la camiseta, lo que dejaba al descubierto el sujetador.

Damien parecía no saber qué decir.

—Chelsea, yo...

—¿Estás contento ya? Mira lo que me han hecho.

—Mierda. ¿En serio? No. No estoy contento. Los perros están obsesionados con el beicon, ¿vale? Es como su hierba gatera. Por eso han saltado sobre ti. ¿Por qué demonios has tenido que venir aquí apestando a eso?

—Tengo que irme —dije, dirigiéndome de nuevo hacia mi puerta.

Intentó detenerme.

—Espera.

—No. Por favor. Solo quiero olvidar que esto ha sucedido.

Me retiré a mi apartamento, dejando a Damien de pie con las manos en la cintura.

Después de una ducha caliente, me había calmado un poco y había empezado a pensar que tal vez había exagerado al culpar a Damien por el enloquecimiento de los perros. Había hecho todo lo posible por quitármelos de encima con rapidez, algo que no era fácil teniendo en cuenta que también se estaba sujetando la toalla para que no le viera los huevos.

También estaba bastante segura de que había intentado disculparse antes de que lo cortara. Aun así, tenía que ajustar cuentas con él por lo de haber estado escuchándome. Pero esta noche no iba a abordar nada. Estaba demasiado cansada y me sentía derrotada.

Agarrando mi bolso, decidí ir a la tienda a comprar algo sencillo para cenar. Al salir, casi tropecé con una bolsa pequeña, me agaché para recogerla y reconocí que era de Casper's, la tienda de camisetas divertidas de la ciudad.

Dentro había una camiseta de color óxido de la talla pequeña con letras blancas. Decía «Loca por el beicon» y tenía una cara sonriente con unos labios hechos de tiras de beicon.

No había ninguna nota dentro, pero sabía que tenía que ser de Damien.

En el trayecto de vuelta a casa con la compra, no dejaba de pensar en que se había esforzado en comprar la camiseta como ofrenda de paz. ¿Estaba siendo una cabrona y exagerándolo todo, desde el agujero en la pared hasta el ataque por el beicon? Sinceramente, no lo sabía. Lo único que sabía era que no me gustaba la persona excesivamente susceptible en la que me había convertido durante el último año.

Después de prepararme una cena rápida de espaguetis con salsa marinera, volví a mi habitación para leer. Cada vez que me sentaba en la cama, no podía evitar preguntarme si Damien estaría al otro lado de la pared.

Cuando me pareció oír un ruido detrás de mí, pregunté:

—¿Estás ahí?

Tras una breve pausa, llegó el sonido profundo de su voz.

—Sí. Estoy trabajando en mi despacho. No te estoy escuchando a escondidas.

No me esperaba ninguna respuesta, y el corazón empezó a latirme con fuerza.

Después de un minuto, rompí el hielo.

—Gracias por la camiseta.

—Bueno, te debía una camiseta... y una disculpa.

—Sé que no te di la oportunidad de disculparte. Lo siento.

No dijo nada, así que continué.

—¿Cómo se llaman? Los perros.

—Dudley y Drewfus.

—Qué bonitos. ¿De dónde sacaste esos nombres?

—No se me ocurrieron a mí.

—¿A quién se le ocurrió?

—A mi ex.

«Interesante».

—Ya veo. ¿Por qué están tan callados por la noche, como ahora, pero hacen tanto ruido por la mañana?

—No están aquí.

—¿Dónde están?

—Están con ella. Compartimos la custodia. Ella los deja aquí por la mañana de camino al trabajo y yo los devuelvo por la noche.

—Vaya. Ya decía yo que por qué nunca los oía por las noches. Ahora tiene sentido. —Tenía que saberlo—. Entonces, ¿estabas casado?

—No. Exnovia.

—¿Vivía aquí contigo y con los perros?

—Para ser alguien que no quería que me enterara de sus asuntos, eres muy entrometida.

—Lo siento. Pero es justo, ¿no crees? Después de haber escuchado tanto sobre mí.

Suspiró.

—Sí. Antes vivía aquí.

—¿Qué pasó?

—¿Qué crees que pasó? Rompimos.

—Ya lo sé. Pero quiero decir... ¿por qué no funcionó?

—No siempre hay una respuesta clara a esa pregunta. No siempre es tan simple como... —Dudó—. Que alguien se acueste con su hermanastra.

Dios. Mío. De. Mi. Vida.

«¡Pedazo de imbécil!».

Definitivamente había estado escuchando algo más que la última sesión. Me sentí avergonzada. Nunca le había dicho a nadie, excepto a Jade y a la Dra. Little, que la mujer por la que me había dejado Elec era en realidad su hermanastra, de la que aparentemente llevaba enamorado años, desde que era adolescente.

Como no dije nada, se rio.

—Lo siento. Eso ha estado mal. Voy a ir al infierno.

Me quedé callada, sacudiendo la cabeza con incredulidad.

—¿Ocurrió de verdad? —continuó—. Suena como algo sacado de un libro malo.

—Sí, ocurrió de verdad. ¿Qué más has oído?

—Ey, no te estoy juzgando, Chelsea. No podría darme más igual. No importa.

—A *mí* me importa.

—Esa psicóloga te está estafando.

—¿Por qué dices eso?

—Está sacándose unicornios del culo solo para que sigas cuestionándotelo todo y sigas pagándole. Dime una cosa. Después de todas estas semanas, ¿estás más cerca de sentirte mejor, de entenderlo todo?

—No.

—Eso es porque a veces no todo tiene una explicación satisfactoria. ¿Quieres una respuesta? Las cosas pasan. Ahí tienes tu respuesta. La gente se desenamora, se enamora, la caga. Es parte de la vida. No hiciste nada malo. Deja de intentar averiguar qué hiciste mal.

Cerrando los ojos, dejé que sus palabras resonaran. Para mi sorpresa, los ojos se me llenaron de lágrimas. No porque me estuviera riñendo, sino porque era la primera vez que comprendía que no había nada que pudiera hacer para evitar lo que había pasado. Y que tal vez no era todo culpa mía.

Finalmente, volví a hablar.

—No siempre he sido tan insegura. Es solo que... la experiencia con él, con Elec, ha sido un momento decisivo en mi vida porque ha hecho que me lo cuestione todo. Pensaba que lo había hecho todo bien para que esa relación funcionara. Creía que me amaba, y me sentía segura con él, veía todo mi futuro con él. Habría apostado mi vida en ello. Siento que no voy a ser capaz de volver a confiar en nadie con el corazón. Eso me asusta, porque no quiero terminar sola. Pensaba que él era el indicado.

—Bueno, está claro que no lo era. Solo tienes que aceptarlo y seguir adelante. Sé que es más fácil decirlo que hacerlo, pero a eso se reduce todo. No tienes más remedio que aceptarlo, así que depende de ti si quieres perder más tiempo viviendo en el pasado, tratando de resolver un problema insoluble, en vez de seguir adelante con tu vida.

«Dios, tenía razón».

Esbocé una sonrisa.

—¿Cómo es que has llegado a ser tan inteligente?

—No es más que sentido común.

—No. No solo eso. O sea... ¿el MIT?

—¿Cómo te has enterado de eso?

—Entonces, ¿el rumor es cierto?

—Sí. Estudié allí, pero no es algo de lo que presuma.

—Deberías estar muy orgulloso de ti mismo. Es increíble.

—No es tan increíble. La gente que lucha por nuestro país... los niños que luchan contra el cáncer... esas son personas increíbles. Sentarse en una clase de Física con un montón de frikis más no es asombroso.

—Estás lejos de ser un friki, Damien.

—Por fuera, sí.

—Nunca lo habría adivinado basándome en...

—¿Basándote en qué?

—En tu aspecto... que has estudiado en el MIT.

—¿Por qué? ¿Porque tengo tatuajes y hago ejercicio?

—No, no es eso. Es que eres...

«Una maldita belleza. Y nadie que esté tan bueno como tú podría ser igual de inteligente».

—No importa —dije.

Volví a cerrar los ojos, disfrutando de la nueva claridad que me habían proporcionado sus consejos directos.

Tras un largo momento de silencio, habló.

—Me voy yendo. Murray vendrá a reparar el agujero de la pared mañana por la tarde. Si estás en el trabajo, abrirá la puerta él.

—Gracias.

Por extraño que sonara, ya no estaba segura de que me importara el agujero.

5

CASA EN LLAMAS

Mi casero cumplió su promesa. Al día siguiente, Murray había tapado el agujero, acabando así con cualquier posibilidad de futuras sesiones de terapia improvisadas con el Dr. Damien.

De hecho, pasó una semana entera sin un solo altercado entre D. H. Hennessey y yo.

Los perros seguían ladrando todas las mañanas, pero no me atrevía a acercarme a ellos lo suficiente como para quejarme. Ahora que sabía que su ex venía a traérselos, si por casualidad me encontraba despierta, observaba desde la ventana para ver si la vislumbraba.

Un día, conseguí asomarme en el momento justo y vi a una chica de mi edad con el pelo corto y castaño que entró corriendo en el edificio con los dos rottweilers. En ese momento, corrí hacia la puerta de entrada y la abrí un poco para espiar mientras cruzaba el pasillo. Pasó tan rápido que no pude captarla muy bien, aunque sí vi que era más curvilínea que yo.

Después de cinco minutos, oí sus pasos cuando salió de su apartamento. Observando desde la ventana cómo corría por el patio, me pregunté qué tipo de relación tenían ahora, si era de amistad, si seguían acostándose. Me pregunté quién había dejado a quién. También me pregunté por qué estaba pensando en algo que no me incumbía, por qué últimamente pensaba constantemente en Damien. Una cosa era segura: era muchísimo mejor que pensar constantemente en Elec.

Esa misma tarde, de camino al trabajo, me di cuenta de que Damien había añadido algo al mural desde la última vez que lo comprobé. Ahora había una sección que representaba un montón de pirámides.

Me recorrió un escalofrío a medida que me maravillaba con su talento y con todos los intrincados detalles que tenía su obra, con la forma en la que los colores se mezclaban y fundían entre sí. Me pregunté si las imágenes paisajísticas tendrían algún significado. Damien Hennessey era un ser humano complejo.

Cuando llegué al centro juvenil, Ariel estaba esperando en mi despacho. Parecía que había estado llorando.

«Mierda».

—¿Qué ha pasado? —pregunté, aunque sabía lo que había ocurrido con toda probabilidad.

—Tenía razón sobre Kai. Me estaba engañando.

—Lo siento mucho.

Después de dejar que se desahogara durante casi una hora, finalmente dije:

—Hay una razón para la Oración de la Serenidad, Ariel. ¿Has oído hablar de ella?

—¿La de rezar para tener la fuerza de aceptar las cosas que no podemos cambiar? Sí, mi madre me la enseñó hace mucho tiempo.

—Sí. Esa. Todavía estoy trabajando en eso, pero la verdad es que no tenemos otra opción que aceptar ciertas cosas. Lo único que podemos hacer es intentar seguir adelante.

Sonreí para mis adentros, dándome cuenta de que básicamente le estaba dando a Ariel el mismo consejo que me había dado Damien. Era mucho más fácil repartir esos consejos que cumplirlos.

Esa noche, de camino a casa, por alguna razón desconocida, me sentí más en paz que en mucho tiempo. Decidí comprar una de mis lasañas individuales congeladas favoritas de la sección de productos orgánicos del supermercado. La hornearía y me la comería acompañada de un poco de vino, tal vez viendo algo en Netflix. Me estaba haciendo mucha ilusión.

«Menuda vida más patética la mía».

Cuando llegué al apartamento, metí la lasaña en el horno tostador, el cual ya había precalentado. Tardaría cuarenta minutos en hacerse del todo. Eso me dejaba el tiempo justo para darme un baño, depilarme las piernas y quizá leer un poco en la bañera.

Probablemente haya sido el baño más relajante que me había dado nunca. Rodeada de velas, me sumergí en un libro adictivo que me había regalado Jade. Era un romance en el que había relaciones sexuales entre tres personas. Normalmente no leía cosas tan pervertidas, pero mi hermana estaba convencida de que me iba a encantar, sobre todo porque se trataba de dos hombres y una mujer en vez de al revés. Acabé metiéndome de lleno en él, hasta el punto de que me quedé dormida después de deleitarme con una de las escenas más subidas de tono.

El sonido del detector de humo y el olor a queso quemado hicieron que saliera de la bañera de un salto. Alcancé una toalla y corrí a la cocina, donde me encontré con las llamas que salían del horno tostador. ¡Estaba ardiendo!

Presa del pánico, busqué un bol y empecé a llenarlo de agua. Antes de que pudiera verter el agua sobre nada, la puerta se abrió de golpe. Lo siguiente que supe fue que Damien se estaba abalanzando sobre mí con un extintor y me gritaba que me apartara.

Todo sucedió muy rápido. Me quedé entumecida, agarrando la toalla a mi alrededor mientras él apagaba las llamas.

Cuando el fuego se extinguió por completo, Damien y yo nos quedamos en silencio mirando los restos carbonizados de mi querido horno tostador. Los daños se limitaban en su mayor parte al horno en sí, pero la encimera parecía haberse carbonizado también un poco.

Tosí a causa del humo.

—Qué demonios —murmuró todavía mirando la escena del desastre.

—Lo siento mucho. Pagaré los daños que haya sufrido la encimera. No...

—¿Cómo ha pasado?

—La lasaña congelada... se me ha quemado.

—No. Me refiero a *cómo* ha pasado.

—Estaba leyendo un libro en la bañera y...

—Estabas leyendo en la bañera —interrumpió, apretando los dientes—. ¿Estabas *leyendo* en la bañera mientras también cocinabas algo que casi quema mi puto edificio?

—No. No lo entiendes. Me...

Damien empezó a dirigirse al baño.

—¿A dónde vas?

—Quiero ver qué libro es tan importante que casi te cuesta la vida.

«Mierda».

«No».

«¡Joder!».

Era demasiado tarde. Ya había recogido el kindle del suelo. El corazón me estaba latiendo más rápido de lo que probablemente lo había hecho en su vida.

Tras echarle un vistazo al título y hojear unas cuantas páginas, se volvió hacia mí y se rio, incrédulo.

—Muy bonito. Muy bonito. El apartamento estaba a punto de arder mientras tú estabas aquí leyendo sobre dos chicos que perforan a una chica por todos los orificios. —Resopló antes de tirar el kindle a un lado. Estaba medio sonriendo cuando añadió—: Pequeña pervertida.

Muerta de vergüenza se quedaba lejos para describir cómo me sentía. Quería llorar, pero estaba demasiado paralizada por la conmoción como para producir lágrimas.

—Me quedé dormida. Lo siento. No era mi intención que sucediera esto.

—¿Qué habría pasado si no hubiera estado en casa?

—No lo sé. No quiero ni pensarlo. —La conmoción debió de desaparecer un poco, porque una lágrima cayó de mis ojos.

Damien dejó escapar un profundo suspiro al percatarse de mi llanto.

—Mierda. No llores.

—Lo siento mucho.

Damien salió del baño y comenzó a dar vueltas y a abrir todas las ventanas. Todavía vestida solo con una toalla, lo seguí como una idiota.

—El apartamento tiene que ventilarse. No es bueno respirar esta mierda —dijo.

—Vale.

—¿Te gusta la pizza? —preguntó.

Esa pregunta fue totalmente inesperada. Qué impredecible era.

—Sí.

—Vístete y luego ven a la puerta de al lado. Dale tiempo al humo para que se disipe.

Damien agarró el extintor y salió del apartamento tan rápido como había entrado.

¿Acababa de invitarme a cenar después de que casi le quemara el edificio?

Tosiendo, corrí a mi habitación y me puse un diminuto vestido negro sin mangas. Me sentí estúpida por intentar arreglarme cuando Damien solo me estaba ofreciendo refugio y comida después de mi casi desastre. No obstante, por alguna razón, quería tener buen aspecto.

¿Podría haber sido más extraña la noche?

De pie frente a su puerta, me sudaban las palmas de las manos.

«Tranquilízate, Chelsea».

Llamé ligeramente y respiré hondo. La puerta se abrió antes de lo que esperaba.

—Anda, pero si es *Firestarter* —dijo—. Entra.

—*Firestarter* y *La profecía*... entre los dos hacemos un par de películas viejas y terroríficas. Por cierto, ¿me has invitado para burlarte de mí?

Damien alzó la ceja.

—¿Esperabas algo menos? Y aun así... has venido.

Se había puesto un jersey gris ajustado y unos vaqueros oscuros y olía como si acabara de echarse una capa de colonia.

—Te has cambiado —comenté como una tonta.

—Bueno, olía a chimenea. Así que no me ha quedado más remedio.

—Claro.

Ya no llevaba el gorro y, por primera vez, me di cuenta de que su pelo oscuro era ligeramente ondulando. También tenía una especie de polvo blanco en la mejilla.

—¿Qué tienes en la cara?

Se limpió la mejilla.

—Harina —respondió.

—Creí que ibas a pedir una pizza. —Miré hacia la encimera de su cocina y vi algunas verduras troceadas y salsa de bote—. Espera... ¿La estás... haciendo?

—Sí. Casera es más rica y es más sana. Uso masa integral y queso bajo en grasa.

—Entonces, ¿eres un maniático de la salud o algo así? Haces mucho ejercicio. Eso lo sé.

—Intento cuidarme, sí.

—Yo también. Lo intento. No siempre lo consigo, pero lo intento.

—Claro. Lasaña congelada y todo eso. —Guiñó un ojo—. Yo diría que eso ha sido un fracaso épico en todos los aspectos.

—Puede que te tenga que dar la razón.

Nos sonreímos el uno al otro. Me sentí aliviada de que le diera poca importancia a todo. Cuando sus ojos se detuvieron en los míos durante unos segundos, sentí que me sonrojaba. De hecho, me sentí incómoda porque temía que mi atracción por él fuera de algún modo transparente.

Necesitaba distraerme de su mirada, por lo que miré a mi alrededor y dije:

—Está muy tranquilo sin los perros.

—Lo sé. No me gusta. —Damien se dirigió al otro lado de la encimera y comenzó a verter salsa sobre la masa extendida.

—¿Los echas de menos cuando se van por la noche? —pregunté, sentándome en uno de los taburetes.

—Sí.

—La he visto trayéndolos. ¿Cómo se llama?

Vaciló antes de responderme.

—Jenna.

—Mmm.

Dejó lo que estaba haciendo durante unos segundos.

—¿Qué, Chelsea?

—¿Cómo que qué?

—Parece que quieres preguntarme algo más.

—Nada... Es que... ¿qué pasó entre vosotros?

—Para que conste, *no* es mi hermanastra.

«Idiota».

—Bueno, menos mal.

—Es mi prima. —Se rio.

Me acerqué, alcancé un poco de harina y se la lancé.

—Está claro que no sabes cómo ser serio.

—Estaba hablando en serio cuando te he dicho lo mucho que echo de menos a mis perros cuando no están.

—¿Sabes qué? No es asunto mío.

—¿Qué quieres saber?

—¿Rompiste tú con ella?

—Sí.

—¿Por qué?

—Ella quería cosas que yo no podía darle.

—¿Cómo qué?

—Quería casarse y tener hijos.

—¿Tú no quieres esas cosas? —Como no respondió, pregunté—: ¿O no las querías con ella?

—Es complicado.

—Está bien. Como ya he dicho, no es asunto mío.

—La conclusión es que... cuando la conocí, me dijo que no quería esas cosas. Luego, con el tiempo, cambió de opinión. No quería impedirle vivir el tipo de vida que se imaginaba para sí misma.

—Así que rompiste con ella.

—Sí.

—¿La amabas?

—Sinceramente, no lo sé.

Me quedé mirando un poco a la nada.

—Vale. Si tienes que pensártelo, lo más probable es que no lo hicieras.

—Sé lo que estás intentando hacer, Chelsea.

—¿El qué?

—Estás intentando analizar mi situación para encontrar respuestas a tu propia mierda. No todos los chicos somos iguales. Estamos jodidos por diferentes razones. Espero que hayas dejado de ver a la Dra. Fraude, por cierto.

—Sí, lo hice. Seguí tu consejo. Al final no tenía mucho sentido lo que decía.

—Bien. De todas formas, deberías mirar hacia delante, no hacia atrás.

—Eso es lo que intento hacer. Ya sabes, cuando no estoy quemando edificios por accidente.

—Lo has dicho tú, no yo —contestó, y colocó las dos bandejas redondas en el horno precalentado—. Van a tardar media hora. ¿Qué te gusta beber?

—Cualquier cosa que tengas está bien.

—¿Zumo concentrado de ruibarbo, entonces? —bromeó.

—Puaj, no.

—¿Qué te gusta?

—El vino.

—¿De qué tipo?

—Cualquiera está bien.

—¿Tienes algún problema para decir lo que quieres o algo así?

—En serio, cualquiera me va bien, excepto el Moscato.

—¿Ves? Dime, ¿qué habría pasado si hubiera abierto el Moscato? Te lo habrías bebido y te habrías sentido fatal.

—Probablemente.

—No tengas miedo de decir lo que quieres. La vida es demasiado corta.

—Vale, entonces, ¿tienes Chardonnay?

—No.

—¿Zinfandel blanco?

—No.

Me reí.

—¿Qué tienes?

—Cerveza.

—Cerveza...

—No siempre puedes conseguir lo que quieres. Pero no tengas miedo de pedirlo.

—Agua está bien.

«Dios, necesito una copa de vino».

6

EL MUNDO DE LAS CITAS

El vapor inundó la cocina cuando Damien sacó las dos pizzas del horno. No pude evitar admirar la curvatura de su culo mientras se agachaba.

Clavándome los dientes en el labio inferior, dije:

—Tiene muy buena pinta.

—Espera a probarla.

«No lo dudo».

«Para, no vayas por ahí, Chelsea».

Me aclaré la garganta.

—Confías mucho en tus habilidades culinarias, ¿no?

—La pizza es como el sexo. Es difícil cagarla.

Me reí.

—Ni me acuerdo ya —contesté en voz baja.

—Hace mucho tiempo, ¿eh?

El calor me impregnó las mejillas.

—Ni siquiera me he dado cuenta de que lo había dicho en voz alta.

Se señaló las orejas.

—Oído supersónico, ¿recuerdas?

—Cierto.

—Entonces, ¿ha pasado mucho tiempo?

—Bueno, va a hacer un año desde mi ruptura. No he estado con nadie después de él. Y solo he estado con dos hombres en mi vida.

—¿Los dos a la vez, supongo?

—No. —Agarré la servilleta que tenía al lado, la enrollé y se la tiré—. ¡Solo era un libro, Damien!

—¿Quieres decir que en realidad no quieres que te venden los ojos y te den por el culo con un pene en la boca?

—No, para nada.

—Solo me estoy metiendo contigo. Si todos fuéramos una representación de las cosas que nos ayudan a excitarnos, yo sería un puto enfermo.

—No quiero saberlo. —Sacudí la cabeza y suspiré.

—¿A qué viene ese suspiro? —preguntó mientras colocaba un plato de pizza frente a mí.

—Sabes demasiado sobre mí, Damien Hennessey.

—Por accidente, sí.

—Aun así. —Soplé la pizza y le di un mordisco—. Me lo debes. Quiero más información sobre ti. Dime algo que no sepa.

—Tu alquiler va a subir en enero.

Tenía la boca llena.

—¿En serio?

—De hecho, sí. Los impuestos sobre la propiedad han subido de manera considerable. No tengo más remedio que subiros cincuenta dólares a todos.

—Menuda mierda. Pero esa no era la clase de información que esperaba. Tal vez podamos negociar. —La forma en la que las palabras salieron de mi boca hizo que sonara como si le estuviera proponiendo algo. Esa no había sido mi intención.

«Dios, espero que no haya sonado mal».

Se rio y sopló su pizza.

—¿Sabes lo que eres, Chelsea Jameson? Eres como la pizza. Está buena... pero es mala para mí en grandes cantidades.

Intenté desviar la conversación, pero lo único que se me ocurrió preguntar fue:

—Piensas que estoy loca, ¿no?

—No. Sé que en realidad no estás loca. Cuando llamé al centro juvenil para confirmar tu empleo, me fue imposible que colgaran el teléfono. No paraban de hablar de lo maravillosa que eres con los niños y las niñas de allí. Supuse que eras buena gente. Así que, incluso cuando te ponías pesada con el tema de los perros, nunca pensé que fueras una mala persona.

—No sabía que habías llamado a mi trabajo.

—Investigo a todos a fondo antes de darles un piso en el edificio. No quiero sufrir el estrés de tener que desalojar a la gente. Pero incluso la gente buena a veces se aprovecha.

—¿Como no pagando el alquiler?

—Sí... pero una cosa es que no puedan pagarlo. Lo que me jode es cuando no lo pagan a tiempo y acaban de comprarse un coche nuevo o salen a comer todas las putas noches. Esa es una de las ventajas de vivir en el edificio del que eres dueño. Puedo ver todo lo que pasa. Si alguna vez me has visto perder los estribos con alguien, es solo porque me están tomando por imbécil, diciéndome que no pueden pagar el alquiler cuando están conduciendo un puto coche que es mejor que el mío.

—Solía pensar que solo estabas siendo cruel. Hice suposiciones sobre ti antes de saber ciertas cosas. Lo siento.

—Qué va, me gustaba bastante que me llamaran «Artista Enfadado».

Estuve a punto de preguntarle cómo conocía ese término, pero no tardé en caer en la cuenta de que habría sido una pregunta tonta. Sus ojos se clavaron en los míos una vez más. Me vi obligada a apartar la mirada.

Sospechaba que Damien tenía muchas capas. Quería pelarlas lentamente. Hacía mucho tiempo que no quería saberlo todo sobre alguien. Sin embargo, me asustaba lo mucho que sabía de mí.

—¿Crees que soy patética? —pregunté de repente.

—¿Por qué dices eso?

—Después de todo lo que has escuchado.

—No. No lo pienso, de verdad. Tienes todo el derecho del mundo a estar molesta por lo que te hizo tu ex. Te dijo que te amaba. Te hizo creer ciertas cosas. Te prometió algo y lo incumplió. Eso no se le hace a alguien.

—¿Nunca le dijiste a Jenna que la amabas?

—No. No lo hice. Y tampoco le prometí nunca nada. No hago promesas que no puedo cumplir. Esa es la diferencia entre él y yo. La cosa es que estás dejando que sus errores se reflejen en ti. No hiciste nada malo, fuiste una novia cariñosa. No te merecía.

Mi corazón se sintió repentinamente pesado.

—Gracias por decir eso.

—Pero tienes que pasar página.

Sus palabras fueron solemnes. Por supuesto que sabía que tenía que superar mis problemas con Elec. Sin embargo, era más fácil decirlo que hacerlo.

—Supongo que no sé cuál es la mejor manera de hacerlo.

—Deja de centrarte en él. Deja de darle poder. Necesitas distracciones para hacerlo. Tienes que salir ahí fuera. Tienes que entrar en el mundo de las citas.

—A eso me refiero con que no sé cómo hacerlo. Nunca he tenido una cita.

Damien entornó los ojos con incredulidad.

—¿Cómo es eso posible?

—Acababa de romper con mi novio del instituto unos meses antes de que Elec empezara a trabajar en el centro juvenil. Elec y yo nos hicimos amigos, y luego se convirtió en algo más. Así que pasé de una relación seria a otra. Literalmente, nunca he tenido una cita. Ni siquiera sé cómo hace la gente hoy en día para tener citas. ¿Vais a los bares? ¿Qué hacéis para conocer gente?

—¿Qué hago yo... o qué hace la mayoría de la gente? Lo único que tengo que hacer es simplemente... ser. Las mujeres acuden a mí.

—¿En serio?

—Es broma. Más o menos. —Guiñó un ojo—. ¿Alguien como tú? Deberías buscar citas en Internet. Pero queda con gente solo en lugares públicos. Si no es demasiado arriesgado.

—No sabría ni por dónde empezar.

—Tardarás diez minutos. Solo necesitas una foto tuya para crear un perfil. —Se levantó de repente.

—¿A dónde vas?

—A por mi portátil. Lo haremos ahora mismo.

Me golpeó una avalancha de decepción, y esperé que mi cara no me delatara. Odiaba sentirme así, pero me fastidiaba que Damien se desprendiera de mí con tanta rapidez. Supongo que básicamente cerró la puerta a cualquier interés que pudiera tener en mí antes de que la puerta se abriera de verdad.

—¿Qué eres? ¿Mi proxeneta?

—No. Pero parece que no tienes ni idea, creo que te vendría bien algo de orientación. Así que me ofrezco a iniciarte en esto. A menos que no quieras mi ayuda.

A la mierda, si él no estaba interesado en mí, no había problema en dejar que me ayudara.

—Supongo que no me haría ningún daño.

—Muy bien. —Abrió la página web y habló mientras escribía—. Tu nombre de usuario es Chelsea Jameson, y tu contraseña es fuego3... ya que te gustan los tríos.

—Muchas gracias. Será bastante fácil de recordar.

«Imbécil».

Continuó introduciendo información.

—Nombre... Chelsea. Edad... —Damien me miró para que se lo aclarara.

—Veinticinco años.

—¿Altura?

—1,65.

—¿Peso?

—¿Te preguntan eso?

—Sí, pero no tienes por qué ponerlo.

—Pasa... por cuestión de principios.

—¿Talla de sujetador?

—¿Te preguntan eso?

—No.

—Idiota. —Sonreí.

Damien siguió introduciendo mis datos.

—Pelo... rubio. Ojos... azules. Bien, ahora hacen preguntas en cuanto a tu personalidad. ¿Pasatiempos e intereses?

—Leer...

—Por supuesto. ¡Leer sobre tríos! —Después de teclear eso, borró la última parte—. Bien. Leer. ¿Algo más?

—Trabajar con niños, pasear y viajar.

Continuamos rellenando las preguntas mientras intentaba sonar lo menos aburrida posible. La última pregunta fue la más superficial.

—¿Cómo calificarías tu atractivo físico en una escala del uno al diez?

—No puedo calificarme a mí misma.

—Diez —respondió rápidamente.

—¿Diez?

—Sí.

—¿Lo dices por decir?

—No. Pero la cosa es que... aunque no pienses que eres un diez, deberías poner un diez, porque eso exuda confianza. La confianza es sexi. Pero en tu caso, de verdad eres un diez. Eres más que hermosa.

—Gracias —contesté mientras sentía que me derretía en el asiento.

—También tienes suerte de que sea así. Ayuda a equilibrar la locura. —Me guiñó un ojo.

—Gracias. —Me reí y luego me aclaré la garganta—. ¿Y ahora qué?

—Tu perfil está hecho. Solo tenemos que subir una foto. ¿Tienes alguna en tu móvil que quieras usar?

Busqué entre las fotos y, para mi sorpresa, no me había sacado ni una buena foto sola en los últimos seis meses. Todas las fotos decentes, en las que estaba sonriendo o maquillada, eran con Elec.

—Me gusta esta, pero sale él —respondí al tiempo que le entregaba el móvil.

—¿Este es él?

—Sí.

—Mmm. —Se rascó la barbilla mientras examinaba la foto y luego dijo—: Podrías haber conseguido algo mejor. En fin, lo recortaré.

—¿Puedes?

—Sí. Es fácil. —Damien empezó a trabajar con ella—. Bien. Hecho. ¿Ves? —Giró el móvil para que viera la pantalla—. Nunca sabrías que está ahí si no fuera por ese trozo negro. Parece que tienes un jersey sobre los hombros.

Me produjo una extraña satisfacción que Elec hubiera quedado reducido a una mera prenda de vestir.

—¿Y ahora qué?

—Ahora tienes que averiguar cómo usarla. Si quieres me creo una cuenta y fingimos que conectamos para que veas cómo funciona.

«Fingir que conectamos. ¿Era tonta por pensar que, de alguna manera, ya estábamos conectando?».

—Estaría bien. Así no hago el ridículo después.

—Bueno, eso es probable que ocurra de todas formas.

Observando a Damien mientras introducía información sobre sí mismo, me di cuenta de que a menudo se lamía el lateral de la boca cuando se concentraba. Cada vez que movía la lengua, sentía que me recorría un cosquilleo.

«Definitivamente, no me importaría lamer ese lugar por él».

Giró el portátil hacia mí.

—Bien. Acabo de activar nuestras cuentas. La prueba gratuita dura treinta días. Después son cuarenta y cinco dólares al mes. Utiliza este ordenador. Yo usaré mi iPad.

Una notificación apareció en mi pantalla.

—¿Acabas de darme?

—No.

—¡Alguien me ha dado!

—Créeme. Lo sabrías si te diera.

—En serio. Alguien me ha dado.

—Ignóralo.

—¿Por qué? Lo veo. Se llama Jonathan. No está tan mal.

—Has activado la cuenta hace literalmente unos segundos. Es imposible que le haya dado tiempo a leer todo tu perfil. Te ha dado porque eres guapa. Solo quiere una cosa... acostarse contigo. Aléjate de él. Voy a enviarte una solicitud para chatear.

Una foto de Damien apareció en la pantalla. Se la había hecho en el baño. Era una selfi sorprendentemente buena en la que la luz le daba en los ojos justo en el ángulo correcto, lo que hacía que pareciera como si estuvieran brillando. Era hermoso.

—Acabo de aceptar tu solicitud.

Damien: Hola.

                              Chelsea: Hola.

Damien: Eres muy guapa.

                      Chelsea: Tú tampoco estás mal.

Se asomó por encima del portátil.

—No le devuelvas el cumplido tan rápido. Ya tienes la ventaja. No necesitas besarle el culo, especialmente a alguien que empieza tan cursi.

                Chelsea: Retiro lo dicho. Eres horrible.

Damien: Esto del chat es un poco molesto, ¿no? ¿Me das tu número de teléfono para que podamos hablar?

                        Chelsea: Claro. Es el 95-

Me detuvo.

—No le des tu número todavía. Podría ser un psicópata. No querrás que tenga tu información personal.

Me reí.

—Creo que *es* un psicópata.

> **Chelsea:** Lo siento, mi proxeneta dice que no puedo darte mi número todavía.

Damien: ¿Quizás podamos quedar entonces? Podría pasar a recogerte.

> **Chelsea:** En realidad prefiero que quedemos en algún sitio.

—Buena chica. No has caído en mi trampa.

Damien: Claro, ¿qué tal el restaurante que hay en el Hotel Westerly?

> **Chelsea:** Me parece bien.

Bajó el iPad con frustración.

—No. Tú eliges el sitio en el que vais a quedar. No sabes qué motivos tiene para meterte en un hotel. Podría planear echarte algo en la bebida y llevarte arriba o alguna mierda del estilo. Elige siempre el lugar.

> **Chelsea:** Pensándolo bien, prefiero otro sitio.

Damien: Tú dime dónde.

> **Chelsea:** ¿Qué te parece el Starbucks de Powell Street, en el centro?

—Bien. El café es muy neutral, no te comprometes a nada.

Damien: Vale. ¿Qué tal el sábado por la tarde a las 15?

Chelsea: Suena bien.

Damien: Estoy deseando que llegue. Nos vemos.

—Bueno, ha sido bastante fácil —dije.

—Te acostumbrarás. Tú mantén siempre el control. Eres tú la que tomas las decisiones.

—¿Puedo hacerte una pregunta?

—¿Es importante?

—Probablemente no.

—Dime.

—¿Cómo voy a saber que no es una mala persona?

—No puedes saberlo al cien por cien. Usa tu instinto lo mejor que puedas. Y consigue su nombre completo. Yo pago por un servicio de verificación de antecedentes. Haré lo mismo que hago con todos los inquilinos para asegurarme de que cualquier chico con el que vayas a tener una cita sea legal.

—¿Harías eso por mí?

—¿Para qué están los amigos?

—Vaya... ¿somos amigos? —bromeé.

—Sí. ¿Por qué no?

Y ahí estaba: la confirmación final de que Damien no estaba interesado en nada más conmigo.

Le devolví el portátil.

—Será mejor que vuelva —dije—. Es tarde.

—Un momento. Antes de que te vayas. —Se dirigió a la cocina y desenchufó el horno tostador antes de tendérmelo—. Toma.

—¿Me estás *dando* tu horno tostador?

—Yo no lo uso mucho. Tengo la impresión de que es lo único que usas para cocinar. ¿Estoy en lo cierto?

—Mayormente, sí.

—Pues toma.

Lo agarré.

—Gracias. Te lo devolveré.

—No hace falta. Si alguna vez necesito tostar algo, llamaré a tu puerta. *Fuerte*. Por si acaso estás encerrada en el baño con un libro de tríos.

Puse los ojos en blanco.

—Gracias de nuevo por la cena.

—Que descanses, Chelsea.

Mientras caminaba de vuelta a mi humeante apartamento, no pude evitar que una sonrisa me cruzara el rostro. Tampoco pude evitar desear que la cita en la cafetería del sábado con Damien fuera real.

7

CAMBIA LA HISTORIA

Un par de semanas más tarde, era la Noche de las Artes en el centro juvenil, y acabé en un berenjenal enorme.

El evento era nuestra mayor función artística del año y el único de cuya organización era totalmente responsable.

Muchos de los patrocinadores del centro acudirían a ver algunas actuaciones realizadas por los chicos y las chicas. También había varios talleres en los que participaban algunas celebridades locales. Había conseguido que viniera un músico de *jazz*, una actriz de un grupo de teatro del Área de la Bahía y un pintor al óleo. La idea era tener una persona de cada categoría: música, teatro y artes visuales.

En el último momento, el pintor, Marcus Dubois, llamó para decir que su vuelo de vuelta a casa desde Londres se había cancelado y que no podría asistir. Aunque el acto tendría que seguir adelante sin él, sabía que esto no iba a quedar bien ante los donantes y que no sería un buen augurio ni para la dirección del centro ni para mí.

Desesperada, me devané los sesos en busca de una solución e inmediatamente pensé en Damien. Me pregunté si estaría dispuesto a hacer de sustituto, si estaría dispuesto a demostrar algo de su talento. También incluiría hablar con los niños y las niñas, algo con lo que no estaba segura de que fuera a sentirse cómodo.

Damien y yo solo habíamos quedado de forma casual un par de veces más desde la noche en la que me preparó la pizza. Las dos veces fui yo la que lo inició, llamando a su puerta e invitándome a entrar. En ningún momento me había hablado de su arte, así que no estaba segura de cómo se sentiría al organizar un taller, especialmente con tan poco tiempo de antelación. Pero cuando faltaban dos horas para que llegara la gente, estaba desesperada y saqué el móvil.

El corazón me latía con fuerza cuando me saltó el buzón de voz.

La voz me temblaba.

—Hola, Damien. —Me aclaré la garganta—. Soy Chelsea. Tengo que pedirte una especie de favor enorme, pero no estoy segura de que sea algo que vayas a pensarte siquiera. Básicamente, es la Noche de las Artes aquí en el centro juvenil. Es un evento enorme, y el artista más importante que tenía preparado, Marcus Dubois, a lo mejor has oído hablar de él, me ha dejado tirada. Han venido un montón de patrocinadores y estamos intentando darles una buena impresión y bueno, tiene muy mala pinta. Estoy un poco desesperada y asustada, así que...

BIP.

Su maldito contestador automático me cortó.

¡Mierda!

Ahora sonaría como una completa desesperada si volvía a llamar. Decidí intentar olvidarme de ello e hice todo lo posible por aguantar la vergüenza que sentía por no tener a alguien que representara las artes visuales. Explicaría lo sucedido lo mejor que me fuera imposible y cortaría por lo sano.

Sintiéndome completamente derrotada, seguí adelante con los trámites, dejando entrar al servicio de *catering*, ayudando a preparar el lugar y, finalmente, saludando a los invitados que llegaban con una sonrisa falsa en la cara.

Toda la sección de la sala que se había preparado para Marcus Dubois estaba notoriamente vacía.

Justo cuando estaba explicando la situación de Dubois a otra patrocinadora por centésima vez, oí una voz grave a mis espaldas.

—Perdón por llegar tarde.

Cuando me di la vuelta, Damien estaba ahí con su clásica gorra gris, vestido de negro y oliendo a cuero y a colonia. Llevaba una bolsa enorme al hombro. Mis débiles rodillas parecían estar a punto de romperse. Me había tomado tan de sorpresa que me quedé muda hasta que finalmente encontré las palabras para presentarlo.

—Este es...

—Damien Hennessey —me interrumpió, y le ofreció la mano a la mujer junto con un destello de sus perfectos dientes, los cuales quise recorrer con la lengua—. Chelsea me llamó para que hiciera de sustituto tras la cancelación de Dubois. —Me miró—. ¿Dónde me necesitas?

—Puedes instalarte aquí, en esta esquina.

Damien me siguió y dejó sus cosas. Una vez que estuvimos solos, me volví hacia él.

—No puedo creer que hayas venido. Ni siquiera pude pedirte que vinieras en el mensaje.

—Era obvio a dónde querías llegar a parar. Y sonabas como si tuvieras miedo o algo así. ¿Por qué te has puesto tan nerviosa a la hora de pedírmelo?

«Porque me atraes una barbaridad».

Después de perderme en sus ojos durante unos segundos, me encogí de hombros.

—No lo sé.

—En fin, he venido tan rápido como he podido.

—No tienes ni idea de lo que significa esto para mí.

—Creo que sí lo sé. Parece que estás a punto de llorar. No ocultas muy bien tus sentimientos.

«Tenía razón. Apenas podía contener las lágrimas de alivio».

—Significa mucho, de verdad.

Damien miró a su alrededor.

—Bueno, ¿qué hago?

—Vale. ¿Te has traído todos los materiales que necesitas para pintar?

—Sí, lo tengo todo.

—Tu taller comienza en media hora. Lo único que tienes que hacer es crear algo de tu elección, tal vez explicar un poco cómo haces lo que haces, tu técnica, y luego simplemente te harán algunas preguntas al final. Ya sabes, cómo te metiste en esto..., consejos si quieren convertirse en artistas..., cosas así.

—Puedo hacerlo.

—En serio, te debo mucho por esto.

—No me debes nada.

—Te debo un horno tostador, y ahora te debo más.

Mi director me apartó de repente para mezclarme con otros donantes, dejando a Damien solo para que se instalara y haciendo que me perdiera la mayor parte de su taller. De vez en cuando lo miraba a hurtadillas mientras se ponía la máscara y pintaba el lienzo que había colocado en un caballete.

Por fin pude escaparme y me colé en su taller, el cual no había terminado todavía. Estaba de pie detrás de él y no podía ver lo que había pintado con espray, ya que el caballete estaba orientado hacia el público durante la parte de preguntas y respuestas.

—¿Cómo te metiste en esto? —preguntó uno de los chicos.

—Bueno, cuando era adolescente estaba pasando por un momento especialmente duro tras la muerte de mi padre. Empezó como un grafiti en una propiedad que no era mía. —Extendió las palmas de las manos—. No lo estoy justificando ni nada. —Todos se rieron mientras él continuaba—. Sin querer, descubrí que tenía mano para ello y encontré lugares nuevos en los que practicar, con la esperanza de no meterme en problemas. Por aquel entonces lo utilizaba como vía de escape. Pero con los años se ha convertido en mucho más que eso. Ahora vivo para crear imágenes y darles vida.

Uno de los adultos levantó la mano.

—¿Qué les dirías a los jóvenes que quieren ser artistas? —inquirió.

Damien dirigió su respuesta a los niños y niñas.

—Hay que encontrar un equilibrio. La mayoría de la gente no tiene la suerte de ganarse la vida haciendo lo que le gusta. Así que hay que seguir estudiando, encontrar una carrera práctica al principio, conseguir algunas habilidades a las que recurrir, pero sin dejar de hacer lo que te apasiona. Tomé algunas decisiones inteligentes desde el principio que me permiten pasarme los días creando arte, pero eso es solo porque me esforcé en mis estudios. Ahora estoy cosechando los beneficios.

Uno de los adolescentes, Lucas, levantó la mano.

—Yo dibujo —dijo—, pero no se lo enseño a nadie. Supongo que tengo miedo porque una vez mi hermano encontró mis dibujos y se rio de ellos. Así que siento que ahora no puedo compartir esa parte de mí.

—Si te dices que no puedes hacer algo, cambia la historia que hay en tu cabeza. Visualiza un resultado diferente. Cambia la historia. Esa es también la belleza del arte. Puedes crear tu propia interpretación de cualquier cosa. Elige un recuerdo triste o incómodo, por ejemplo, y reescribe el final. De hecho, eso es lo que he hecho con este cuadro. La verdadera historia que hay detrás no fue tan sencilla.

Como me había perdido la parte en la que pintaba, no tenía ni idea de lo que estaba hablando. Entonces, oí cómo uno de los adolescentes preguntaba:

—¿Así que a Chelsea no le gustaban mucho tus perros?

«¿Qué?».

—En realidad —respondió—, cuando la conocí, tuvimos un comienzo difícil. Era un poco arrogante conmigo, así que le devolvía esa arrogancia. Ella tenía la impresión de que yo era una mala persona. Un día vino oliendo a beicon...

Todos empezaron a reírse.

—Lo sé. Quién hace eso, ¿verdad? En fin, los perros se vuelven absolutamente locos con ese olor. Se emocionaron y la pisotearon. A ella no le gustó. Son inofensivos, pero son bastante grandes. Así que no pude culparla. —Nuestras miradas se cruzaron y sonrió al percatarse de que estaba escuchando cada palabra—. En fin, no se dio cuenta, pero ese día me morí de vergüenza.

Se me encogió el corazón. «¿De verdad?».

Volvió a enfrentarse a su público.

—En fin, en un mundo perfecto, tal vez habría estado riéndose como en la imagen en vez de casi llorando.

Cuando por fin pude ver bien el lienzo, me tapé la boca, sin saber si quería reír o llorar.

«Era la viva imagen de mí».

Mi pelo rubio y ondulado estaba esparcido por el suelo mientras Dudley y Drewfus se echaban encima de mí y me lamían la cara. Se parecía mucho a lo que había sucedido en realidad, salvo que él me había representado con una sonrisa enorme, como si me estuviera riendo histéricamente, sin cansarme de los animales grandes y graciosos.

«Había cambiado la historia».

No podía apartar los ojos de él, y ahora estaba esbozando una sonrisa similar a la del cuadro.

Los niños se acercaron a Damien durante casi una hora después de que terminara la presentación para hacerle más preguntas y para probar pintar en unos lienzos en blanco que había traído. Damien los invitó a todos al edificio para que vieran el mural que estaba haciendo cuando quisieran. Nunca imaginé que su incorporación en el último momento los dejaría tan impresionados, pero sus palabras fueron realmente inspiradoras.

La multitud se disipó, y Damien estaba recogiendo sus cosas cuando me acerqué a él.

—Ha sido increíble.

—No ha sido nada.

—No. Sí que ha sido. —Le toqué el hombro y él miro durante un breve momento mi mano en su brazo. Lo miré a los ojos—. Eres increíble.

No sabía por qué estaba tan conmovida en ese momento. Damien acababa de despertar una parte de mí que se había dado cuenta de que ansiaba mucho más de la vida.

—Ha sido una de las mejores presentaciones que hemos tenido. En serio, esta noche te debo la cena.

Su boca se curvó en una sonrisa.

—¿Vas a quemarme la cena?

—Por supuesto que no. Voy a comprarla, y no voy a aceptar un no por respuesta. ¿Tienes planes para esta noche?

Sus ojos se cerraron un momento.

—La verdad es que sí. Lo siento.

Intentando que no se notara mi decepción, asentí.

—Oh. Quizá mañana. —Al darme cuenta rápidamente de que mañana era viernes por la noche, dije—: Mierda. Me acabo de acordar. Tengo una cita.

—¿En serio?

—Pareces sorprendido. Tú eres el que me puso en esa página web.

—En realidad no me sorprende en absoluto, Chelsea. ¿Dónde has quedado con él?

—En el Starbucks de Powell. El mismo lugar en el que ese tal Damien me dejó plantada.

—El bueno de Damien. —Sonrió—. ¿Te vas ya para casa? ¿Quieres que te lleve?

—Claro. Normalmente voy andando. Pero hoy ha sido un día agotador.

Damien abrió la puerta del copiloto de su camioneta y me dejó entrar antes de meter sus provisiones en la parte trasera. El coche olía a su colonia mezclada con ambientador. Cerrando los ojos, inspiré hondo. Miré el asiento trasero y sonreí al ver la toalla que había puesto para los perros.

El trayecto hasta nuestro edificio duró tres minutos. Damien metió la camioneta en el lugar especial reservado para él. Una vez que lo aparcó, no se movió.

Nos quedamos en silencio durante varios segundos antes de que preguntara:

—Has mencionado que tu padre falleció. ¿Qué le pasó?

—Murió de un ataque al corazón cuando yo tenía trece años. Solo tenía treinta y cinco.

—Vaya. Lo siento mucho.

—Gracias.

—¿Dónde vive tu familia?

—Crecí en San José. Mi madre todavía vive allí. Tengo un hermano dos años menor que yo. Vive en San Francisco, a un par de kilómetros de aquí.

—¿Cómo se llama?

—Tyler.

—Es un nombre bonito. Tu madre tiene buen gusto... Damien y Tyler. ¿De qué nacionalidad eres?

—Mi madre es mitad griega mitad italiana. Mi padre era irlandés.

—De ahí el Hennessey.

—Sí. —Sonrió.

—La muerte de tu padre... siendo tan joven. Me imagino que eso ha tenido un gran impacto en las decisiones que has tomado en tu vida.

—¿Te refieres a por qué estoy viviendo como un jubilado con casi veintisiete años?

—Más o menos, sí. O sea, eso no quiere decir que no te lo hayas ganado.

—No vas desencaminada. La muerte de mi padre me motivó mucho, de eso no hay duda. Era una persona que trabajaba demasiado, nunca pudo disfrutar de su vida, nunca tuvo los medios financieros para hacerlo. Se limitó a vivir el día a día, y luego murió. Así que sí, debido a eso, quiero disfrutar de mi vida sin reparos, y no doy nada por sentado.

Nos quedamos sentados en su coche durante más de una hora para hablar de cualquier cosa y de todo. Me preguntó por mi familia y por cómo llegué a trabajar en el centro juvenil. También habló de los cuatro años que vivió en Massachusetts antes de volver a trabajar en Silicon Valley. Quería quedarme hablando en esa camioneta para siempre. Era una sensación extraña, porque mi mente estaba muy involucrada y, sin embargo, mi cuerpo estaba agitado, incapaz de ignorar la atracción física que sentía hacia él. Sinceramente, no había sentido eso por ningún hombre antes, ni siquiera por Elec.

—Tengo que irme —dijo finalmente.

—Vale.

Caminamos juntos de vuelta a nuestros apartamentos del segundo piso.

—Si no te vuelvo a ver, ten cuidado mañana por la noche.

—¿De qué estás hablando?

—Tu cita.

Casi me había olvidado de mi cita para tomarme un café con un tipo llamado Brian.

—Oh, claro. Bueno, sigo debiéndote una cena.

—Vale.

—Que tengas una buena noche, Damien.

—Tú también.

Mientras miraba cómo abría la puerta de su apartamento, sentí que me sonrojaba. Este hombre cada vez me gustaba más. Sin embargo, era como si debiera haber una alarma de advertencia sonando al mismo tiempo. Me contó que no le interesaba un futuro con alguien que quisiera casarse o tener hijos. Su última relación terminó por ese motivo. Seguía sin ser capaz de entender la raíz de por qué se sentía así. Hoy se ha portado muy bien con los niños y niñas del centro y tiene un carácter naturalmente protector.

Dentro, me acerqué a la pared y sustituí mi obra de arte por el lienzo que Damien había pintado de mí y los perros. Con una enorme sonrisa en la cara, me quedé mirándolo un rato.

«Cambia la historia».

No había pensado en Elec ni una sola vez en toda la noche. Y eso hizo que me sintiera muy bien.

Estuve inquieta durante el resto de la noche, por lo que quise hacer algo que llevaba un tiempo planeando. Me hice con una caja de harina preparada de la alacena y decidí hacer esas magdalenas de arándanos con las que habíamos bromeado tiempo atrás. Me pareció el gesto perfecto para agradecerle su ayuda.

El apartamento olía muy bien cuando saqué las magdalenas calientes del horno. Cuando se enfriaron, desenterré de mi habitación una cesta que había servido para almacenar revistas. Coloqué un paño en el centro y dispuse las magdalenas antes de cubrirlas.

Pensaba llevárselas por la mañana, pero cuando oí que la puerta de su casa se cerraba poco antes de la medianoche, decidí llevar la cesta mientras las magdalenas todavía estuvieran recién hechas.

Respiré hondo y llamé tres veces a la puerta. Cuando abrió, me di cuenta de que tenía el pelo revuelto. Damien no parecía feliz de verme, y su expresión era incómoda.

—¿Qué pasa?

Se me desplomó el corazón cuando miré más allá de sus hombros y me encontré a una mujer de pelo largo y castaño sentada en el sofá alisándose la camiseta.

Las palabras no me salían. Sin dejar de sujetar la cesta de magdalenas, me quedé de pie, notando que me latían los tímpanos. No tenía derecho a estar extremadamente celosa, pero lo estaba.

—Lo siento. No quería interrumpir. Solo quería darte esto —dije, prácticamente empujando la cesta hacia él—. Disfrútalas.

Antes de que pudiera responder, volví corriendo a mi apartamento y cerré con un portazo.

8

VIERNES NOCHE ILUMINADA

A la mañana siguiente, por extraño que pareciera, el sonido de los perros ladrando era reconfortante. Significaba que estaban interrumpiendo lo que fuera que estuviera pasando entre Damien y su pequeña aventura. Me pregunté si ella se habría comido una de mis magdalenas.

«Cabrona».

Ni siquiera había pensado en guardarme una para mí antes de arrojar la cesta en sus manos.

¿Estaba siendo ridícula? Después de todo, ¡yo misma tenía una cita esta noche! La realidad era que me estaba obligando a ir a esa cita.

Un golpe en la puerta interrumpió mis pensamientos. No esperaba a nadie tan temprano, ni siquiera estaba vestida. Tenía el pelo enredado y estaba segura de que tenía ojeras.

Damien no tenía mucho mejor aspecto cuando abrí la puerta.

Todavía con la misma ropa de ayer, levantó la mano.

—Hola.

—Hola.

—¿Puedo entrar?

—Claro.

Con aspecto de estar tenso, se metió las manos lentamente en los bolsillos mientras me miraba.

—¿Qué pasó anoche?

—¿De qué estás hablando?

«Buen intento de esquivar la pregunta».

Se acercó más a mí.

—¿Que de qué estoy hablando? ¿Me dejaste con una puta cesta gigante de magdalenas y saliste corriendo antes de que pudiera decir nada? ¿Te suena?

—Pensaba que estabas solo. Me tomó desprevenida.

Sus ojos se suavizaron.

—Estabas molesta...

—No, no lo estaba.

—Mientes fatal, Chelsea. Se te da como el culo. No ocultas muy bien tus sentimientos.

—Crees que sabes casi todo lo que hay que saber sobre mí, ¿no?

—No todo. Pero no hace falta ser un genio para leerte. Es una de las cosas que me gustan de ti. Eres una de las personas menos falsas que he conocido.

—Entonces, dime. ¿Por qué crees *tú* que me molesté?

—¿Sinceramente? Creo que estás confundida en cuanto a mí.

—Confundida...

—Sí. Creo que te estás preguntando por qué opté por no cenar contigo y en su lugar terminé con una mujer que literalmente acababa de conocer, alguien que no es tan dulce como tú y seguro que no es tan guapa como tú. Así que te estás preguntando en qué demonios estaba pensando. ¿Estoy en lo cierto?

«Eso es exactamente lo que estaba pensando».

Continuó:

—Sé que no nos conocemos desde hace mucho, pero siento una conexión contigo, ¿vale? Si has percibido algo, no te lo estás imaginando.

—Bueno, si no estaba confundida antes... ahora sí que lo estoy.

—Siento que tengo que decírtelo ahora, porque no soporto la idea de que pienses que de alguna manera no te encuentro atractiva cuando es justo lo contrario.

Me crucé de brazos.

—Repito. No te sigo.

Cerró los ojos como si tratara de encontrar las palabras adecuadas.

—Sé con certeza que nunca podré ser lo que alguien como tú necesita en un novio, en una pareja. No es que al principio no nos divirtiéramos o estuviéramos muy bien juntos. Simplemente no soy bueno para ti a largo plazo, no soy de los que se casan. Y las razones son demasiado complejas como para entrar en ellas, aunque sí que te aseguro que no tiene nada que ver contigo y que tiene todo que ver conmigo. No puedo empezar algo con una chica como tú si quiero mantener la conciencia tranquila.

—Una chica como yo...

—Sí. No eres la clase de chica que un chico se lleva a casa para un polvo rápido. Eres la chica con la que un chico se queda.

«Sí. Al igual que hizo Elec».

—No tenías por qué explicar todo esto. No me debes ninguna explicación.

—Bueno, si no hubiera sido tan obvio que estabas molesta, podría no haber dicho nada. Pero no creo en eso de andarse con rodeos con la gente ni en darle largas. No soy como tu ex. Pero también necesito que entiendas que hay una diferencia entre no querer estar con alguien y no *poder* hacerlo. Sé que, más que nada, tienes miedo de que te vuelvan a hacer daño. Y aunque sé que disfrutaría mucho cruzando la línea contigo, si lo hiciera, *acabaría* haciéndote daño. No voy a ser *ese* chico.

—Bueno, agradezco tu sinceridad —contesté, sintiendo un peso en el pecho—. Ha sido una conversación un poco más profunda de lo que esperaba tan temprano.

—Lo sé. Lo siento. Sentía que tenía que hablarlo después de cómo te fuiste. No he podido dormir en toda la noche pensando que estabas molesta.

Tragué saliva, sintiendo una mezcla entumecida de tristeza y decepción. Sin saber qué decir, sonreí.

—¿Ser amigos también es zona prohibida?

—Pues claro que no. Me siento mejor con lo de ser amigos ahora que me he explicado. Es solo que no quiero que las cosas sean incómodas entre nosotros, ya sabes, si...

—Si estás con una chica... —interrumpí.

Asintió con la cabeza.

—O si tú estás con un chico.

Damien había dicho que se sentía mejor, pero no lo parecía. No parecía aliviado. Parecía molesto y tenso.

Y yo estaba más confundida que nunca.

Brian Steinway era el típico estadounidense.

Se había mudado de Iowa a Silicon Valley para trabajar en Hewlett Packard, aún era bastante nuevo en el Área de la Bahía.

Durante la cita en la cafetería, escuchaba atentamente cada palabra que salía de mi boca y no paraba de decirme que era mucho más guapa en persona. Tenía el pelo rubio y los ojos azules y, francamente, parecía el hermano que nunca tuve. Brian era dulce y autocrítico y todo lo que una chica debería desear en teoría.

En el sofá esquinero del Starbucks de Powell Street, le di un sorbo al café con leche mientras manteníamos una cómoda conversación entre el sonido que hacía la espuma de la leche y el de los granos de café moliéndose. Fingí estar interesada de verdad en lo que me estaba diciendo, aunque los pensamientos sobre Damien estaban siempre presentes, nublándome la mente cuando debería haber estado prestándole toda mi atención al dulce hombre que tenía delante.

No pude evitar pensar en la cita falsa que se suponía que iba a ocurrir aquí con el Damien *online*. En esos momentos, me acordaba al instante de la conversación que habíamos tenido esta mañana y volvía a la realidad. Las últimas veinticuatro horas habían transcurrido como un sueño incómodo.

Cuando nos levantamos después de dos horas sentados, Brian recogió mi vaso y lo tiró.

—Me encantaría llevarte a casa.

—Claro —contesté sin pensarlo.

Damien me habría dicho que era una mala idea. Pero tampoco es que tuviera voz y voto. De todas formas, estaba bastante segura de que Brian era inofensivo.

Cuando llegamos a mi barrio, Brian aparcó a una manzana de mi casa. Dio la vuelta al coche para abrirme la puerta del lado del copiloto y dejarme salir antes de acompañarme hasta el edificio. No quería invitarlo a subir, así que me detuve intencionalmente en el patio.

Antes de que tuviera la oportunidad de darle las buenas noches, una cantidad enorme de luz iluminó el cielo nocturno. Parpadeando, Brian y yo miramos lo que parecía la iluminación de un estadio que alumbraba el patio como si estuviéramos en medio de un partido de fútbol un viernes por la noche.

«¿Qué estaba pasando?».

Cuando alcé la vista, Damien nos estaba mirando desde la ventana del segundo piso. Tenía los brazos cruzados. Luego, se apartó casualmente cuando me vio mirándolo fijamente.

—¿Y estas luces? —preguntó Brian.

—Mi casero está un poco pirado. Debe de haberlas instalado para ahuyentar a los ladrones.

—¿Tienen sensor o algo así?

—Algo así —respondí, sabiendo muy bien que Damien las estaba controlando.

—¿Te gustaría volver a quedar? ¿Tal vez ir a cenar en vez de tomar café?

—Claro. Estaría bien.

—Entonces te llamaré pronto. —Brian se inclinó y me dio un beso en la mejilla. Se quedó en el patio observando hasta que estuve a salvo en el interior.

Mi primer instinto fue ir corriendo a casa de Damien y exigirle que me dijera por qué había encendido esas luces en el momento exacto en el que yo había aparecido con Brian. Luego, me di cuenta de que lo más probable era que esa fuera la reacción que se esperaba que tuviera. Después de la conversación de esta mañana, necesitaba dar un paso atrás, tener algo de orgullo y dejar las cosas como estaban.

Acomodándome en el sofá, intenté que mi mente se concentrara en una revista. Pero me aburrí de hojear las páginas de forma mecánica. Eran solo las ocho y la noche era joven.

Unos minutos más tarde, oí música procedente de la puerta de al lado.

Damien subió el volumen de repente. Tardé un poco en darme cuenta de que la canción era *Two Is Better Than One*.

Me sonó el móvil.

Damien: ¿Oyes eso? Han escrito una canción sobre ti y tus fantasías con los tríos.

Chelsea: ¿No tienes nada mejor que hacer un viernes por la noche?

Damien: ¿Qué tal la cita?

Chelsea: Se ha portado bien. ¿Qué tal la tuya?

Damien: No he tenido ninguna.

Chelsea: ¿Demasiado ocupado espiando la mía? En serio, ¿qué ha sido eso de las luces?

Damien: Pedí que me las instalaran hace un tiempo, cuando unos chicos estaban estropeándome el mural. Puedo controlarlas desde aquí.

Chelsea: Ha sido muy intrusivo.

Damien: Solo estaba cuidándote.

Chelsea: ¿Casi cegándome?

Damien: Jajajaja. ¿Has conseguido su nombre completo? Puedo comprobar sus antecedentes.

Chelsea: Tengo su nombre, pero es inofensivo. Confía en mí.

Damien: No deberías haberle enseñado dónde vives tan pronto.

Chelsea: Sabía que dirías eso.

Damien: Entonces, ¿por qué lo has hecho?

Chelsea: No pasa nada.

Damien: ¿Vas a volver a quedar con él?

Chelsea: Probablemente.

Damien: Voy a buscarlo. ¿Cuál es su nombre completo?

Chelsea: Brian Steinway.

Damien: Como el piano.

Chelsea: Sí. Jajajaja.

Damien: ¿Alguna otra información?

Chelsea: Nació en Iowa, trabaja en Hewlett Packard, vive en Sunnyvale.

Damien: Muy bien.

Damien se quedó callado después de eso. No volví a saber de él hasta que llamaron a la puerta unos veinte minutos después.

Abrí.

—¿Qué pasa?

—He venido a darte la noticia en persona.

—¿Qué noticia?

—He buscado al chico con el que te estás viendo.

—¿Y?

—Bueno... me temo que... —Se rascó la barbilla.

—¿Qué? Dime.

—Nada. Completamente legal. —Sonrió.

—Me has asustado —dije, dándole una bofetada juguetona.

Damien se agachó para levantar algo del suelo. Era mi cesta, sin las magdalenas.

—Toma, te devuelvo tu cesta. —Había metido una botella de vino blanco junto con unas galletas que olían como si estuvieran recién horneadas.

—¿Y esto?

—En agradecimiento por las magdalenas. Me he comido como tres hoy. Están deliciosas.

—No tenías por qué hacer nada. Las magdalenas eran para darte las gracias por ayudarme en la Noche de las Artes.

—Bueno, eso no fue nada. Así que considero las magdalenas un regalo. No acepto nada sin corresponder. Así me educó mi madre.

Le di un bocado a una de las empalagosas galletas de chocolate y hablé con la boca llena.

—Están muy buenas. Creo que, sin querer, has iniciado un concurso de repostería. No sé cocinar, pero sé hacer postres.

—¡Que dé comienzo! —bromeó—. Intento comer sano, pero la bollería, las galletas, las tartas... todos los productos horneados son mi debilidad. —Robó una de las galletas y le dio un bocado—. Bueno, solo quería darte la información y las galletas.

—Gracias otra vez.

«No te vayas».

Cuando empezó a alejarse, lo detuve.

—¿Damien?

Se dio la vuelta.

—¿Sí?

—¿Tienes planes ahora mismo?

—No.

—¿Quieres ver una película?

Se mordió el labio inferior para reflexionar sobre mi pregunta y luego sonrió.

—Solo si puedo elegir la película.

—Claro.

—¿Tienes reproductor de DVD?

—Sí.

—Vuelvo en media hora.

Los golpes exagerados en la puerta eran rítmicos. *Toc, toc.*

Después de dejarlo entrar, Damien miró mi ropa.

—Todavía estás vestida.

Se había puesto unos pantalones de chándal grises que se ceñían a sus genitales de una forma que descartaba por completo cualquier posibilidad que hubiera habido de que no estuviera bendecido en esa zona. La parte superior de los calzoncillos le sobresalía un poco.

«Me cago en todo».

Alcé la mirada.

—No sabía que era una fiesta de pijamas.

Pasó junto a mí, dejándome con un poco de su provocador olor.

—Bueno, vamos a ver una película. Se me ocurrió ponerme cómodo. Pero siéntete libre de quedarte con el *vestido*. Sí, eso tiene mucho sentido.

«Después de la conversación que tuvimos, ¿por qué me molestaba en tener buen aspecto cuando estaba con él?».

«Tenía razón».

—Vale, listillo, voy a ponerme la ropa de dormir.

Levantó un paquete para microondas que había traído y lo agitó.

—Voy a hacer palomitas y a preparar el reproductor de DVD. —Miró a su alrededor—. ¿Dónde están los cuencos?

Señalé uno de los armarios.

—Ahí dentro.

—Genial.

—Vas a tener que cambiar el modo de televisión a AV2. Es el mando de Sony —le dije mientras me dirigía al dormitorio.

—Listo —gritó a mis espaldas.

Aunque mi mente sabía que Damien había cerrado la puerta a la posibilidad de que ocurriera algo romántico entre nosotros, estaba claro que mis nervios no habían recibido el mensaje. Mientras me quitaba el vestido, seguía sintiéndome como una tonta con vértigo. El corazón me latía un poco más rápido de lo normal mientras me ponía unos *leggings* negros y la vieja camiseta de los Bruins de Elec con la que dormía a menudo. Sentía un ligero ruido en el estómago, por lo que decidí que probablemente debería aprovechar la oportunidad para usar el baño.

«Te cagas en más de un sentido, ¿eh, Chelsea?».

Mi viaje al baño duró más de lo esperado. Me sorprendió que Damien no se metiera conmigo por ello.

Cuando terminé, me sentí mucho mejor. Al menos hasta que volví a entrar en el salón.

Se me revolvió el estómago al oír su voz. La sangre comenzó a subírseme a la cabeza.

Su voz.

Una voz que llevaba mucho tiempo sin escuchar. Una voz que había intentado bloquear de mi cerebro todos los días.

Elec.

Tardé unos segundos en darme cuenta de que no era realmente él. Era el DVD que dejé en el reproductor hacía mucho tiempo, uno que veía una y otra vez cuando rompimos. Hacía meses que no utilizaba el aparato, pero el disco seguía ahí.

Damien no se había dado cuenta de que estaba detrás de él. Estaba ahí, quieto como una estatua, viendo el vídeo casero con atención. No sabía qué decir ni qué hacer, así que me quedé de pie, avergonzada.

Cuando hicimos ese vídeo, se suponía que Elec y yo teníamos que estar grabando una presentación para el centro juvenil y acabamos haciendo el tonto en el parque con la cámara que nos prestaron. En ese momento, pensé que la pequeña película sería un bonito recuerdo íntimo. No tenía ni idea de que, en cambio, justo después de que rompiéramos se utilizaría como mero medio de autotortura como parte de mi investigación constante sobre lo que salió mal.

Escucharlo fue como recibir una puñalada en el corazón lentamente con Damien como testigo de mi masacre. Me encogí al escuchar mi propia voz en el vídeo.

—¿No se supone que tenías que estar entrevistándome, Elec?

—Me he distraído un poco.

—¿Con qué?

—Con lo guapa que estás ahora mismo así, bajo el sol. Me encanta mirarte a través de esta lente.

—Gracias.

—Eres increíblemente adorable. No puedo creerme que sigas sonrojándote cuando te hago un cumplido.

—¿Me sonrojo?

—Sí. Y te advierto, sigue mirándome con esos ojos y en unos dos segundos esto se convertirá sin querer en una película para adultos.

Risas.

—*Igual podemos probarlo más tarde en casa, Sr. Cámara.*

—*Pero, en serio, la cámara te quiere. Yo también, de hecho.*

—*Sí, ¿eh?*

—*Sí, Chels. De verdad.*

—*¿Cuánto?*

—*Deja que te lo enseñe.*

Elec suelta la cámara.

Sonidos de besos.

Risas.

—*Es verdad, cariño, me haces muy feliz. Soy el hombre más afortunado del mundo.*

Cuando Damien por fin se gira y se da cuenta de que estoy a su lado, apaga el vídeo y se limita a mirarme.

Silencio.

Su expresión era una mezcla de compasión, enfado y comprensión. Creo que por fin se había dado cuenta de por qué estaba tan mal.

Cuando comenzó a caer una lágrima, la atrapó a mitad de camino por mi mejilla.

—Es un puto idiota —dijo—. No se merece cómo lo mirabas en ese vídeo, y tampoco se merece estas lágrimas. —Me acarició la mejilla con el pulgar—. Ni él ni nadie.

—No puedo evitarlo.

—¿Sabes? Ahora lo entiendo. Al haber visto eso. Al haberlo escuchado. Entiendo por qué te cuesta tanto. Sé que bromeo con lo de que estás loca y todo eso, pero tienes todo el derecho a estar molesta y confundida. Las cosas que te decía..., cómo las decía..., yo también me lo habría creído. Y soy un cabrón perspicaz. Eso no se le hace a alguien. Más que eso... te mereces algo mucho mejor.

—Eso fue solo tres semanas antes de que se fuera a Boston y volviera a establecer contacto con ella, cuando todo cambió. Cuando estaba fuera, encontré un anillo en su cajón. Iba a pedirme matrimonio.

Damien cerró los ojos durante unos segundos y soltó una serie de blasfemias en voz baja.

—Será mejor que no ponga un pie en nuestro edificio nunca. Juro por Dios que, como alguna vez lo vea, me lo cargo.

«Nuestro edificio».

Se me escapó una pequeña carcajada ante esa idea.

—Gracias por querer hacer eso por mí.

—No deberías ver ese vídeo.

—Hace tiempo que no lo veo. Te lo juro. Ya nunca uso el reproductor de DVD porque tengo Netflix. Ese disco lleva ahí unos cuantos meses.

Expulsó el disco y lo sostuvo en la mano frente a mí.

—No necesitas escuchar esta mierda nunca más. Con tu permiso, voy a destruirlo. ¿Puedo?

¿Qué se suponía que tenía que decir? Tenía que dejar que lo hiciera.

Algo reticente, asentí.

—Vale.

Flexionando el disco con fuerza, Damien lo partió por la mitad antes de dirigirse a la basura y tirarlo. Se limpió las manos de forma exagerada.

—¿Qué es lo siguiente?

—¿Cómo?

—Esa camiseta que llevas puesta. Era suya, ¿no?

—Sí.

—¿Llevas sujetador?

—Sí. ¿Por?

—Date la vuelta.

Creí que iba a intentar quitarme la camiseta, por lo que el corazón empezó a latirme con fuerza. Cerré los ojos cuando sentí que Damien recogía la tela en un puño a mis espaldas y tiraba de ella. La cercanía de su cuerpo contra mi espalda hizo que subiera la temperatura de mi piel.

—No te muevas —dijo antes de que notara cómo cortaba la camiseta con lo que supuse que eran las tijeras de la cocina. Cuando me la arrancó, una corriente de aire frío sustituyó al calor que me proporcionaba la camiseta—. Ve a ponerte una camiseta nueva.

Envolviéndome el pecho con los brazos, desaparecí en mi habitación, donde me tomé un minuto para recomponerme con la espalda apoyada en la puerta. El hecho de que me cortara la camiseta encendió una mezcla extraña de emociones. Por un lado, era un símbolo de cierre. Esa camiseta era la última prenda de Elec que tenía en mi poder. Por otro lado, me sorprendió lo mucho que me había excitado que me la arrancara.

Me obligué a recordar para qué había venido a mi apartamento, me puse la camiseta perfecta para la ocasión y volví al salón.

Damien sonrió mientras me miraba el pecho.

—«Loca por el beicon». Buena elección.

—Bueno, tú también me vuelves loca a veces, pero en el buen sentido. Gracias por empujarme a hacer algo que realmente necesitaba hacer. —Me incliné hacia él y le di un abrazo amistoso. Me negué a reconocer lo rápido que le latía el corazón y lo rápido que estaba intentando alcanzarlo el mío. O que olía tan bien que prácticamente podía saborearlo.

Damien fue el primero en separarse.

—¿Lista para la película?

—Sí. ¿Cuál has traído?

Sonrió mientras se acercaba a la encimera y me entregaba el DVD que seguía en el embalaje de plástico.

—Tu autobiografía.

—*Firestarter*. Debería haberlo sabido.

—¿La has visto? —Sonrió.

—Mentiría si dijera que sí.

—Yo tampoco. Pero va sobre una rubia que provoca incendios. Así que tengo la sensación de que ya la conozco.

—Interesante.

—¿A que sí?

—¿La has comprado?

—La pedí por Internet la noche que cenamos pizza. He estado esperando el momento perfecto para sacarla.

—Suena a algo que harías.

—Me gusta meterme contigo. Pero es de buen rollo. Lo sabes, ¿verdad? Me divierto contigo, Chelsea.

—El sentimiento es mutuo... cuando no me estás regañando —bromeé.

—Incluso cuando te estoy regañando, es por tu propio bien.

—Lo sé. —Sonreí.

Cuando nos sentamos para ver la película, Damien se acomodó en el sofá, subiendo sus grandes pies a la mesa de centro y echando la cabeza hacia atrás. Yo relajé el cuerpo en mi lado del sofá, con cuidado de no acercarme demasiado.

Aunque siempre había oído hablar de esta película, no tenía ni idea de qué trataba y me sorprendió descubrir que estaba protagonizada por una joven Drew Barrymore. La protagonista tenía la capacidad de provocar incendios con la mente. No era para nada el tipo de historia que solía gustarme, por lo que acabé soñando despierta durante gran parte, lanzándole miradas furtivas a Damien mientras se comía las palomitas. Parecía estar interesado. ¿En serio? Parecía que le estaba gustando de verdad.

En un momento dado, se giró y se dio cuenta de que lo estaba mirando.

—¿Qué pasa? ¿No te gusta?

—No es mi estilo de película, la verdad.

—¿Por qué no has dicho nada?

—Te estabas deleitando mucho con la idea de verla. No quería herir tus sentimientos.

Le bajó el volumen.

—¿Quieres ver algo en Netflix? ¿Qué te apetece?

«Me apetece enrollarme contigo».

«Dios, eso es lo único que me apetece hacer ahora mismo».

—Se está haciendo demasiado tarde para empezar una película nueva. No pasa nada.

—Bueno, no voy a dejarla puesta si no te gusta. —Agarró el mando a distancia y pulsó el botón de pausa.

De repente se hizo el silencio.

—¿Puedo preguntarte algo, Damien?

—La respuesta siempre es sí, así que deja de introducirlo todo con esa pregunta.

—¿Qué fue exactamente lo que inventaste que te permitió comprar este edificio?

—Fue un tipo de tecnología de auriculares. Un compañero de trabajo y yo vendimos la patente por diez millones.

«Espera, ¿qué?».

—Increíble.

—Después de los impuestos y de repartirlo, no era tanto dinero. Usé mi mitad para comprar este edificio en una subasta y arreglarlo.

—Entonces, lo invertiste todo aquí.

—Sí. Y da sus frutos.

—Fuiste muy inteligente al hacer eso y no desperdiciarlo.

—Me encanta poder tener contratadas a unas pocas personas buenas. Honestamente, esa es la mejor parte.

—Murray solo dice cosas buenas de ti como jefe.

—Mi trabajo es fácil. Lo que haces tú en ese centro juvenil a diario, dándole forma a la opinión que tienen los niños y las niñas sobre la vida y el mundo, abriéndoles los ojos a cosas nuevas... eso es mucho más difícil que cualquier cosa que yo haya hecho.

—Es curioso. Hay una adolescente que viene a pedirme consejos sobre relaciones... *a mí* precisamente.

—Tú dile que todas las respuestas se pueden encontrar en el unicornio —contestó, y puso los ojos en blanco.

Eso hizo que estallara en carcajadas.

—Debería hacer que fueras *tú* para que la pusieras en su sitio. Aunque puede que ya no le importe Kai en cuanto se pierda en tus ojos azules mientras le gritas que lo supere.

Me arrepentí del comentario sobre los ojos al instante. Damien se limitó a sonreírme con cara de no saber qué responder.

—¿Grito? —inquirió.

—Solo a veces.

Nos quedamos conversando cómodamente en el sofá durante un rato hasta que finalmente dijo:

—Vale... Entonces, ¿descartamos lo de ver otra película?

—Sí. Nada de películas. Creo que voy a acostarme.

Se levantó del sofá.

—Hora de irme, entonces.

Damien se agachó y expulsó el DVD del reproductor.

Lo acompañé hasta la puerta.

—Gracias por todo.

Se quedó quieto en el sitio antes de hablar.

—Tus ojos tampoco están tan mal.

Sonreí y sentí que me sonrojaba ante el cumplido.

—El imbécil de tu ex tenía razón en una cosa —añadió.

—¿En qué?

—Te sonrojas cada vez que alguien te hace un cumplido. —Hizo una pausa—. Cada vez.

Estaba segura de que estaba todavía más sonrojada cuando dije:

—Buenas noches.

—Buenas noches.

9

CAJA DE PANDORA

—¿En serio? —dije mientras me frotaba los ojos—. Hoy están haciendo más ruido todavía.

La voz telefónica de Damien era demasiado alegre y animada para ser tan temprano.

—¿Por qué no te vienes a desayunar con nosotros? Si no puedes vencerlos, únete a ellos.

—Entonces, ¿la única manera de que los Doble D dejen de ladrar es ir allí? En serio, tiene que haber una solución mejor.

—¿Qué es mejor que desayunar con nosotros? Te echan de menos.

—Lo dudo mucho.

En las últimas semanas, Damien y yo habíamos empezado a descubrir que, por alguna razón, los perros dejaban de ladrar cada vez que me acercaba a quejarme por la mañana. En cuanto volvía a mi apartamento, los ladridos empezaban otra vez. Era casi como si se estuvieran riendo de mí.

—Venga, te prepararé café y huevos. Si quieres tostadas, tendrás que traer el horno tostador.

—Me tostaré unas rebanadas y las llevaré —contesté al tiempo que me ponía algo de ropa con una sonrisa en la cara—. El beicon nos lo saltamos.

Se rio.

—Mmm... sí. Sin beicon, por favor.

Damien había dejado la puerta abierta y, cuando entré, estaba vaciando una sartén llena de huevos revueltos en dos platos.

—Mira, ni se han quemado —dije, con un plato de tostadas en la mano.

—Seguro que no estabas leyendo y haciendo las tostadas.

Dudley y Drewfus daban vueltas a mi alrededor, pero como era de esperar, habían dejado de ladrar ahora que estaba allí. A la espera de algunas sobras, los animales se sentaron a nuestros pies mientras Damien y yo comíamos en la mesa de la cocina.

—Es increíble lo callados que están ahora.

Le dio un bocado a la tostada.

—Están tranquilos cuando están contentos.

—¿Me estás diciendo que son más felices cuando yo estoy aquí?

—A lo mejor les gusta que haya una mujer cerca cuando se despiertan, o a lo mejor perciben algo que otras personas no.

—¿Que perciben algo sobre mí?

—Ya sabes lo fuerte que es su sentido del olfato.

—Sí, lo sé. —Me reí—. Entre tu oído supersónico y su sensible olfato, lo tengo bastante jodido.

—A lo mejor les gusta cómo hueles.

—¿Estás diciendo que para ellos soy como un trozo de carne ahumada?

—No. Hueles mejor que el beicon.

—¿Me has olido?

—Sí.

—¿A qué huelo?

—Hueles muy bien. Es un olor dulce.

—Bueno, espero que al menos sea mejor que el olor a beicon.

Se rio.

—Vale... Entonces, o bien les gusta tu olor o bien simplemente perciben que eres una persona amable y se calman cuando estás cerca.

Damien me estaba mirando con una expresión de diversión, lo que me llevó a preguntar:

—¿Estamos hablando de ellos o de ti?

—Puede que de ambos.

Mi corazón revoloteó y quise pisotearlo.

Desmenuzó una tostada y tiró los restos al suelo. Los perros se apresuraron a comérselos.

Damien se levantó para servir más café.

—Este fin de semana vuelvo a quedar con Brian Steinway —dije.

Estaba echándole el azúcar, y su mano se detuvo durante unos segundos cuando pronuncié esas palabras.

—No sabía que seguías quedando con él. Hacía tiempo que no lo mencionabas.

Brian y yo solo habíamos quedado un par de veces en el lapso de un mes. Aunque no me provocaba las mismas mariposas que Damien, todavía no había encontrado una razón válida para dejar de quedar con él. No habíamos hecho nada más allá de besarnos, lo que se debía principalmente a mi indecisión.

—Sí. Supuse que por qué no. Es agradable, no está mal.

Damien bajó la taza de golpe.

—¿*No está mal*?

—Sí.

—Te das cuenta de que básicamente lo has descartado, ¿verdad? Entonces, ¿por qué molestarse en pasar más tiempo con él si no te vuelve loca?

«Porque necesito algo que me distraiga de ti».

«Al mismo tiempo, me encanta estar cerca de ti».

—¿Qué tiene de malo pasar tiempo con alguien?

—El daño está en que, mientras pasas el tiempo, él está cada vez más loco por ti. Y voy a tener que echarlo de la propiedad cuando se frustre.

—Creo que te estás adelantando demasiado.

—Vale. Ya lo veremos. De todas formas, no deberías perder el tiempo con él si no es exactamente lo que quieres.

—No siempre puedes conseguir lo que quieres.

Estaba segura de que Damien no tenía ni idea de que estaba pensando en él al decir eso. Consideraba que últimamente había estado haciendo un buen trabajo a la hora de ocultar mis verdaderos sentimientos por él y de aceptar lo de ser solo amigos. No obstante, si algo había aprendido de esto era que no se puede controlar la atracción que sientes por alguien. Si está ahí, está ahí. Puedes ignorarla o actuar, pero no controlarla. Sin embargo, estaba agradecida por tener a Damien, incluso si lo nuestro no podía ir más allá de la amistad. Al menos había ayudado a desviar la atención de Elec.

—¿A dónde vais a ir?

—A comer *fondue*.

—Al menos va a sumergir su palo en *algo*.

—Eres malo.

—¿Le has dicho que te gusta que te mojen por partida doble?

—¿Cómo?

—Ya sabes... dos chicos... mojando ambos.

—No me gusta nada, ni lo haría nunca en la vida real.

—Solo me estoy metiendo contigo.

—Te gusta hacer eso.

—¿Lo de mojar doble?

—¡No! Meterte conmigo.

—Me encanta, Chels. Sobre todo cuando te sonrojas.

—Es la primera vez que me llamas Chels.

—¿No te gusta?

—Elec solía llamarme Chels, así que no, no me vuelve loca.

—Pues entonces tenemos que inventarnos un apodo nuevo.

—¿Cuál?

—Déjame que lo piense. —Sonrió.

—Oh, no.

Damien apoyó la barbilla en la mano.

—¿Algún otro nombre que esté prohibido?

—Sanguijuela.

—¿Sanguijuela? ¿Por qué iba a llamarte «sanguijuela»?

—A Elec le gustaba mezclar las letras de las palabras para crear otras nuevas. Una vez descubrió que si combinas las letras de Chelsea, obtienes «leaches», que si le cambias la primera «a» por una «e» es «sanguijuela» en inglés, así que mantuvo el apodo.

—Mmm. Elec no es tan brillante. ¿Qué sale si mezclas las letras de «puto cenutrio»?

—Ahora no consigo quitármelo de la cabeza. —Me reí.

—¿«Puto cretino»? —Se rio—. No, espera... Le falta la «u». Aunque ya veo por qué es tan adictiva esa mierda.

—¿Dar por culo o los anagramas? —bromeé.

Damien escupió el café entre risas.

—Sí y sí.

Mirando fijamente a Damien, pensé en que, como mínimo, estaba agradecida de haber encontrado en él a un amigo y a un protector.

—Eres buena gente, Damien. Y, además, haces unos huevos muy buenos.

—Mi madre me enseñó a hacer huevos revueltos esponjosos, pero no poco hechos.

—¿Cómo está tu madre? No hablas mucho de ella.

—Está bien. Tengo que visitarla pronto. Tyler y yo hemos intentado que se mude más cerca de nosotros. Está a una hora de aquí por la 101.

—¿No quiere mudarse?

—Todavía vive en la casa en la que crecimos. Creo que no le sería fácil irse, ya que allí hay muchos recuerdos de mi padre. Nunca ha superado su muerte, ni siquiera ha salido con nadie desde que murió.

—Tiene que ser duro.

—Los dos le decimos que tiene que pasar página.

—¿Y ella qué dice?

—Dice que cuando de verdad amas a alguien como ella amaba a mi padre, es irremplazable. Dice que prefiere pasar el tiempo sola intentando buscar su presencia espiritual y conectar con ella.

—Vaya. Dios, eso hace que me entren ganas de llorar —dije al tiempo que una lágrima solitaria me resbalaba por la mejilla.

—*Estás* llorando.

—¿Ves? Ahí lo tienes.

Se acercó y me secó la lágrima.

—Sí. Es increíblemente triste verla tan deprimida.

—Eso hace que me pregunte una cosa.

—¿El qué?

—Me pregunto si hay diferentes niveles de amor.

—Yo pienso que sí que los hay —contestó.

—Creo que el nivel de amor que es irremplazable es el más alto. En mi caso, incluso después de que Elec me rompiera el corazón, nunca sentí que fuera totalmente irremplazable. Pero eso podría ser solo porque me hizo daño. No sé si habría sido diferente si hubiera muerto. Y, o sea... mucha gente vuelve a casarse después de haber perdido a alguien. Así que está claro que esa gente fue capaz de pasar página.

—Bueno, me gustaría que mi madre pasara página, porque esa no es forma de vivir.

—Ya, pero no puede.

—Lo sé —susurró, meneando el café mecánicamente mientras miraba la taza.

—En fin, espero conocerla algún día.

—Vendrá de visita en algún momento.

—¿Por qué no viene más a menudo?

—No le gusta dejar a su perro solo. Tiene un terrier pequeño al que le da miedo mis perros. Como tengo a Dudley y a Drewfus un fin de semana sí y otro no, es difícil que estén juntos.

—Qué lío.

—Hablando de líos, tengo que pensar qué voy a hacer con los monstruos la semana que viene.

—¿Por qué?

—Tengo que ir a Los Ángeles.

—¿Qué hay allí?

—Una cosa de la que tengo que ocuparme. Es demasiado complicado como para explayarme.

«Mmm».

—Ah.

—Sí, Jenna obviamente se los queda por la noche, pero estoy intentando encontrar algo para las mañanas y para el resto del día mientras que ella está en el trabajo. No son unos perros a los que se les pueda dejar solos todo el día.

—Yo puedo cuidar de ellos —ofrecí.

«¿Estoy loca o qué?».

—Chelsea, eso no era lo que estaba insinuando. Jamás te pediría eso. Eres muy dulce por ofrecerte, pero tú y los perros... no es una combinación inteligente.

—Puede... pero creía que supuestamente les gustaba.

—Y les gustas, pero tendrías que recogerles la mierda y todo eso. No estamos hablando de piedrecitas.

—Lo sé. Te he visto limpiar sus cagadas.

—Algunos días, si comen lo que no deben, es como la venganza de Moctezuma. En serio, no haría que pasaras por eso si el estómago se te revuelve con lo más mínimo.

—Puedo soportarlo, Damien. Se nota que lo de encontrar a alguien que los cuide te tiene agobiado. Yo vivo justo al lado. Puedo sacarlos a la calle a media mañana antes de irme al trabajo y luego estar aquí por la noche para cuando ella venga a recogerlos.

—¿Lo dices en serio?

Los perros pasaban la mirada del uno al otro al unísono, como si estuvieran interesados en el resultado de la conversación.

—Totalmente.

—Vale. Pero insisto en tener un plan B por si acaso te echas para atrás a mitad de semana.

—No lo haré. No soy de esa clase de persona.

—Te lo agradezco mucho.

—Será un buen ejercicio. A veces veo a tu ex corriendo detrás de ellos cuando viene a dejarlos. Básicamente la pasean ellos a ella.

—Sí, solo tienes que aguantar y dejarte llevar.

—Puedo hacerlo.

No supe decir si esas serían mis famosas últimas palabras.

A la semana siguiente, al no estar Damien, tuve que madrugar para recoger a los perros cuando los trajera Jenna.

El primer día tuve que admitir que estaba un poco nerviosa por conocerla de cerca y en persona. Pero al mismo tiempo, aunque había intimado con el chico con el que estaba obsesionada, él la había dejado. Así que sentí compasión y unión a partes iguales, ya que Damien había dejado claro que lo nuestro tampoco iba a ninguna parte.

Damien me dijo que siempre les daba de comer a los perros en cuanto se los traía y que los sacaba a la calle una o dos horas después. Pensaba que podría intentar echarme una siesta entre su desayuno y el paseo y luego sacarlos otra vez antes de irme a trabajar. Por la noche, les volvería a dar de comer y los pasearía una última vez antes de que Jenna los recogiera para que pasaran la noche con ella.

Me había dado la llave de su apartamento, así que me preparé un café mientras esperaba la llegada de los perros.

La puerta se abrió, lo que hizo que me enderezara en mi asiento. Dudley y Drewfus entraron en la habitación delante de ella.

Limpiándome las manos en los pantalones, dije:

—Hola, soy Chelsea.

—Sí. Lo sé.

Damien me había dicho que Jenna trabajaba como peluquera en el centro. Llevaba unos pantalones negros que se le ceñían a sus anchas caderas y una camiseta negra con el nombre de la peluquería escrito con lentejuelas. Su físico hizo que me preguntara si Damien prefería los cuerpos más curvilíneos a las figuras más atléticas como la mía. Tenía el pelo castaño cortado recto por encima de los hombros. No había duda de que era atractiva, aunque no era alguien que caracterizaría como deslumbrante. Jenna poseía una belleza natural, con unos ojos marrones grandes y un estilo *funky*, tal y como mostraban sus uñas multicolores y su chaleco de cuero retro ajustado.

—Es un placer conocerte —dije.

—¿Lo es?

—Sí.

—Lo siento. Puedo ser un poco sarcástica. Damien me dijo que fuera amable contigo.

—¿En serio?

—Sí. No quería que te asustara, quizá. —Me echó un vistazo rápido, lo que hizo que deseara haberme arreglado un poco—. Aunque lo más seguro es que estés tan loca por él que eso no pasaría, ¿verdad?

«Genial».

—Damien y yo... solo somos amigos.

—Oh, seguro que esa es la etiqueta oficial. Pero lo más probable es que te guste, ¿verdad?

—¿Por qué dices eso?

—Porque he estado ahí y te lo noto en la cara. Te estás poniendo roja.

—Todo hace que me ponga roja. No significa nada —mentí—. Bueno, de todas formas, da igual. Ya ha cerrado la puerta a eso.

—Claro. No va a dejar que te acerques demasiado, sobre todo después de lo que pasó conmigo. Aunque lo más probable es que te estés engañando a ti misma y que sigas manteniendo la esperanza de que a lo mejor puedes hacerle cambiar de opinión.

—No —mentí.

Su boca se curvó en una sonrisa algo empática.

—No te culpo en absoluto, que lo sepas. Simplemente me da pena tu situación porque me recuerda a la época en la que no lo conseguí. Pero, por suerte, he pasado página.

—Bueno, me alegra oír eso. —Tristemente, quise preguntarle cómo había logrado superarlo, si es que estaba diciendo la verdad. Por irónico que sonara, lo único que me había ayudado a superar un poco a Elec había sido Damien.

—¿Tienes alguna pregunta en cuanto a los perros?

—No. Ya me informó él sobre su rutina.

—Vale. Aquí tienes mi número por si necesitas hablar conmigo. —Dejó un pequeño papel en la encimera.

—Gracias.

Cuando la puerta se cerró detrás de Jenna, dejé escapar un largo suspiro y miré a los Doble D. Todavía estaban intentando recuperar el aliento mientras me miraban emocionados con sus largas lenguas colgando. Eran unos perros preciosos, con un pelo negro y suave y un pelaje cobrizo que les acentuaba las patas y las caras.

—Vuestra madre o está muy amargada o es muy inteligente. Todavía no he averiguado cuál de las dos es. —Me dirigí al mueble en el que Damien guardaba la comida para perros—. ¿Tenéis hambre? —Cuando empezaron a dar saltos a mi alrededor, bromeé—: Pero nada de beicon, ¿vale?

«Gran error».

Solo con mencionarlo, empezaron a volverse locos.

«Mierda».

La palabra con «B» quedaba prohibida por completo.

Al segundo día, estaba claro que solo había una forma de recuperar el sueño después del desayuno de los perros. Busqué el móvil y le escribí a Damien.

> **Chelsea:** Oye, ¿te parece bien que me eche la siesta en tu apartamento por las mañanas? Es la única forma de que los perros dejen de ladrar.

> **Damien:** No tienes ni que preguntar. Como si fuera tu casa.

> **Chelsea:** Gracias. Te lo agradezco mucho.

> **Damien:** Gracias otra vez por cuidar de ellos. ¿Va todo bien?

No hacía falta divulgar que casi perdí el control sobre ellos durante nuestro primer paseo matutino o que tardé cinco minutos en calmarlos después de esa primera y última mención al beicon. Aunque, en general, todo iba bastante bien.

Como era de esperar, los ladridos cesaron una vez que me dirigí al apartamento de Damien y luego a su dormitorio. Sin embargo, no me esperaba que los perros se metieran en la cama.

Por suerte, Dudley y Drewfus eran animales limpios. Jenna debía de lavarlos a menudo porque nunca olían mal, ni siquiera cuando estaban sudados.

Acostada entre ellos, cerré los ojos y saboreé el olor de Damien, el cual saturaba las sábanas. Hundiendo las uñas en la almohada de plumas de ganso, inspiré hondo y me imaginé por un momento que era él.

El corazón empezó a latirme más rápido. Eso hizo que me diera cuenta de las ganas que tenía de estar cerca de él, a pesar de que había intentado reprimir mis sentimientos para no salir herida. Ni siquiera estaba con nosotros, pero aquí, en esta cama, en su lugar más íntimo, sentía su presencia con fuerza.

Permitiéndome liberar todo el deseo reprimido, apreté la almohada con más fuerza y deslicé mi cuerpo contra el colchón, imaginándome que era el cuerpo duro de Damien el que estaba debajo de mí. Fue un baile de excitación y frustración que se vio realzado cuando enterré la cara en su embriagador olor.

Cuando por fin abrí los ojos, Dudley me estaba mirando divertido, y eso me devolvió a la realidad.

Me quedé dormida.

A finales de semana, me estaba acostumbrando a dormir con los perros. Me atrevo a decir que empezaba a disfrutar de echarme la siesta entre ellos.

Las cosas transcurrieron con bastante tranquilidad hasta el jueves. Fue entonces cuando Drewfus pensó que sería divertido meterse debajo de la cama de Damien. Los Doble D tenían que salir a la calle antes de que tuviera que irme a trabajar. Se nos estaba haciendo tarde, y no conseguía que saliera.

Había una caja de zapatos plana y negra debajo que tuve que apartar para poder llegar a él.

Cuando por fin conseguí que Drewfus saliera de debajo, mi mano se quedó paralizada cuando fui a deslizar la caja de nuevo bajo la cama.

En la tapa estaban escritas con rotulador plateado las palabras «Caja de pandora».

Como la tentación de abrirla era demasiado grande, la metí rápidamente debajo de la cama y me obligué a no pensar en ella mientras sacaba a los perros a la calle.

Durante todo ese día en el trabajo, me fue imposible dejar de hacer teorías sobre lo que podría haber dentro de esa caja. Lo único que tenía claro era que se trataba de algo que Damien quería mantener oculto.

Después de que Jenna recogiera a los perros esa noche, estaba sola en el apartamento de Damien. Decidí recostarme en la cama y seguí pensando en la caja.

Se me ocurrió una idea. Una vez Damien había decidido irrumpir en mi baño para apoderarse de mi kindle. Había satisfecho su curiosidad a pesar de mis protestas. También había reproducido el DVD de Elec y mío sin permiso, así que entendería mi curiosidad, ¿no?

De forma impulsiva, salté de la cama, me arrodillé y me arrastré debajo para sacar la caja y abrirla.

Me sorprendió encontrar un revoltijo de cosas, desde viejos cromos hasta monedas y algunos artículos de periódico. Al examinarlo más de cerca, me di cuenta de que en uno de los periódicos aparecía la esquela de su padre, Raymond Hennessey. Se me formó un nudo en el pecho. Me sentí un poco tonta por pensar que la caja contenía algo salaz.

En ese momento, mis dedos se posaron en un DVD que estaba dentro de una simple funda de plástico. Estaba marcado con un simple «Jamaica».

Sintiendo una necesidad intensa de saber más sobre él, miré hacia la televisión que estaba frente a la cama y me di cuenta de que había un reproductor de DVD justo al lado. Sin permitirme el tiempo suficiente como para dejar que el sentimiento de culpa se apoderase de mí, abrí rápidamente la caja y metí el DVD dentro.

La primera imagen que apareció en la pantalla fueron los abdominales desnudos de un hombre. La iluminación era mala. Parecía estar ajustando la cámara. Cuando se inclinó para mirar dentro de la lente, un rápido vistazo a su rostro reveló que era Damien.

«¡Oh!, mierda».

«¿Qué estaba a punto de ver?».

Durante un breve momento, cerré los ojos hasta que oí una voz femenina en el vídeo.

—¿Está grabando? —preguntó.

—Sí.

Cuando se giró hacia ella, su culo quedó frente a la cámara y llenó la pantalla. Era perfectamente redondo, musculoso, liso y sin imperfecciones, justo como pensaba que sería. Tenía un lunar del tamaño de un guisante en el cachete derecho. Me tapé la boca y no pude evitar reírme.

«Madre mía». Estaba mirando el culo de Damien.

Un culo precioso.

Tenía que apagarlo, pero era incapaz de moverme.

Era difícil ver qué aspecto tenía la chica. Su espalda la estaba tapando, pero parecía que ella le estaba acariciando la parte delantera del cuerpo con las manos.

—Dios, estás preparado —dijo ella.

—¿Cómo lo sabes? —preguntó de forma seductora.

Su voz me dio escalofríos.

Entonces, estiró la mano para alcanzar algo, y oí cómo se arrugaba lo que parecía el envoltorio de un condón. Se inclinó sobre ella. Agradecí que no pudiera verle la cara a la chica.

Ella gimió.

—*Me encanta cuando te hundes en mí por primera vez.*

—*¿Sí? Te va a encantar todavía más lo fuerte que voy a penetrarte.*

Después de un minuto ahí quieta como una estatua, tenía la mirada pegada al culo de Damien mientras empujaba con las caderas y la penetraba. Sabía que tenía que parar. Solo con escuchar los sonidos que hacía, los cuales sabía que me iban a perseguir durante muchas noches, decidí que ya le había hecho suficiente daño a mi psique.

Expulsé el DVD y lo volví a meter con cuidado en la funda antes de devolverlo a la caja, que deslicé bajo la cama.

El corazón me latía sin control. No tenía derecho a ver eso. Lo más probable era que tuviera varios años y que fuera una parte del pasado de Damien que no estaba destinada a los ojos de nadie más. De repente me sentí avergonzada de mí misma.

No volvería a hablarme si supiera que había visto sus cosas más personales.

La culpa me invadió.

«¿Qué había hecho?».

De vuelta a mi apartamento, la culpa no tardó en ser sustituida por la más dulce de las torturas. La imagen del culo de Damien y los sonidos profundos y guturales provocados por su placer se me habían quedado grabados en la mente, donde se repetían una y otra vez mientras me llevaba a mí misma al clímax varias veces esa noche.

Había sustituido todos los recuerdos de la mujer del vídeo por los míos, imaginándome lo que sentiría mientras me llenaba, esa voz ronca en mi oído diciéndome lo duro que me iba a penetrar mientras inspiraba su olor por todo mi cuerpo desnudo.

Ese fue mi castigo por fisgonear, y llegó para demostrarme con más claridad todo lo que me estaba perdiendo.

Más avanzada esa noche, se lo confesé todo a Jade en una llamada telefónica después de su función.

—Sácatelo de la cabeza. En serio. Intenta fingir que nunca lo has visto.

—Cuanto más intento no pensar en ello, peor es. Algo así como toda mi experiencia con él.

—Aquí hay una pregunta interesante —dijo—. ¿Preferirías tener la amistad que tienes con él ahora o una relación puramente sexual que sabrías que nunca se convertiría en algo más? En cualquiera de los dos casos, no hay compromiso.

—Depende de mi estado de ánimo cuando me preguntes. Esta noche puede que hubiera dicho que aceptaría lo del sexo.

—Pero esa no eres tú, Chelsea. Ni yo tampoco soy así. No creo que sepamos cómo no enamorarnos. A algunas personas se les da muy bien eso de compartimentar, pero nosotras somos pésimas en eso.

—Tienes razón. Siempre querría más. Y como somos amigos, ya me he vuelto loca por él como persona. Si pudiera ser solo sexo sin conexión emocional, entonces a lo mejor sería diferente. Pero es demasiado tarde para eso. Ya *hay* una conexión.

—¿Sabes? Solía bromear con lo de que te lo tiraras y todo eso, pero ahora casi me siento mal, porque no tenía ni idea de que iba a convertirse en un dilema serio para ti.

—Igual debería mudarme.

—No seas tonta. No quieres mudarte.

—No, no quiero. Ese es el problema. Lo echaría muchísimo de menos... y a los malditos perros.

—¡Tú y los perros! ¡*Eso* sí que no lo había visto venir!

—Sí. Les estoy tomando mucho cariño. Siempre y cuando no mencione el beicon.

—¿Cuándo vuelve?

—El sábado por la tarde, creo. No sé la hora exacta.

—¿La ex se lleva a los perros los fines de semana?

—Se van alternando. Los perros se quedan aquí este fin de semana porque intuyo que Jenna se va de viaje. Así que no los recogerá el viernes por la noche. Dormirán aquí.

—¡Esos perros son como niños!

—Niños que son prácticamente del tamaño de hombres adultos, sí. Deberías ver el espacio que ocupan en la cama. Aunque he de decir que ha sido agradable dormir con el calor de un cuerpo o dos.

—No es exactamente la clase de doble equipo sobre el que leemos. Resoplé.

—Está claro que no.

—Aunque es dulce.

—Sí, sí que lo es.

Decidí quedarme a dormir en casa de Damien la última noche. Así el sábado por la mañana no tendría que salir de mi cama tan temprano. Si ya estaba allí, cabía la posibilidad de que los Doble D me dejaran dormir un poco más.

El viernes por la noche, me acurruqué junto a los dos perros en el sofá de Damien y vi un documental.

Cuando me retiré al dormitorio poco antes de la medianoche, ambos me siguieron a la cama. Con los dos perros roncando a mi lado, me quedé profundamente dormida.

A la mañana siguiente, noté como si uno de ellos me estuviera rodeando. La cama olía a Damien más que de costumbre. Cuando una mano se movió por mi abdomen, abrí los ojos de golpe. Di un salto y me di la vuelta para encontrarme con los ojos azules más bonitos que había visto en mi vida.

—¡Damien! ¿Qué haces aquí?

Me puso la mano en la cadera y me dio un empujón juguetón.

—Esta es *mi* cama.

Dios, me encantaba cuando me tocaba. Rara vez lo hacía.

Dolorosamente consciente de que su mano seguía apoyada en mi cadera, me aclaré la garganta y dije:

—Lo sé, pero ¿qué haces aquí tan temprano?

Apartó la mano de mi cadera, lo que hizo que anhelara que volviera.

—Hemos conducido durante la noche.

«¿Hemos?».

Se me formó un nudo en el estómago.

—¿Tú y quién más?

—Tyler y yo.

—¿Tu hermano ha ido contigo a Los Ángeles?

—Sí.

—¿Hace cuánto que has vuelto y dónde están los perros?

—Llegué a casa como a las cinco de la mañana. Cuando me vieron, salieron disparados hacia el salón.

—¿Por qué?

—Saben que no tienen permitido estar en mi cama.

Me quedé boquiabierta.

—¿No?

—No. Se han estado aprovechando de ti. Saben que no deben subirse a mi cama cuando yo estoy en ella.

Cuando los miré, los perros estaban de pie frente a la puerta con cara de culpa. Era adorable, la verdad.

—No tenía ni idea.

—No es culpa tuya. No te lo especifiqué. Supongo que confié en que seguirían las reglas. Deben de haber estado encantados contigo.

—La verdad es que me ha gustado dormir con ellos. Supongo que se puede decir que nos hemos hecho amigos.

Con aspecto de estar divirtiéndose, Damien apoyó la cabeza en su mano mientras seguía tumbado frente a mí.

—Mírate... ganándote el cariño de los perros.

—No sé, asumí que dormían contigo.

Sacudió la cabeza.

—Eres diminuta comparada conmigo. Si yo compartiera la cama con ellos, no habría espacio. No podría dormir.

—Son de los te quitan la sábana por la noche.

—No sabes cuánto te agradezco que hayas cuidado de ellos. Déjame invitarte a cenar esta noche.

Me vi invadida por la decepción cuando me acordé de mi cita.

—No puedo. He quedado con Brian.

—Mierda. Es verdad. Bueno, tal vez mañana.

—Vale. Estaría bien.

—De hecho, ha abierto una nueva hamburguesería en Sunnyvale. Al parecer, hay una cola como de un kilómetro para entrar, da igual la hora del día a la que vayas, pero se supone que tienen las mejores hamburguesas del mundo. También tienen unos postres de locos. ¿Quieres que intentemos ir mañana a comer en vez de a cenar?

—Suena genial, sí.

—Guay. —Bajó la mirada hacia mis piernas y luego volvió a alzarla hacia mi cara—. ¿A dónde te va a llevar el Hombre Piano?

—¿«El Hombre Piano»?

—Steinway. Pianos.

—Oh. —Sonreí—. Se me había olvidado. Lo de la *fondue,* ¿recuerdas? ¿Lo de mojar su palo?

—Ah, sí. Bueno, no dejes que cambie de opinión y quiera ir a Bad Boy Burger. Ahí es donde vamos a ir nosotros.

—Vale. —Sonreí, perdiéndome en sus ojos durante unos segundos antes de preguntar—: ¿Ha tenido éxito el viaje?

—Sí. He visto a algunos amigos.

—Pensaba que dijiste que era porque tenían unos asuntos pendientes.

Hizo una pausa.

—Tyler y yo nos hemos reunido con algunas personas para tratar algo que puede suceder en el futuro, sí, pero también tenemos unos pocos amigos por esa zona.

«Mmm».

—Bueno, me alegro de que estés en casa.

Sonrió.

—¿Jenna ha sido amable contigo?

—No ha estado mal.

—Ese es el código que usa Chelsea para decir que ha sido una cabrona.

—No. No ha sido la persona más agradable, pero tampoco ha sido una cabrona.

—Estoy seguro de que te odia.

—¿Por qué?

—¿No es obvio?

—Le dejé claro que no había nada entre nosotros, así que ¿por qué iba a odiarme?

—Porque dudo que crea que solo soy amigo de alguien como tú.

—Pero es la verdad.

Pensé en que había fisgoneado entre sus cosas, ante lo que empezó a aparecer el sentimiento de culpa.

Me levanté de repente.

—Será mejor que me vaya.

Salió de la cama y me siguió.

—Quédate a desayunar.

Entre las fantasías que tuve ayer con él y el hecho de que me había tocado, necesitaba alivio, no un desayuno.

—No, creo que me voy a casa. Hoy tengo muchas cosas que hacer.

—Vale. Mañana al mediodía me pasaré a buscarte para ir a la hamburguesería.

—Perfecto.

Los perros comenzaron a seguirme y salieron conmigo.

—No, no, no. No nos vamos de paseo —les dije.

Damien se reía mientras miraba cómo intentaba ponerlos en su lugar.

—Lo siento, pero esto es lo más gracioso que he visto en mi vida.

Me puse de rodillas y dejé que los Doble D me lamieran la cara.

—Nos lo hemos pasado bien, ¿verdad?

Damien se quedó mirándonos con los brazos cruzados, sumamente divertido.

—Vuestro padre ya está en casa. Ya no me necesitáis. Pero os veré pronto.

De vuelta a mi apartamento, me dejé caer en la cama y no pude dejar de pensar en la sensación que me produjo tener la mano de Damien en la cadera.

Tenía la necesidad de liberarme, por lo que me bajé los pantalones, y me preparé para masturbarme, cuando, justo en ese momento, comenzaron los ladridos.

«Cómo no».

10
FUERA DE CONTROL

¿Quién se cambia de ropa diez veces cuando simplemente va a ir a comerse una hamburguesa?

Esta de aquí.

Me daba igual que Damien fuera mi *amigo*. Cuando me mirase, quería que se arrepintiera de la decisión que había tomado al ponerme esa etiqueta.

No podía evitar lo que sentía.

Anoche, durante la cita con Brian, no dejé de pensar en Damien: el culo de Damien, la mano de Damien en mi cadera, la inminente comida con Damien el domingo. Era patético. Me reía para mis adentros cada vez que Brian mojaba algo en la salsa porque podía oír a Damien bromear sobre que eso era lo único que iba a mojar. No podía quitarme a mi *amigo* de la cabeza, y tampoco quería hacerlo.

Me puse un minivestido ajustado de Betsey Johnson, cuya parte superior era de cuero sintético y cuya parte inferior estaba acampanada y era de color púrpura, y fui a abrir la puerta.

Damien abrió los ojos de par en par cuando me miró.

—No sabía que nos íbamos de fiesta un domingo por la tarde.

—Me apetecía arreglarme. ¿Algún problema?

—No. Estás guapa —respondió mientras pasaba por delante de mí para entrar en el apartamento.

—Gracias.

Damien tampoco iba mal. Llevaba una chaqueta de cuero marrón y unos vaqueros desgastados que se le ceñían al culo.

Miró mis tacones de doce centímetros.

—¿Seguro que quieres esperar en una cola larga con esos zapatos?

—¿De cuánto tiempo estamos hablando?

—La media es de unos treinta minutos solo para llegar a la puerta. Así de buenas están esas hamburguesas. La larga espera forma parte de la experiencia.

—Madre mía. Entonces me cambio de zapatos.

Tras dirigirme a mi habitación para reemplazar los tacones por unas manoletinas negras, volví al salón.

—Aquí está mi enana —dijo.

—¿Cómo es que no oigo a los perros?

—Jenna volvió pronto de dondequiera que estuviera, así que le pregunté si se los podía quedar. Se los he llevado a su casa después del paseo matutino. Es lo mejor, ya que es posible que hoy estemos fuera bastante rato. Después de comer quiero ir a un lugar si nos da tiempo.

—¿A dónde?

—Es una sorpresa.

La idea de poder pasar todo el día con él me llenaba de emoción.

Era un domingo soleado y prácticamente sin tráfico en la 101. Damien tenía las ventanillas de la camioneta bajadas, y mi pelo volaba hacia todas las direcciones.

Me miró y habló en voz alta a través del viento.

—¿Quieres que suba las ventanas?

—No. Me encanta —grité.

—A mí también.

—¿Te encanta que te dé la brisa en el pelo? Llevas un gorro.

—No. Me encanta que tengas el pelo así de revuelto. Me encanta que no te importe que sea un desastre. No tienes ni una pizca de remilgo en tu cuerpo.

Durante todo el trayecto, tuve el impulso de acercarme y ponerle la mano sobre la rodilla, pero, como era lógico, me contuve.

Cuando llegamos a Bad Boy Burger, la cola salía por la puerta y doblaba la esquina.

—No estabas bromeando. Este sitio está lleno de gente.

—Más vale que las hamburguesas valgan la pena.

Después de cuarenta minutos, por fin llegamos a la parte de la cola que estaba dentro del restaurante. Era estilo cafetería, así que, una vez hecho el pedido, o bien encontrabas un sitio dentro o lo comprabas para llevar o te sentabas en uno de los bancos del exterior.

Estábamos a unas diez personas de la caja cuando miré hacia la zona donde se encontraban las mesas. Sentí que se me cerraba la garganta y que me mareaba.

Parpadeé.

«No».

Volví a parpadear.

«No puede ser».

«Está en Nueva York».

«No, está aquí».

«Elec».

Mi ex estaba sentado con su madre y la mujer por la que me dejó, Greta.

No me vio.

«Dios mío».

«Tengo que salir de aquí».

—Chelsea, ¿qué pasa? Te estás poniendo blanca.

Me agarré a su brazo para apoyarme.

—Es Elec.

—¿Qué pasa?

—Está aquí.

—¿Cómo?

—Detrás de mí, un poco a la derecha.

La cabeza de Damien giró hacia la dirección en la que se encontraba Elec.

—¿Qué demonios está haciendo aquí?

—Su madre vive aquí en Sunnyvale. —Exhalé un suspiro nervioso—. Debe de estar de visita.

—¿Estás de puta broma? ¿Cuántas probabilidades había?

—¿Con mi suerte? Bastantes, al parecer.

Los fulminó con la mirada.

—¿Es ella?

—Sí.

—No te llega ni a la suela del zapato.

Demasiado nerviosa como para apreciar esas palabras, dije:

—No quiero que me vea.

—Entonces probablemente no debería decirte que está mirando hacia aquí.

—¿Crees que sabe que soy yo?

—No lo sé. ¿Quieres irte?

—Sí. Pero tampoco quiero girarme.

—¿Crees que dirá algo?

—No lo sé. Pero seguro que su madre sí. Me adora.

Damien volvió a mirar en su dirección antes de ponerme las manos sobre los hombros.

—Está bien. No te asustes, pero definitivamente está mirando hacia aquí.

—Mierda.

Damien parecía estar reflexionando sobre algo.

—¿Confías en mí?

—Sí.

—Tú sígueme la corriente, ¿vale?

Sin tener ni idea de a lo que se refería, asentí.

—Vale.

Antes de que pudiera cuestionar algo más, las manos de Damien estaban en mi cara, atrayéndome hacia él. Apretó sus labios contra los míos y empezó a besarme con más intensidad de la que me habían besado en toda mi vida.

El corazón me latía muy rápido, y no sabía si era porque sabía que Elec estaba mirando, por la pura conmoción de lo que estaba ocurriendo o simplemente porque era consciente de que esto iba a arruinarme.

«Solo es para aparentar».

A pesar de que me decía a mí misma que no era real, no parecía falso en absoluto a medida que Damien metía y sacaba su lengua de mi boca. Sus labios calientes y húmedos sobre los míos eran, sin duda, lo mejor que había sentido en mi vida.

Al reconocer su sabor, todos mis sentidos se debilitaron. Sentí que mis piernas estaban a punto de colapsar, como si lo único que me sostuviera fueran sus manos, todavía envolviéndome las mejillas.

Abrí más la boca, absorbiendo cada una de sus respiraciones como si fueran mi único oxígeno. Esperaba que se apartara, pero en lugar de eso me besó con más fuerza, apretando todo su cuerpo contra el mío. Ya no me importaba dónde estuviéramos ni que siguiéramos en una fila atestada de gente.

Apartó sus manos de mis mejillas y empezó a pasar sus dedos por mi pelo, tirando ligeramente de él. Estábamos montando una escena. Aunque su intención inicial era montar el numerito para Elec, ya no estaba segura de que fuera solo para aparentar.

El gemido bajo que se me escapó en la boca fue la prueba de que él también se había dejado llevar y se había perdido en el beso. Este que empezó calculado, tranquilo y sosegado dejó de serlo a medida que sentía su corazón latiendo contra el mío. Era una sensación hermosa, porque era la prueba de que no estaba loca, de que toda esta química que había estado experimentando no estaba en mi cabeza.

Estaba segura de que las personas que teníamos detrás en la cola ya estaban colándose y poniéndose delante de nosotros, pero estaba demasiado inmersa en el beso como para darme cuenta. Yo no iba a ser la primera en romperlo, eso lo tenía claro, porque sabía que una vez que eso ocurriera, tendría que afrontar el hecho de que mi vida nunca sería la misma. Porque no podría borrar esto. Nunca iba a ser capaz de deshacer lo que sentía.

Redujo el ritmo antes de apartarse a regañadientes. Me incliné hacia él, intentando continuar el beso, pero volvió la mejilla y murmuró un «mierda», como si por fin se hubiera dado cuenta de lo que había hecho. No tuvo que dar explicaciones. Sabía exactamente por qué estaba enfadado consigo mismo. Era exactamente como me sentía yo.

«Completamente jodida».

—¿Siguen aquí? —pregunté, aturdida y confundida. Para ser sincera, ya no estaba segura de que me importara. Simplemente necesitaba decir *algo*.

Damien miró detrás de mí.

—No. Se han ido.

—Bien.

Habíamos perdido nuestro sitio en la cola. La gente nos estaba saltando por completo.

Se me había ido el apetito, y el olor a carne picada frita me estaba dando náuseas.

—¿Pasa algo si no volvemos a la cola? Se me han quitado las ganas de hamburguesa de repente.

—Claro. Vámonos.

Una vez de vuelta en la camioneta, el trayecto transcurrió en silencio y fue tenso. Damien no me miraba, mantenía los ojos puestos al frente. Mi cuerpo se encontraba en un estado de confusión. Estaba alterada, pero al mismo tiempo estaba dolorosamente excitada. Tenía las bragas mojadas. Tenía los pezones duros. Mi cerebro y mi cuerpo querían dos cosas diferentes.

Lo único que quería mi cuerpo era que se detuviera y me penetrara a un lado de la carretera hasta que me olvidara de todo.

No obstante, mi cerebro quería una explicación de por qué seguía luchando contra lo que sentía por mí, por qué no podía simplemente arriesgarse y ver cómo salían las cosas. No dejaba de preguntarse por qué yo no le importaba lo suficiente como para correr ese riesgo cuando él era lo único que me importaba a mí.

Quería llorar por la mera razón de que mi corazón seguía latiendo tan rápido como cuando divisé a Elec. Solo que ahora sabía que no tenía nada que ver con mi ex. El corazón ya no me dolía por Elec; me dolía por Damien. Tenía miedo de que Damien me hiciera mucho más daño que Elec.

—¿A dónde vamos?

—A un lugar en el que ambos podamos desahogarnos. De todas formas, era donde había planeado llevarte después de comer.

—¿No me lo vas a decir?

—Es una sorpresa.

—Hoy estás lleno de sorpresas, ¿verdad?

Aunque no respondió, la cara se le puso inusualmente roja como reacción a mi intento de abordar el tema del beso. Siguió conduciendo.

Cuarenta y cinco minutos más tarde, estábamos en Santa Cruz, y había descubierto a dónde me estaba llevando.

Sonreí.

—Vamos al paseo marítimo.

—Hace años que no vengo por aquí. ¿Y tú?

—No vengo desde que era adolescente.

—Mi padre solía traernos a Tyler y a mí cada dos por tres. Muchos de los mejores recuerdos de mi infancia tuvieron lugar aquí.

—¿Cómo es que has querido venir hoy?

—No sabría decirlo. Solo sabía que quería venir aquí contigo. —Su confesión me provocó mariposas.

Tras encontrar un sitio en el que aparcar, me comprometí a intentar quitarme de encima lo que había ocurrido en la hamburguesería.

—¿Qué quieres hacer primero? —preguntó.

—Bueno, estoy empezando a recuperar el apetito.

—Pues vamos a por algo de comer.

Damien me dejó elegir la comida, y escogí uno de los puestos de comida que había en el paseo marítimo. Él se pidió pizza, mientras que yo opté por un perrito gigante de maíz hincado en un palo que parecía obsceno. Algún ángel de la perversidad debía de estar riéndose de mí, porque incluso le brotaba una punta que parecía una corona. Por desgracia, no era la mejor opción para hoy, dada la incomodidad sexual que aún perduraba en el aire que nos rodeaba.

Después de llevar la comida a un banco vacío que daba al océano Pacífico, dudé incluso de si meterme la cosa esta en la boca con Damien mirándome. Me parecía un error. «Bien hecho, Chelsea».

—No sé si lamerlo o morderlo. —Me reí.

—De entre todo lo que podrías haber elegido, ¿tenías que pedir un pene gigante?

—Esto solo me pasa a mí. ¿Puedes mirar hacia otro lado o algo mientras le doy un bocado?

—Ni de puta broma. Quiero un asiento en primera fila.

—En serio, está siendo uno de los días más extraños de mi vida.

—¿Por qué lo dices? —bromeó.

—Gracias otra vez por esa técnica de distracción en la hamburguesería.

—El placer fue todo mío —dijo con sinceridad.

—Me produce una gran satisfacción saber que hoy, en vez de hacer el ridículo delante de él, he tenido la sartén por el mango. Se fue creyendo que yo era feliz y que había pasado página, aunque no sea así. Ha sido lo mejor que podría haber pasado. —Mientras Damien seguía mirándome fijamente, dejando que su pizza se enfriara, tuve una epifanía cuando añadí—: Has cambiado la historia.

Su boca se curvó en una sonrisa.

—Sí. Supongo.

—En serio. Podría haber sido un día devastador. Podría haberme humillado a mí misma o haberme quedado sin palabras delante de ellos, pero en vez de eso no tuve que lidiar con nada. En su lugar, estoy en un parque de atracciones.

—A punto de comerte un pene gigante —añadió.

—¿Así?

Cuando pasé la lengua de forma exagerada por la obscena punta del perrito de maíz, Damien apartó la mirada.

—Vale... mmm, mierda. Te has pasado.

—Lo siento.

—Y una mierda lo sientes, zorra malvada. —Se rio.

«Me cago en la puta».

Cuando miré hacia abajo, su erección era evidente.

—Vaya, no hace falta mucho, ¿eh?

—No, hoy no.

Le extendí mi perrito de maíz.

—Perrito de maíz, te presento a perrito caliente.

Me entregó su pizza, agarró el perrito de maíz y se lo comió.

Después de comer, fuimos al parque de atracciones y nos esforzamos por combatir la tensión sexual que había entre nosotros mientras nos montábamos en casi todas las atracciones del lugar. Bueno, nos subimos a todas las atracciones que no implicaban alturas; esas no las soportaba.

Era tan catártico chocarme a propósito con Damien en los coches de choque. Le gritaba mentalmente con cada colisión.

«Esto es por decir que solo quieres que seamos amigos».

«Esto es por traerte a esa pelirroja a tu apartamento».

«Esto es por besarme hoy».

Cada choque sentaba mejor que el anterior.

—No podemos irnos sin subirnos a la Giant Dipper —dijo.

—Ni de broma. No me gustan las montañas rusas.

—Venga, Chelsea. Te agarraré la mano.

«¿Era enfermizo que me lo pensara solo para poder volver a tocarlo?».

—No quiero, de verdad.

Dejó de caminar y me miró.

—¿Puedo contarte un secreto?

—Sí.

—Uno de los últimos recuerdos que tengo de mi padre fue montándome en esa montaña rusa con él. Vinimos aquí la semana antes de que muriera. Esa es parte de la razón por la que quería volver. Llevaba desde entonces sin ser capaz de regresar. Sentí que era el momento. Volver aquí estaba en mi lista de deseos, pero no quería hacerlo solo. Quería que *tú* estuvieras conmigo, porque tú me reconfortas, Chelsea. —Señaló hacia la montaña rusa gigante—. Afrontar esa cosa hoy es una especie de paso final. No quiero subir ahí si no estás tú a mi lado. Así que, verás... puede que necesite que me agarres de la mano tanto como lo necesitas tú.

¿Cómo iba a decir que no a eso?

—De acuerdo —dije al borde de las lágrimas.

Él estaba radiante.

—¿Sí?

—Sí. Vamos antes de que cambie de opinión.

Como ocurría con muchas cosas en la vida, la anticipación era mucho peor que la caída real. Decidí no agarrarle la mano a Damien, ya que opté por usar las dos para aferrarme con fuerza. La ansiedad que se intensificó durante la subida se desvaneció cuando nos lanzamos hacia abajo por primera vez. Resultó ser estimulante, y me alegré mucho de haberlo experimentado. Supongo que el viaje fue como Damien: sabía que lo más probable era que fuese a terminar, que no iba a ir a ninguna parte, pero seguía disfrutando de los altibajos que suponía conocerlo.

—Vaya, ha sido muy divertido —dije cuando nos bajamos, un poco mareada.

—Gracias por acompañarme.

—Supongo que hoy estamos en paz. Nos hemos ayudado el uno al otro de diferentes maneras.

Me apartó un mechón de pelo de la cara.

—Se está poniendo el sol. Me encantaba ver todas las luces en la playa desde la distancia. ¿Quieres dar un paseo antes de ir a casa?

Un paseo por la playa con Damien sonaba justo a como quería que terminara el día.

—Claro.

Compramos un poco de algodón de azúcar y nos dirigimos a la playa, que ya estaba desierta. Era una tarde fresca. Damien se quitó la chaqueta y me la echó por encima de los hombros. El viento me ponía el pelo en la cara y este se pegaba al algodón de azúcar. Me tomó por sorpresa cuando también se quitó el gorro y me lo puso en la cabeza.

—Así lo contiene para que puedas comer.

Me encantó el tacto cálido del tejido de lana sobre mi cabeza.

—Gracias.

Estaba aún más guapo con el pelo aplastado por el gorro. Me costaba mucho evitar mirar hacia él y centrarme en su lugar en las magníficas luces del parque de atracciones que se veían a lo lejos.

La belleza de esta noche me estaba emocionando. Solo se escuchaba el sonido de las olas al estrellarse. Con cada paso que daba, empezaba a darme cuenta de todo lo que había pasado hoy. En un momento dado, dejé de caminar y me quedé mirando las luces en la distancia.

Su voz desde atrás me sobresaltó.

—Dilo, Chelsea.

Me giré para mirarlo.

—¿Cómo?

—Noto todos los pensamientos que están dando vueltas en esa preciosa cabecita. Llevo sintiéndolos los últimos minutos. Tienes que desahogarte. Adelante.

—¿Por qué has tenido que besarme así hoy? —escupí finalmente.

—Pensé que estaba claro por qué te he besado.

—Sé *por qué* lo has hecho... pero ¿por qué has tenido que hacer que pareciera tan... real?

Su pecho ascendía y descendía a medida que se le aceleraba la respiración. No sabía qué decir antes de susurrar:

—*Fue* real.

—Estoy confundida.

—Cada parte de ese beso fue real, pero aun así no debería haber ocurrido.

—Se supone que entre nosotros no hay nada más que amistad, ¿verdad? Entonces, ¿por qué estar cerca de ti duele tanto a veces? Creo que lo he descubierto esta noche. Es porque me dices una cosa, pero tus ojos me dicen otra, tu *corazón* me dice otra. Hoy tu corazón latía más rápido que el mío. ¿Por qué no lo abres para mí?

Sus ojos parecían dolidos cuando alzó la voz.

—Mi corazón está roto, Chelsea. ¿Vale?

—¿Quién te ha roto el corazón? ¿Te hizo daño?

«¿La chica del vídeo?».

—¿A quién te refieres?

—¿*Alguien* te hizo daño? ¿Es por eso que le tienes tanto miedo al compromiso? ¿Qué te ha pasado para que seas así?

Miró al cielo estrellado antes de hablar.

—Simplemente soy así, así es como me hizo Dios. No puedo ser lo que necesitas a largo plazo.

—Ni siquiera me *importa* el largo plazo.

—Eso es lo que dices, pero no lo dices en serio.

—Tú eres lo que necesito, lo que necesito *hoy*.

—Y me *tienes*... como amigo..., siempre. Aunque hoy he fallado. No estaba siendo un buen amigo cuando dejé que ese beso se descontrolara. Me dejé llevar, y lo siento mucho. Pero no volverá a ocurrir.

«No, no volverá a ocurrir».

Dios, eso dolía. Fue como si hubiera cerrado la puerta a cualquier oportunidad entre nosotros y hubiera tirado la llave. Como si me hubiera tirado un montón de arena a los ojos.

Pero por fin había escuchado su mensaje alto y claro.

II

COLLAR BORRACHA

Las cosas cambiaron después de la noche en Santa Cruz.

Damien intentó fingir que no había pasado, pero yo no fui capaz.

Enfadada conmigo misma por mi incapacidad para controlar mis sentimientos, había decidido que evitarlo sería mejor que intentar afrontar lo que estaba pasando. No quería que siguiera siendo testigo de mi debilidad.

Cuando me llamaba para desayunar, me inventaba una excusa. Cuando venía, actuaba con frialdad hasta que se daba por vencido y se iba.

Los perros ladraban más que nunca. Sabía que estaban intentando que fuera, y me dolía porque los echaba de menos. Y lo echaba de menos a *él*. No sabía cómo estar cerca suyo sin sentir la tristeza que me causaba su rechazo.

Seguir siendo su amiga me parecía imposible, ya que estaba segura de que me estaba enamorando de él.

Mi móvil sonó una mañana.

Damien: Los perros te echan de menos.

Chelsea: Yo también los echo de menos.

Damien: No es justo para ellos lo que estás haciendo. ¿No puedes venir a verlos cinco minutos?

Chelsea: No puedo.

Damien: No son solo ellos. Yo también te echo de menos.

Chelsea: Lo siento.

Con cada día que pasaba, el dolor no hacía más que empeorar. Era la misma desesperación que se experimenta después de una ruptura, pero en este caso, claro estaba, no había habido ninguna relación romántica.

Después de un par de semanas, básicamente había tocado fondo.

Era viernes por la noche y decidí prepararme un cóctel que había leído en una de mis novelas románticas. Se llamaba «orgasmo llorón». Los ingredientes eran vodka de arándanos, Sprite y bayas frescas.

Después de tomarme tres, estaba básicamente con la cabeza en las nubes. Sintiendo los efectos del coraje líquido, abrí la página web de citas en la que Damien me había creado un perfil cuando nos conocimos y decidí toquetearla un poco.

Por pura diversión, busqué el perfil del Damien Online y vi que estaba activo. Eso significaba que, aunque se le había acabado la prueba gratuita, había pagado para continuar con la suscripción. Eso también significaba que, aunque había decidido no salir conmigo, utilizaba el sitio para conocer a otras mujeres.

Me hervía la sangre. Mi cabeza ya estaba hecha un lío por el alcohol, pero ahora sentía que me estaba dando vueltas. Mientras que a mí me rechazaba continuamente, básicamente estaba allí, buscando sexo. Iba a ver, ya.

Hice clic en la opción de enviarle un mensaje y escribí.

Chelsea: ¿Quieres follar?

El corazón me latía con fuerza. Lo más probable era que ni siquiera fuera a verlo esta noche. El puntito verde que aparecería si estuviera conectado seguía sin iluminarse.

Al instante, intenté borrar lo que había escrito, pero no había opción de hacerlo una vez se había mandado el mensaje.

Miré más de cerca lo que le había enviado y me di cuenta de que no lo había escrito como quería. El autocorrector había cambiado el mensaje por:

Chelsea: ¿Quieres collar?

Genial. Un gran trabajo. No solo había hecho el ridículo estando borracha para intentar demostrarle algo, sino que el mensaje no tenía ningún sentido.

Derrotada, cerré el portátil y casi perdí el conocimiento.

Algún tiempo después, el sonido de la puerta de mi casa cerrándose de golpe hizo que me levantara de la cama.

Damien estaba caminando lentamente hacia mí mientras yo me alejaba de él.

Se me aceleró el corazón.

—¿Cómo has entrado?

Damien alzó su llave en respuesta. Supongo que era una pregunta tonta, dado que era el dueño del edificio.

Me arrinconó contra la pared.

—¿Acabas de mandarme un mensaje para que venga a follar contigo?

—Técnicamente, decía «collar».

—Técnicamente, estás borracha.

—Técnicamente, puede que tengas razón. —Resoplé.

—Apestas a alcohol, Chelsea. ¿Crees que esto es divertido? ¿Emborracharte sola? ¿Decirme mierdas como esa?

—No.

—¿Crees que todo es una broma, que puedes decir cosas así, que no tienes ningún efecto sobre mí? Me está costando cada pizca de fuerza de mi cuerpo no aceptar tu oferta ahora mismo, empujarte contra esta pared y penetrarte muy duro por haber sido una cabrona estas dos semanas.

—Ojalá lo hicieras.

—Si tuviera un condón y no estuvieras como una puta cuba, a lo mejor lo haría. Y eso me asusta mucho. Ese es el poco control que tengo cuando estoy contigo.

—Hazlo.

—No te tocaría estando así.

—No me tocarías, punto —dije con amargura.

—¿Eso es lo que piensas? No tienes ni idea de todas las veces en las que he estado cerca de perder el control contigo. Ni idea.

—Sí, claro. ¿Cuándo?

—Aquel día que viniste oliendo a beicon, por ejemplo. No creas que no sé exactamente lo que estás pensando cuando me miras. Eres muy transparente, y eso me vuelve loco.

—¿A qué te refieres?

—Aquel día estaba medio desnudo cuando abrí la puerta, ¿recuerdas? Me estabas comiendo con la mirada. Quería arrancarte la camiseta más rápido de lo que lo hicieron los perros.

—¿Qué más?

—Aquella noche que quedamos, cuando corté la camiseta de ese imbécil. Quería cortarte todo lo demás también y penetrarte allí mismo, en la encimera de la cocina, hasta sacarte todos los recuerdos que tenías de él. Luego quería envolverte en mi camiseta y hacértelo otra vez. Quieres que continúe, ¿no?

—Sí.

«Dios, me estaba poniendo cachonda».

—Cuando nos besamos, pensé que nunca iba a poder parar. No era ni mucho menos mi primer beso, pero fue el *mejor* beso, Chelsea. El mejor. De mi vida. No quería que terminara nunca.

Solté un suspiro.

—Lo sé.

—Y lo siguiente... solamente voy a admitirlo porque estás muy borracha y no te vas a acordar mañana.

—¿El qué?

—Cuando lamiste la punta de ese puto perrito de maíz... deseé que fuera mi pene el que estuviera en tu boca. Muchísimo. Estoy tan empalmado ahora mismo solo de pensar en tus labios envolviéndomelo. ¿Recuerdas que aquel día fui a buscar un baño después de comer? Fui a hacerme una paja porque no podía dejar de pensar en ti metiéndote mi pene en la garganta.

—Vaya.

—Así que, sí. Piensas que no te deseo. No puede haber nada más lejos de la verdad. Siempre estoy a un segundo de perder el control.

No me preguntes qué me impulsó a decir lo que salió de mi boca a continuación. Le echaremos la culpa al alcohol.

—Sueño con el lunar que tienes en el culo.

Retrocedió un poco y abrió los ojos de par en par.

—¿Cómo?

Al darme cuenta del error que había cometido, intenté salvarme.

—Tienes un culo increíble.

—Eso no es lo que has dicho. ¿Cómo sabes que tengo esa marca de nacimiento?

—Esto...

—¿Qué demonios, Chelsea?

—He visto tu culo.

—Vale... Aquí me falta algo, porque nunca te he enseñado el culo.

—Lo sé.

—Entonces, ¿cómo lo has visto? —Cuando no respondí, simplemente dijo—: Chelsea...

Me había arrinconado literal y figuradamente, por lo que no tuve más remedio que decir la verdad.

—Vale. Ya sabes que estuve cuidando a los perros. Bueno, Drewfus se metió debajo de tu cama. Estaba intentando sacarlo. Había una caja.

—Tragué saliva y continué—. La abrí. Quería saber más sobre ti. Estuvo mal. No debería haber fisgoneado, pero tenía curiosidad. En el disco decía «Jamaica». Ni se me ocurrió que pudiera ser un vídeo sexual. Vi un poco. Lo siento. Fue un error.

Se produjo un largo e incómodo silencio. Parecía haberse quedado seriamente aturdido, y eso hizo que me sintiera mucho peor.

«Di algo».

Finalmente, acercó su rostro al mío y susurró:

—Maldita pequeña pervertida.

Seguí esperando que dijera algo más. Mi respiración era errática mientras permanecía arrinconada contra la pared con su cara en la mía.

Tras varios segundos de silencio, simplemente se apartó y se fue, cerrando la puerta tras de sí.

—¿No has sabido nada de él?

—No. Lo último que hizo fue llamarme «maldita pequeña pervertida» antes de volver a su apartamento. Ha pasado una semana y nada.

—Uff.

—Ya. Recuérdame que no vuelva a beber así. Nunca sale nada bueno.

—Es muy raro que admita todo eso, que quería meterte el pene en la boca y tal, y que luego no dude en llamarte «pervertida» *a ti* por dar con ese vídeo sin querer.

—No lo vi durante cinco minutos sin querer, Jade. No lo culpo. Fue una invasión a su privacidad. No hay excusa.

—Entonces, ¿ahora qué?

—A intentar superarlo. Intentar superarlo *a él* de una vez por todas. ¿Qué otra opción me queda?

—¿Sigues viendo a ese chico, Brian?

—No. Se dio por vencido conmigo. Mejor así. Era buena persona, pero no me gustaba mucho.

—El único que te gusta es Damien.

—Bueno, eso tiene que cambiar. De hecho, voy a quedar con otra persona este viernes.

—Uhh, ¿en serio? ¿Alguien de esa página de citas?

—Sí. Se llama Mark.

Dudley y Drewfus estaban ladrando al lado, lo que provocó la risa de Jade.

—Vaya, no bromeabas con lo de los perros. Puedo oírlos.

—Me mata no haberlos visto en tanto tiempo.

Ella suspiró.

—Esto es una prueba, ¿sabes?

—¿A qué te refieres?

—A que los hombres y las mujeres en realidad no pueden ser amigos, no si uno de ellos se siente atraído por el otro.

—Me siento culpable, como si le hubiera fallado como amiga porque no he sido capaz de controlar mis sentimientos. No ha hecho más que portarse bien conmigo y ser sincero.

—Quizá congenias con ese tal Mark o con otro y eso hará que algún día puedas soportar volver a ser amiga de Damien.

—Cada vez que pienso en superar lo que siento por Damien, me pongo triste. No lo siento como algo natural. No sé explicarlo. Es como si, a pesar de que una parte de él se está forzando a alejarse de mí, todavía hubiera una atracción que está siempre presente. No me puedo imaginar que esos sentimientos desaparezcan mientras exista esa contradicción.

—Bueno, no puedes tirarte toda la vida corriendo en círculos. Te ha dicho de todas las maneras que no ve que haya un futuro. En algún momento, independientemente de sus razones, tienes que escucharlo.

—Esas son sus palabras, sí. Pero su corazón... deberías haber oído cómo latía cuando nos besamos. Creo que esa es la principal razón por la que no puedo aceptar lo que me dice.

—No quiero que pierdas este precioso tiempo de tu vida sufriendo por alguien que al final no va a estar ahí para ti. Te ha contado su punto de vista. Supongo que no entiendo por qué no estás escuchando a estas alturas.

Eso fue difícil de oír, y la verdad era que no tenía una respuesta. Los asuntos del corazón no siempre eran lógicos o fáciles de explicar.

Aquella tarde, después de que Jade y yo colgáramos el teléfono, me preparé un café y me senté junto a la ventana. Damien estaba pintando en el patio. Sabía que era el momento del día en el que el sol estaba en su mejor posición y en el que él solía trabajar en su arte. Normalmente no estaba en casa a esa hora, pero me había tomado el día libre por asuntos personales.

Me senté y lo observé durante casi dos horas mientras pintaba una montaña con una puesta de sol detrás. Era increíble cómo algo que empezó como una serie de líneas rociadas podía transformarse en una imagen tan realista con la mezcla adecuada de colores.

Me pregunté en qué estaría pensando y qué le hizo tomar la decisión de dibujar una montaña y una puesta de sol. Los perros estaban sentados mirándolo con la lengua fuera, lo que me sacó una sonrisa. Tuve que hacer todo lo posible para no salir y unirme a ellos, pero no quería interrumpirlo o, peor aún, molestarlo.

Mi móvil sonó, interrumpiendo la sesión de acoso. Era Ariel, del centro juvenil.

—Hola, Ariel. ¿Qué pasa?

—Te he estado buscando, pero hoy no has venido. Me dijiste que podía llamarte en cualquier momento si te necesitaba, ¿verdad?

—Sí. Por supuesto. ¿Qué pasa?

—¿Prometes que no te vas a enfadar conmigo?

—Lo prometo.

—Me he acostado con Kai.

«Mierda».

—Vaya. Vale. ¿Estás bien?

—Creo que sí. O sea, no fue tan genial.

Me reí por dentro.

—Sí, las primeras veces no suelen serlo.

—Ya me he dado cuenta.

—¿Cómo es que decidiste dar ese paso?

—Tenía curiosidad. Quería ver si eso nos unía. Y lo quiero.

—Bueno, siempre y cuando te parezca bien y no te sientas forzada a hacer algo para lo que no estabas preparada.

—De todas formas, ya es demasiado tarde, ¿no?

—No es demasiado tarde para dejar de tener sexo a partir de ahora.

—Pensé que me sentiría diferente..., que las cosas irían mejor... y no es así.

—El sexo a veces solo complica las cosas aún más.

«Anda, mira quién habla. Era como si necesitara mi propio consejo».

—Casi tengo más miedo que antes —confesó.

—Ya que estás siendo tan sincera conmigo, voy a contarte algo muy personal.

—Vale.

—Hace un tiempo me preguntaste si había conocido a alguien desde Elec. En ese momento no había nadie, pero desde entonces he conocido a alguien. Se convirtió en un buen amigo, pero el problema es que he acabado desarrollando sentimientos por él.

—¿Te acostaste con él?

—Bueno, esa es la cuestión. A pesar de que somos adultos, lo que hace que sea menos arriesgado que a tu edad, él no quiere dar ese paso conmigo. No es porque no se sienta atraído por mí. La tentación está ahí. Pero, por alguna razón, no siente que pueda comprometerse conmigo a largo plazo. Así que decidió no permitir que lo nuestro fuera más allá, porque entiende que el sexo complica las cosas y está intentando proteger mis sentimientos. Tiene razón, porque una relación sexual no es un paso que nadie deba dar si no está seguro. Aunque me gustaría que las cosas fueran diferentes, en el fondo respeto su decisión. Lo respeto muchísimo por no utilizarme ni aprovecharse de mi vulnerabilidad y por no querer hacerme daño.

De una manera extraña, eso hizo que lo quisiera todavía más, lo cual era una mierda enorme.

—¿Estás llorando? —preguntó Ariel.

Secándome los ojos, me reí a través de las lágrimas.

—Lo siento.

—No pasa nada.

—¿Ves? A veces los adultos también necesitan hablar.

Todos los días me decía que hoy era el día en el que iría a casa de Damien a disculparme, y cada día dejaba pasar la oportunidad. Nunca parecía el momento adecuado.

A veces, la vida no espera al momento adecuado. A veces, una situación repentina une a las personas, estén o no preparadas para ello.

Un miércoles, al llegar a casa del trabajo, el portero del edificio estaba fuera con uno de los perros, pero no con los dos, lo que me pareció extraño. Al mirar más de cerca, me di cuenta de que estaba con Dudley.

—Hola, Murray. ¿Qué pasa? ¿Dónde está Damien?

Su expresión me preocupó.

—Un coche ha atropellado a Drewfus hoy.

Me dio un vuelco el corazón.

—¿Qué? ¿Está bien?

—No estoy seguro. Lo ha llevado al hospital de animales. El jefe estaba bastante alterado.

Por lo general, Dudley estaría saltando a mi alrededor, pero en cambio, estaba callado y no parecía él mismo.

—¿Dudley vio lo que pasó?

—Creo que sí. Yo no estaba aquí. Supongo que Drewfus se alejó de repente, y todo sucedió muy rápido.

Me dolía el corazón por Damien. Los perros eran su vida. Llena de temor, saqué el móvil y le escribí.

> Chelsea: ¿Drewfus está bien?

Pasaron varios minutos antes de que respondiera.

Damien: Está en quirófano. Tiene algunos miembros rotos y daños internos. No sabré más hasta que salga.

Exhalando un suspiro de alivio al saber que el perro estaba vivo, contesté.

Chelsea: Estoy con Murray. ¿Llevo a Dudley a tu apartamento? ¿Hay algo que pueda hacer?

Damien: Eso sería genial.

Chelsea: Vale. Todavía tengo la llave de la última vez.

Damien: Gracias.

Chelsea: No es nada.

Una vez dentro del apartamento de Damien, se me rompió el corazón al ver lo nervioso que estaba Dudley mientras buscaba frenéticamente a su mejor amigo por todas las habitaciones. Los Doble D eran como el brazo derecho el uno del otro. Si había visto el accidente, tuvo que ser traumático.

También se negó a comer, lo cual era muy poco habitual en él. No sabía qué más hacer. Cuando me senté en el sofá, saltó para unirse a mí y me apoyó la barbilla en el estómago. Lentamente, empecé a masajearle el suave cuero cabelludo para calmarlo. No se me ocurría que hoy hubiera ningún propósito mejor para mí que consolar a este animal. Mis dedos siguieron acariciándole la frente hasta que se le cerraron los perezosos párpados. Se había quedado dormido.

Como no había hecho pipí desde que llegué a casa del trabajo, saqué mi cuerpo de debajo de Dudley con cuidado para ir al baño de Damien.

Al volver, me fijé en un bloc de notas que había sobre la encimera de la cocina y que parecía tener escritas cosas de todo tipo, desde números de teléfono hasta la lista de la compra y garabatos. Pero lo que de verdad me llamó la atención fue la palabra que había escrita en la esquina del cuaderno con un tipo de letra similar a la de un grafiti: *Chelsea*.

En medio de un día tan triste, eso me sacó una sonrisa y me llenó de esperanza. Me prometí no leer entre líneas y apreciarlo como lo que era: la afirmación de que había pensado en mí, ya fuera como amigo o de otro modo.

Aunque me moría de ganas por saber cómo estaba Drewfus, opté por no molestar a Damien. Ya se pondría en contacto conmigo cuando estuviera preparado. Así pues, volví al sofá junto a Dudley. Ya se había despertado, pero estaba taciturno y apático.

La puerta se abrió poco después de las once de la noche. Dudley empezó a jadear mientras corría hacia ella en busca de su mejor amigo. Damien estaba solo y se arrodilló para frotarle la cabeza con los dedos.

—No pasa nada, colega —dijo con voz suave—. No pasa nada. No está aquí, pero va a estar bien. Va a estar bien.

Con la mano puesta sobre el corazón, el cual me latía con fuerza, dejé salir el aire que había estado conteniendo. Todavía arrodillado, Damien me sonrió y, de repente, todo parecía estar bien en el mundo. Había ansiado que volviera a dirigirme esa sonrisa.

Permaneció agachado un rato, intentando tranquilizar a Dudley lo mejor que pudo.

Finalmente, Damien se levantó y caminó hacia mí mientras que Dudley se quedó junto a la puerta esperando a que Drewfus la cruzara en cualquier momento.

Sin saber qué decir o hacer, mi cuerpo se puso rígido. Me tomó por sorpresa cuando Damien me atrajo hacia él y me abrazó con fuerza mientras dejaba escapar un largo suspiro contra mi cuello. Todavía abrazados, mi cuerpo se relajó.

—¿De verdad va a estar bien?

Dio un paso hacia atrás para mirarme.

—Sí. El veterinario cree que sí. Tienen que mantenerlo allí un par de días. Va a tener que hacer un poco de rehabilitación, pero va a salir adelante.

—Dios, no tienes ni idea de lo asustada que estaba por ti.

—Yo también.

—He rezado mucho.

—Gracias. Ha funcionado.

—¿Jenna está bien?

—Todavía está en el hospital, de hecho. Aunque discutimos un poco. No paraba de fastidiarme. Estoy reventado.

—¿Os peleasteis por el accidente?

—Sí. Me acusó de no vigilarlo lo suficiente.

—Y una mierda. Darías tu vida por esos perros.

—Casi lo hice cuando corrí tras él, Chelsea.

La idea de que le pasara algo a Damien me ponía enferma.

—¿Cómo ocurrió el accidente?

—Vio a un perro pequeño en el lado opuesto de la carretera. A Drewfus le vuelven loco los perros pequeños. Intenté detenerlo, pero salió corriendo demasiado rápido y no pude alcanzarlo. Al Corolla no le dio tiempo a frenar. Tuvo suerte de que la mujer no fuera más rápido.

—Pareces agotado.

—¿Me estás diciendo que tengo un aspecto de mierda, jovencita?

Se dejó caer en el sofá y se frotó los ojos.

—Debería irme y dejarte descansar un poco.

—No.

—¿No?

—¿Puedes quedarte? —Cuando no respondí, dijo—: Por favor.

Asentí con la cabeza.

—Puedo quedarme.

Señaló junto a él.

—Ven, siéntate a mi lado.

—De acuerdo.

Recostó la cabeza en silencio hasta que, finalmente, se giró hacia mí.

—Buen intento.

—¿De qué hablas?

—Estabas intentando evitar hablarme sobre lo que pasó entre nosotros.

—Esta noche no es el momento adecuado para sacar ese tema.

—No ibas a sacar el tema nunca. Si no fuera por lo que ha pasado con Drewfus, seguirías evitándome.

—Lo siento. Pero tienes razón. Preferiría olvidar esa noche. Todo lo relacionado con ella hace que me muera de la vergüenza.

—¿Por qué ibas a morirte de la vergüenza? Estabas borracha. Tuvimos un pequeño roce. Son cosas que pasan.

—Me llamaste «pequeña pervertida».

—*Eres* una pequeña pervertida.

—Gracias por confirmarlo.

—No es algo malo. Me encanta que seas una persona sexualmente curiosa.

—¿Te encanta que haya visto tu vídeo sexual?

—No. Eso no me encanta. Pero no te culpo por ser curiosa. Eres humana. —Seguimos mirándonos fijamente hasta que dijo—: Quieres preguntarme algo. Adelante. Pregúntame.

—¿Quién es ella?

—Una exnovia llamada Everly. Estábamos de viaje en Jamaica. Ese vídeo tiene más de cinco años. Ahora está casada y tiene un bebé. Es agua pasada, Chelsea.

—¿Ella es la razón por la que estás tan jodido?

—Vaya... No sabía que estaba jodido. ¿Y me acusas *a mí* de insultar? —Se rio—. No. Ella no tiene nada que ver con nada. Solo fue un pequeño capítulo de mi vida. Ese día a Everly se le ocurrió que sería divertido grabarnos. Metí el disco en una caja donde siempre había guardado cosas al azar. No lo he visto ni una vez. Se me había olvidado que lo tenía hasta que me lo recordaste. Fin de la historia.

—Pensé que mi confesión sobre lo del vídeo era la razón por la que te enfadaste, por la que te fuiste.

—Qué va. El vídeo nunca ha tenido nada que ver. Me importa una mierda eso. Estaba cabreado por el mensaje que me enviaste.

—Solo estaba bromeando. Me molestó un poco que todavía tuvieras el perfil activo. Me puse celosa. —Sacudí la cabeza—. ¿Por qué estoy admitiendo esto?

—Porque eres honesta. Lo respeto. Ya que estamos siendo honestos... Hablando de la página de citas... No quiero que salgas con ese chico, Mark, hasta que tenga la oportunidad de verificarlo.

—No puedes dictar con quién salgo. —Hice una pausa para reflexionar sobre cómo sabía eso—. ¿Cómo sabes lo de Mark?

—No eres la única que sabe fisgonear, Sherlock.

—No te sigo. ¿Eres *hacker* o algo así?

—Yo creé esa cuenta. ¿Recuerdas, genio? Madre mía, no llegaste ni a cambiar el puto nombre de usuario y la contraseña. Lo único que tengo que hacer es escribir tu nombre y fuego3 y veo todo lo que estás haciendo.

—No tienes derecho a espiarme así.

—No te estaba espiando. Estaba intentando mantenerte a salvo.

—No entiendo cómo eso es de tu incumbencia.

—Porque eres mi puta mejor amiga. Eso hace que sea de mi incumbencia.

Su admisión me dejó sin palabras durante unos segundos.

«¿Su mejor amiga?».

—¿Lo soy?

—Bueno, lo *eras*... hasta la noche en la que me pediste «collar» y luego dejaste de hablarme.

—No sabía que sentías tanto nuestra amistad.

—Pues ya lo sabes.

—Sí. Supongo que sí.

—A lo que iba... sobre ese tal Mark. Tengo un mal presentimiento sobre él. Consigue su apellido y déjame verificarlo antes de que quedes con él. ¿Vale?

—Vale.

—¿Has comido?

—No.

—No voy a poder dormir. Necesito alejar la mente de Drewfus. ¿Por qué no preparo una pizza? —Se levantó del sofá antes de que pudiera responder.

—Vale. Aunque solo si puedo ayudar.

—No hay mucho que hacer. Puedes entretenerme mientras la hago. ¿Qué te parece?

Apoyando los brazos en la encimera, observé cómo sacaba la masa de la nevera.

—¿Cuándo empezaste a hacerte tu propia pizza?

—En realidad, trabajé en una pizzería sandwichería con mi hermano cuando éramos más jóvenes.

—Eso lo explica todo.

—Ty y yo solíamos competir por el afecto de una clienta en especial. Un día, ella nos desafió. Pidió dos pizzas y nos dijo que cada uno hiciera una. Quería ver cuál le gustaba más. El que hiciera la pizza ganadora tendría una cita con ella.

—¿Quién ganó?

—La cosa no llegó a tanto. Nos peleamos antes de empezar. La harina y el *pepperoni* acabaron por todas partes. El dueño nos despidió por montar una escena.

—Vaya.

—Años más tarde, llegamos a la conclusión de que la chica era una cabrona por habernos enfrentado aquella vez. Fue una buena lección.

—Entonces, ¿tú y tu hermano erais competitivos de pequeños?

—Un poco. Después de la muerte de mi padre, ambos nos convertimos en los hombres de la casa y tuvimos más responsabilidades que muchos de los niños que conocíamos. La depresión de mi madre era bastante grave, y todavía lo es, aunque los peores años fueron los primeros tras la muerte de mi padre. El estrés sacó lo peor de nosotros. Lo adoro, pero tenemos la misma vena competitiva.

—¿A qué se dedica?

—Es gerente de un restaurante, pero está pensando en mudarse a Los Ángeles para dedicarse a la actuación a tiempo completo. Ha participado en algunas obras aquí en el Área de la Bahía. Tyler no es tan práctico como yo cuando se trata de ahorrar. Yo hago lo que quiero con mi pintura y todo eso, pero eso es porque también tengo este edificio en el que apoyarme.

—No puedo creerme que nunca me hayas dicho que tu hermano es actor. Sabes que mi hermana, Jade, es actriz en Broadway.

—Sí, lo mencionaste. ¿Qué hace tu otra hermana?

—Claire. Es profesora. No podríamos ser más diferentes las tres.

—¿En qué sentido?

—Bueno, Claire es la mayor. Es la más sensata. Nunca se ha metido en ningún problema de verdad. Se ha casado con su novio del instituto. Jade es la más joven. Alta, con pinta de modelo, triunfadora, extrovertida, una completa creída. Es muy divertida, y es a la que estoy más unida. Luego estoy yo. Soy la bajita, la loca del medio y no soy ni sensata ni extrovertida. Solo... —Dudé.

Damien contestó:

—Extravagante y dulce..., adorable.

—No iba a decir eso.

—Bueno, esa es mi opinión.

—Supongo que también dirías que un poco pervertida.

—No. —Guiñó un ojo—. Yo diría *muy* pervertida.

Nos comimos la pizza en el suelo del salón con Dudley sentado entre nosotros. Por fin estaba recuperando el apetito y se comió algunas de nuestras sobras. La televisión estaba encendida, pero en realidad no le prestábamos atención mientras charlábamos, entablando una conversación fluida sobre nuestras familias y los últimos acontecimientos con los inquilinos del edificio.

Todo iba bien hasta que nuestra atención se centró en una escena de sexo explícito que formaba parte de la película a la que supuestamente no estábamos prestando atención. La situación no tardó en volverse muy incómoda. Damien agarró el mando a distancia y cambió de canal tan rápido como pudo.

Me levanté del suelo.

—Creo que es hora de que me vaya a mi piso.

—¿Segura?

—Sí.

Dudley tenía otros planes. Mientras me dirigía a la puerta, empezó a gemir. Me agaché.

—Lo siento. Tengo que irme, pequeñín.

Empezó a lamerme la cara mientras le rascaba la cabeza.

—Sé que no quieres que me vaya.

Me apresuré en escabullirme, pero en cuanto volví a mi apartamento, empezaron los aullidos. Dudley no iba a permitir que me escapara con tanta facilidad. Me sonó el móvil. Era Damien.

—Ha empezado a asustarse mucho cuando te has ido. ¿Podrías volver? Solo por esta noche. Está muy mal.

—Es muy tarde.

—Puedes dormir con él en mi cama.

—¿Dónde vas a dormir tú?

—En el sofá.

—Supongo que ninguno de los dos va a poder dormir si no voy, ¿no?

—Yo diría que es una apuesta segura.

—Vale, déjame que me ponga el pijama.

Damien dejó escapar un suspiro a través del móvil.

—Gracias.

La idea de dormir allí no me gustaba. Estaba intentando superarlo y estaba a punto de pasar la noche en su apartamento, con él allí por primera vez. Era por el bien de Dudley, pero aun así.

Después de lavarme los dientes y ponerme los pantalones cortos del pijama y la camiseta de algodón de manga larga, volví a la puerta de Damien.

—Pareces cómoda. —Sonrió—. Gracias por volver.

—Me voy directamente a la cama —dije, pasando junto a él y dirigiéndome al dormitorio.

Dudley, que pareció entender exactamente por qué había vuelto, me siguió. Damien había plegado las sábanas para nosotros y había encendido la lamparita. Habían pasado muchas cosas entre nosotros desde la última vez que dormí en esa cama. Nos habíamos dado ese beso increíble, pero también había conseguido destruir la mayor parte de mis esperanzas.

Tenía muchas ganas de volver a mi apartamento, pero no podía hacerle eso a Dudley.

Me acosté boca abajo, y el perro se tumbó a mi lado. Tal y como recordaba, el olor de Damien estaba impregnado en la funda de la almohada, pero ya no me daba placer inhalarlo. No me hacía sentir más que tristeza y una añoranza dolorosa.

Me odiaba a mí misma por ser incapaz de deshacerme de esto, por mi incapacidad de apreciarlo simplemente como amigo. Tal vez era demasiado vulnerable como para mantener una amistad con un hombre porque las heridas de mi ruptura con Elec seguían frescas. Tal vez, si fuera otro momento de mi vida, podría haber manejado mejor la situación con Damien.

Él se había levantado para usar el baño que estaba justo fuera de su habitación. Al escucharlo orinar, me removí y me di la vuelta en la cama.

Debió de oírme, porque se detuvo en la puerta. Apenas pude distinguir la silueta de su pecho desnudo y esculpido en la oscuridad.

Su voz era grave.

—¿Necesitas algo?

—No, estoy bien.

—Dudley ha caído, ¿eh?

—Sí. —Mis respuestas eran cortas para que coincidieran con el extraño temperamento que tenía esta noche.

—¿Estás bien? —preguntó.

No respondí.

En lugar de volver al sofá, Damien se acercó a la cama y se sentó en el borde. Me puso la mano en la cabeza y me pasó los dedos lentamente por el pelo. Ese simple gesto fue mi perdición.

—Por favor, no me toques.

Como si mi brusca reacción lo hubiera tomado por sorpresa, detuvo la mano.

—Lo siento. No iba a hacer nada Chelsea. Solo estaba...

—*Sé* que no ibas a hacer nada. Créeme, lo sé. —Se quedó callado, y continué—. No paras de enviarme mensajes contradictorios, Damien. Que conste que me *encanta* que me toques, pero es mejor para mí que no lo hagas. Has sido muy sincero conmigo. Has dejado claro que no hay futuro. Aprecio mucho tu honestidad. Pero no puedo soportar que me toques. No entiendo por qué no puedo ignorar estos sentimientos a pesar de todo lo que has dicho. Si te soy sincera, a veces pienso que lo mejor sería...

—¿Qué? ¿Que lo mejor sería qué?

Cerré los ojos con fuerza, deseando que las palabras salieran.

—Que lo mejor sería que me mudara.

—No digas eso, Chelsea.

—No de inmediato. A lo mejor empiezo a buscar algo tranquilamente. No veo otra solución. No quiero verte con otras mujeres. Las paredes son finas.

—¿Y si prometo no traer a nadie a casa?

—Eso es poco realista, y no deberías hacerlo para proteger mis sentimientos.

—Haré cualquier cosa con tal de que no te mudes.

—No.

—¿Eso es todo? ¿En serio quieres eso? No nos veríamos nunca. ¿Eso te haría feliz?

—No. No me haría feliz. Pero podríamos seguir siendo amigos. Quiero que estés en mi vida. Pero, dadas las circunstancias, no quiero saber cada cosa que haces ni las personas con las que lo haces.

—Te necesito en el piso de al lado. No te vayas. Ya lo solucionaremos.

—No puedes tener las dos cosas, Damien. No puedes mirarme como lo haces. No puedes llamarme en mitad de la noche para dormir en tu cama con tu perro. No puedes tenerme cerca y tratarme como si fuera una parte importante de tu vida y esperar que no me enamore de ti. Es antinatural y poco saludable, y sea tu intención o no, me estás haciendo daño. —Joder. Se me estaban empezando a llenar los ojos de lágrimas. Como ya había hecho el ridículo, continué—: Nunca olvidaré ese beso. Nunca podré deshacer lo que me hizo sentir. A veces, desearía poder hacerlo.

Exhaló.

—Yo tampoco lo olvidaré nunca.

—Sé que tus intenciones son buenas. Sé que no quieres hacerme daño. Pero usando tus propias palabras... esto no tiene nada que ver contigo y tiene todo que ver conmigo. Por eso tengo que irme. Es algo que llevo un tiempo pensando.

Todavía en el borde de la cama, Damien puso la cabeza entre las manos.

—Lo siento mucho —susurró—. Lo siento muchísimo.

Nunca había sentido el corazón tan pesado como en este momento. Todavía muy confundida, solo estaba segura de dos cosas.

Una: tenía que mudarme.

Dos: estaba perdidamente enamorada de él.

12

OH, HERMANO

—No puedo creer que de verdad vayas a hacerlo —dijo Jade.

Estaba metiendo las cosas que no iba a quedarme en una bolsa de basura mientras charlaba con mi hermana antes de una de sus funciones.

—Una gran parte de mí no quiere. Aquí me siento muy segura. Pero es necesario para mi cordura.

—¿Te deja deshacer el contrato de alquiler?

—Sí.

—Me alegro, porque podría haber sido un imbécil al respecto.

—Sabe por qué me voy. No se comportaría como un imbécil en estas circunstancias. Hemos sido amables desde la noche en la que estallé en su cama con el pobre perro durmiendo a mi lado. A Damien no le parece bien, pero creo que lo entiende. Sabe que no puede detenerme.

—A todo esto, ¿cómo está el perro herido?

—Drewfus está bien. He estado yendo a visitarlo. Todavía se está recuperando, cojea. Pero gracias a Dios se pondrá bien.

—Bien. ¿Cuándo te mudas entonces?

—En un par de semanas. El nuevo piso no está desocupado todavía. Estoy empaquetando poco a poco todas las cosas pequeñas. Mamá y papá vendrán el día de la mudanza para ayudarme con las cosas grandes.

—Ojalá pudiera subirme a un avión y echar una mano, pero no voy a tener ningún descanso de la función en un tiempo.

Tras una breve pausa, pregunté:

—¿Crees que estoy haciendo el ridículo?

—¿En qué sentido?

—Mudándome porque no puedo controlar mis sentimientos. En un mundo ideal, aprendería a lidiar con ello, ¿no?

—Bueno, no parece que tus sentimientos por él sean fáciles de controlar. Te estás alejando de una situación que sabes que sería dolorosa para ti a largo plazo. Y estás siendo sincera al respecto en vez de inventarte excusas para irte. Eso es valiente. Así que, no, no creo que estés siendo ridícula, hermana. Creo que el ridículo es él.

Dejé escapar un suspiro de alivio.

—Gracias —contesté.

—Más gente debería ser abierta con respecto a sus sentimientos, aunque duela. —La voz de alguien sonó en el fondo por un intercomunicador—. Mierda. Tengo que irme —dijo Jade.

—Gracias por escucharme, como siempre. De todas formas, tengo que salir para tirar algo de esta basura al contenedor de atrás.

—Hasta luego, hermana.

Cuando volvía de sacar la basura, una voz me paró en seco justo cuando abrí la puerta de mi apartamento.

—Tú debes de ser Chelsea.

Parecía Damien.

Cuando me giré hacia él, por una fracción de segundo pensé que lo era. El chico que estaba en el pasillo se parecía a él. Tuve que parpadear un par de veces antes de darme cuenta de que era su hermano.

—Sí, hola. Y tú eres Tyler.

Esbozó una sonrisa enorme.

—Llámame Ty.

«Madre mía».

«Hay más de ellos».

—Ty. —Sonreí—. Encantada de conocerte.

—Igualmente.

Al verlo de cerca, no era exactamente la viva imagen de su hermano. La belleza de Tyler se asemejaba más a la propia de una estrella de cine, mientras que Damien era más tosco. Sin embargo, tenía los mismos hermosos ojos azules que él, la misma piel bronceada (menos el tatuaje del brazo), la misma estructura ósea, la misma complexión fuerte y la misma sonrisa coqueta. «Dios». Quería nadar en su acervo genético.

La puerta se abrió. Damien salió sosteniendo uno de esos encendedores para la parrilla de la barbacoa.

—Se me ha olvidado darte el... —La expresión de Damien se ensombreció mientras me miraba con desconfianza y luego a su hermano. Tragó saliva—. Veo que has conocido a Chelsea.

—Así es. Has estado guardándote información, D. Me dijiste que era guapa. No dijiste que te dejaba sin respiración.

—Cállate, o tendré que dejarte *a ti* sin respiración.

«Vaya».

Me ardían las mejillas.

Ty sonrió, sin parecer afectado por la amenaza de Damien mientras tomaba el encendedor de su hermano. Me miró.

—He hecho que te pongas roja.

—Todo hace que se ponga roja —se apresuró a decir Damien.

Me aclaré la garganta y me volví hacia él.

—¿Los perros están con Jenna?

—Sí.

—Lo supuse. Está muy silencioso. —La mirada de Damien se detuvo en la mía durante un rato antes de que Tyler interrumpiera nuestro tenso concurso de miradas.

—Estábamos a punto de hacer una barbacoa en la parte de atrás. Deberías unirte a nosotros para cenar.

—Estoy seguro de que Chelsea tiene mejores cosas que hacer... con la mudanza y todo eso —intervino Damien.

Con aspecto de estar confundido, su hermano pasó la mirada de uno al otro.

—¿Qué mudanza?

—Se va a mudar a otro piso.

—¿En este edificio?

—No. Al otro lado de la ciudad —respondió Damien.

Ty parecía sorprendido.

—¿Por qué?

Finalmente hablé.

—Es una historia un poco larga. Necesitaba un cambio.

—Damien no me ha contado nada.

Damien todavía me estaba mirando cuando dijo:

—No he tenido la ocasión.

—Bueno, entonces está claro que tienes que cenar con nosotros si te mudas pronto.

«Tenía curiosidad».

«Quería cenar con ellos».

—¿Sabes? Ha sido un día largo de limpieza y de meter cosas en cajas. No me ha dado tiempo a pensar en la cena, así que acepto.

Ty jugueteó con el mechero.

—Genial. Hago una mazorca de maíz a la barbacoa muy buena.

—Le gusta comérsela empezando por la punta —bromeó Damien.

Sacudí la cabeza ante su cómico enfrentamiento.

—¿Llevo algo? —pregunté.

—Solo tu preciosa presencia —respondió Ty antes de añadir—: Te estás poniendo roja otra vez.

—En realidad, creo que llevaré algo de alcohol. —Sí, iba a necesitarlo.

Después de volver a mi apartamento a por la botella de vino y a ponerme algo que no fuera la ropa de estar por casa, me reuní con Damien y Ty en el exterior.

Seguí las columnas de humo hasta la parte trasera del edificio, donde habían colocado una chimenea de exterior y tres sillas Adirondack de plástico. Era la noche perfecta para hacer fuego: fresca y seca con el sol poniéndose.

Añade caballerosidad a la lista de cualidades atractivas de Tyler.

—Hola, Chelsea. Déjame la botella, yo la abro.

Era un auténtico encanto. No era de extrañar que Damien tuviera puñales en los ojos mientras miraba cómo su hermano abría el vino y vertía un poco en la copa que había traído.

—¿Por qué no te sientas aquí para que el humo no te dé en la cara? —Ty me condujo hasta la silla en la que había estado sentado.

—Gracias. —Sonreí y luego miré a Damien en un intento por entablar conversación—. Has perdido la oportunidad de hacer un chiste sobre mí y el humo, Damien. Estás flojeando.

Seguía con pinta de estar cabreado cuando alzó la vista de la parrilla.

—¿Qué has dicho?

—Da igual.

Ty le dio un sorbo a su cerveza y luego hizo un gesto con la botella.

—Es verdad. Me dijo que te faltó poco para incendiar el edificio.

Asentí con la cabeza.

—Sí. Se ha convertido en una broma recurrente entre nosotros.

—Te refieres a cuando Damien logra encontrar su sentido del humor. Está claro que esta noche lo tiene en el culo. —Levantó el dedo índice—. Oh. Hablando de humo, he traído algunos cubanos.

—¿Se van a unir a nosotros?

Ty se rio.

—Qué graciosa eres, Dios.

Damien esbozó una sonrisa reticente.

—Puros, Chelsea.

—Ah.

Ty se sacó una bolsita que contenía los cigarros largos del bolsillo interior de su chaqueta.

—Son para después de la cena. —Se volvió hacia mí—. ¿Quieres fumarte uno conmigo después?

—Nunca me he fumado un puro.

—Estos son los mejores. Montecristo. Tienes que probar uno.

—Vale, tal vez.

—Por cierto, Damien está cocinando dos lotes diferentes de filete. Uno lo he marinado y sazonado yo y el otro, él. Tendrás que decirnos cuál te gusta más. No voy a decirte cuál es cuál.

Los pensamientos sucios en mi cabeza eran abundantes. Probando su carne. Genial.

«¡Deja de pensar en cochinadas, Chelsea!».

—¿Estáis repitiendo la competición de la pizzería o algo así? —Me reí.

—¿Damien te ha hablado de eso?

Finalmente, Damien se separó de la parrilla para unirse a nosotros.

—Sí, le conté cómo te di una paliza aquel día, y estoy dispuesto a volver a hacerlo si es necesario.

—Hoy estás de *muy* mal humor, Damien —contestó Tyler con tono burlón antes de volverse hacia mí—. Entonces, ¿cuándo te mudas?

—En dos semanas.

—¿Es inamovible?

—Sí. Se supone que el inquilino del nuevo apartamento se va para entonces. He alquilado el servicio de una empresa de mudanzas y mis padres van a venir a ayudarme.

Damien abrió una cerveza.

—Diles que lo cancelen —dijo.

—¿Por qué?

—Yo te llevo.

—No hace falta.

—Los dos podemos ayudar —interrumpió Ty—. Tus padres no deberían tener que hacerlo.

Damien le lanzó una mirada asesina que dio a entender que estaba molesto con Tyler por ofrecer sus servicios.

—Bueno, lo aprecio, la verdad. Lo más probable es que mis padres vengan de todas formas, pero nos vendría bien más mano de obra para el trabajo pesado.

—¿Me repites por qué te estás mudando exactamente? —preguntó Ty.

Simplemente no respondí. De ninguna manera iba a hacer el ridículo delante de él.

Percibió mi recelo.

—No pasa nada. No tienes por qué dar explicaciones. No es asunto mío.

—No, no lo es —concordó Damien antes de levantarse de repente—. Creo que la comida está lista.

Se podía cortar la tensión del aire con el cuchillo para la carne.

—Asegúrate de darle un poco de cada tipo de carne —dijo Ty.

Damien dispuso el popurrí de puntas de filete, filetes de falda, maíz asado y verduras asadas en tres platos de cartón.

Me levanté para recoger el mío.

—Huele increíble. No puedo creer que nunca hayamos hecho una barbacoa aquí fuera.

—Bueno, técnicamente no permito hacer barbacoas en el recinto.

—Cierto. Bueno, por suerte, tengo un *acuerdo* con el propietario. —Sonreí—. Es agradable. Gracias por incluirme.

Su expresión se volvió más ligera y finalmente se transformó en una sonrisa completa.

—Bueno, no dejaste que mi humor de mierda te asustase. Me alegro de que estés aquí.

—Yo también.

Los tres comimos en silencio durante un rato hasta que Tyler me puso en un aprieto.

—Vale, ¿cuál de las carnes sabía mejor? ¿Las puntas o el filete de falda?

Miré a los dos magníficos hermanos de pelo oscuro con las sonrisas a juego y no pude evitar reírme de su pequeña competición. Tras darle un sorbo al vino, crucé las piernas y me recosté en la silla, fingiendo que reflexionaba como si fuera una decisión difícil. La verdad era que el sabor de los filetes de falda era fenomenal en comparación con el de las puntas.

—El filete de falda gana. Sabía increíble.

La mirada de suficiencia en la cara de Damien delató de quién era la receta del condimento. Ty negó con la cabeza y se bebió el resto de su cerveza mientras Damien rompía a reír. Supuse que mis papilas gustativas gravitaban hacia su brebaje. Al parecer, cada parte de mí se sentía atraída por este hombre.

Damien y Tyler me contaron algunas historias sobre su infancia en San José. El ambiente se oscureció un poco cuando Tyler preguntó:

—¿Has hablado con mamá últimamente?

—Hace unos días que no, ¿por qué?

—El médico le ha recetado una medicación nueva. Dijo que le da náuseas. —Vaciló—. ¿Pasa algo si hablo de esto delante de Chelsea?

—No. Sabe que mamá está deprimida. —Damien se frotó los ojos y exhaló—. Tengo que ir a por ella y traerla aquí, le guste o no. Tal vez este fin de semana. —Me miró—. Mi madre no conduce.

—No lo sabía.

—Antes lo hacía, pero luego empezó a sentir pánico cada vez que conducía por la autopista. Uno de nosotros va a buscarla cuando viene de visita.

—Nuestra madre nunca fue la misma después de la muerte de nuestro padre —añadió Tyler.

—Lo sé. Damien me ha hablado mucho de eso.

Damien cambió de tema.

—¿Qué hay de esos puros?

Tyler sacó la bolsa de plástico transparente.

—¿Vas a fumarte uno, Chelsea?

Me encogí de hombros.

—Claro.

Cortó los puros, largos y firmemente enrollados, y nos dio uno a Damien y a mí. Moviéndolo entre los dedos, me lo llevé a la nariz y respiré el aroma picante a la vez que terroso. Luego se acercó con el encendedor de la barbacoa y me lo encendió.

Al aspirar el humo, tosí al instante.

—No lo has inhalado, ¿verdad?

—Un poco.

—No lo hagas. —Ty me lo quitó, se lo llevó a la boca y aspiró el humo, y luego lo expulsó despacio hacia mi cara—. Saboréalo durante unos segundos y luego déjalo ir.

De repente, me puse muy nerviosa. Esas palabras tenían algo que parecía sexual. Cuando miré a Damien, vi que la mirada asesina de antes había vuelto en todo su esplendor.

—Cuanto más largo y ancho es el puro, más intenso es —dijo Ty.

—Eso se aplica a muchas cosas, lo cual es desafortunado para ti, hermanito —intervino Damien antes de darle una larga calada a su puro.

Ty habló entre risas.

—Cállate.

Cuando empecé a acostumbrarme a la sensación de fumar un puro, me incliné hacia atrás y miré al cielo nocturno mientras intentaba expulsar anillos de humo en el aire.

Se hizo el silencio, y sentía los ojos de ambos sobre mí.

Ty fue el primero en romperlo.

—Que una mujer se fume un puro tiene algo tremendamente sexi.

—¿En serio? ¿Una mujer? ¿O *esa* mujer? —espetó Damien.

—Tienes razón. Depende de la chica.

Un silencio incómodo permaneció en el aire.

La siguiente pregunta de Ty me desconcertó.

—¿Tienes planes para el resto de la noche, Chelsea?

—Mmm... no.

—¿Te apetece ir a Diamondback's?

Sabía que era una discoteca no muy alejada de nuestro edificio que a menudo ofrecía música en vivo y baile.

Miré a Damien al instante en busca de orientación. ¿Su hermano me estaba pidiendo que saliera con él a solas? ¿Estaba intentando que tuviéramos una cita improvisada? ¿Damien iba a *permitírselo*? ¿Acaso le importaba en realidad, o su enfado de esta noche era solo una cuestión de la naturaleza competitiva de ambos?

Supongo que una parte de mí quería averiguarlo cuando respondí:

—Suena divertido. Sí.

—Genial.

Damien no pronunció ni una palabra. Se limitó a seguir mirándome fijamente mientras expulsaba anillos de humo.

Me levanté, me puse bien la camiseta y le di mi puro a Ty.

—Debería ducharme y cambiarme, entonces.

—Me parece bien. —Sonrió.

El nerviosismo me siguió todo el camino hasta mi apartamento. ¿Qué estaba haciendo? Ni siquiera iba a mentir; me dolió que Damien no dijera nada cuando Ty me pidió que saliéramos. Sin saber exactamente a qué había accedido, me quedé con una sensación de desasosiego.

Me duché y me puse un minivestido azul ajustado. Me sequé el pelo, normalmente ondulado, con el secador y me maquillé toda la cara.

Tras dejar escapar un suspiro lento y nervioso, llamé a la puerta de Damien.

Ty abrió, estaba vestido con los mismos vaqueros y la misma camisa negra que llevaba fuera. Se había mojado el pelo y debía de haberse echado una nueva capa de colonia, porque el olor era penetrante.

El aire estaba lleno de tensión y testosterona.

Damien estaba apoyado en la encimera de la cocina. Llevaba los mismos vaqueros oscuros, pero se había puesto una camisa gris que se le ceñía al pecho musculoso. También llevaba su gorro. Me encantaba cuando se lo colocaba con el pelo sobresaliéndole por delante. Llevaba las mangas remangadas, lo que dejaba al descubierto el tatuaje que tenía en el antebrazo. Su mirada enfadada me gustaba mucho. Hizo que pensara en cuando me amenazó con penetrarme duramente contra la pared la noche que le escribí ese mensaje estando borracha. Estaba tan guapo que, mientras seguía mirándolo fijamente, acabé olvidándome de por qué estaba aquí.

Ty se acercó por detrás de mí.

—¿Lista para irnos?

—Sí.

Justo cuando pensaba que Damien iba a dejar que nos fuéramos, comenzó a seguirnos fuera del apartamento.

Me di la vuelta.

—Pensaba que no ibas a venir.

—No iba a hacerlo, pero he cambiado de opinión.

Los tres caminamos en silencio hasta Diamondback's, que estaba a unas tres manzanas.

Era noche de música de los ochenta y los noventa. No había ningún grupo de música, solo un DJ. Estaba sonando *2 Become 1*, de las Spice Girls, y me acordé de cuando cantaba esa canción frente al espejo del baño con mis hermanas.

Ty se inclinó hacia mí.

—¿Qué quieres de beber?

—Ya sabes que le gusta el vino blanco. —Damien resopló.

—A lo mejor le apetece otra cosa.

¿En serio?

—Una copa de Chardonnay sería fantástico.

Ty fue a por las bebidas y me dejó a solas con Damien. Fueron tres minutos largos e incómodos hasta que el DJ empezó a tocar *Burning Down the House* de The Talking Heads.

—Si no estuvieras aquí a mi lado, habría pensado que le habías dicho que pusiera esa canción, Damien.

—Una coincidencia curiosa.

Le di un codazo juguetón en la camisa.

—Me alegro de que hayas decidido salir con nosotros. No estaba segura de si ibas a venir.

—Bueno, alguien tenía que vigilar.

—¿A él o *a mí*? —Como no dijo nada, añadí—: Tu hermano es muy amable. Os parecéis demasiado.

—Ninguno de los dos es tan amable. Ty es mi hermano y lo quiero, pero confío en lo que haga contigo tanto como en mí mismo. Y eso no es decir mucho.

Ty volvió con nuestras bebidas y me dio el vino antes de entregarle a Damien su cerveza.

—¿He oído mi nombre?

—Estaba diciendo lo parecidos que sois los dos.

Después de unos minutos, sonó *Diamonds and Pearls* de Prince. Ty me quitó la copa de la mano.

—Me encanta esta puta canción. Baila conmigo, Chelsea. —Cuando no me moví, dijo—: Vamos.

«¿Qué demonios? ¿Por qué no?».

Dejé que me llevara a la plataforma. Tenía la mano puesta en la parte baja de mi espalda. Las luces de la pista de baile parpadeaban a nuestro alrededor. Me rodeó con los brazos y yo puse los míos alrededor de su cuello.

Mientras nos balanceábamos al ritmo de la música, quedó más claro que el agua: aunque esta versión más joven y discutiblemente más atractiva de Damien estaba expresando su interés por mí, yo no sentía nada más que su cuerpo impulsado por el deseo apretado contra el mío. Esto terminó de demostrar que mi obsesión por Damien era mucho más que algo físico. Básicamente tenía un clon que sí que estaba mostrando un interés romántico en mí, y lo único que quería yo era estar con el chico malhumorado y enfurruñado de la esquina, el que no paraba de rechazarme. Por algún motivo, estaba conectada a Damien de una forma que ni siquiera entendía, conectada a cómo me hacía sentir, a cómo sabía que me entendía, a cómo su corazón latía por mí.

El baile estaba empezando a ser demasiado abrumador. Cuando la canción terminó por fin, me excusé y me dirigí al baño para darme un respiro. Estaba sola secándome las manos cuando la puerta se abrió detrás de mí. Mi cuerpo se congeló cuando sentí su voz grave y penetrante vibrándome contra la nuca.

—¿Te gusta?

Me giré despacio y me encontré con la mirada incendiaria de Damien.

—Ojalá —susurré.

—No actúas como si no te gustara. ¿O es que estás viviendo alguna pequeña y retorcida fantasía relacionada con los tríos?

Ahora me estaba enfadando.

—¿Estás celoso?

—Sí. Estoy celoso, joder —respondió con los dientes apretados.

—Supéralo.

—Mira quién fue a hablar. Tú no me has superado *a mí*.

Mi voz sonó tensa.

—Lo estoy intentando.

—¿Estás intentando superarme... o cabrearme?

Quise darle un guantazo.

—Que te den. ¿Ahora me deseas de repente porque crees que me gusta tu hermano?

—No, Chelsea. *Siempre* te he deseado, desde el momento en el que llamaste a mi puerta y me pusiste a parir. Pero esta noche... me está volviendo loco. No pienso con claridad. Ahora mismo... solo necesito saborear tus labios, sentir cómo vuelves a gemir sobre mi lengua.

De repente me atrajo hacia él.

—Dios —murmuré sobre su boca mientras me agarraba por la cintura y su boca envolvía la mía. Me besó con mucha fuerza, su aliento sabía a puro y a cerveza mientras me destrozaba la boca con la lengua. Era incapaz de seguirle el ritmo, no llegaba a saborearlo lo suficiente. Mientras sentía el calor de su erección apretada contra mí, el calor entre mis piernas era abrumador; estaba demasiado mojada y anhelante. Todo mi cuerpo estaba zumbando, a punto de explotar.

De repente, dejó de besarme. Jadeando, nos miramos fijamente con los ojos llenos de lujuria. Me agarró el pelo en un puño y me lo apartó mientras descendía su boca hacia mi cuello. Damien me besó con suavidad y me recorrió la piel con los dientes. Luego empezó a succionarme la base del cuello. El dolor era eufórico. Sabía que su intención era marcarme, reclamar su derecho sobre mí para que Tyler viera claramente a cuál de ellos pertenecía en realidad. Y la verdad era que solo era de un hombre (mi corazón, cuerpo y alma), y ese era Damien.

«Penétrame».

«Por favor».

«Penétrame aquí mismo».

La voz de una mujer nos sobresaltó.

—¡Disculpa! No puedes estar aquí. Tienes que irte ahora mismo.

«Mierda».

Damien se apartó de mí y parpadeó un par de veces, como si estuviera saliendo del estado de trance en el que se encontraba.

—Lo siento.

Eso fue lo único que dijo antes de salir del baño de mujeres.

Y eso fue todo.

Cinco minutos después, me reuní con ellos junto a la barra. Damien había vuelto a ser su versión enfadada y reservada. Era como si el incidente del baño no hubiera ocurrido. Todo había vuelto a la *normalidad*, hasta que esa noche llamaron a la puerta de mi apartamento.

No era quien me esperaba.

13

MUY JODIDO

Un vistazo a través de la mirilla reveló una versión distorsionada de Tyler.

«¿Qué estaba haciendo aquí en mitad de la noche?».

Se me hizo un nudo en el estómago. Me había despedido de los chicos en mi puerta hacía media hora. Me había puesto el pijama y me había desmaquillado. Sabía que estaba aquí, así que no podía fingir que no estaba en casa. Inspiré hondo y abrí la puerta.

—Tyler. ¿Qué estás haciendo aquí?

—¿Puedo entrar?

—Ehh... Claro.

—Damien acaba de meterse en la ducha, así que pensé que era seguro llamar a tu puerta sin que me oiga —dijo mientras pasaba a mi lado—. Lo oye todo, es increíble.

—Sí. —Me reí con nerviosismo—. Oído supersónico.

—Y que lo digas.

Sus ojos se posaron en el gran chupetón que tenía en la base del cuello.

—Madre mía. ¿Es lo que creo que es?

No tenía sentido negarlo.

—Sí.

Después de que Damien me succionara el cuello en el baño de la discoteca, me había quedado como resultado un moretón enorme.

Abrió los ojos de par en par.

—¿Te lo ha hecho Damien?

—Sí.

—¿Cómo es que no lo había visto?

—Bueno, estaba oscuro. No se veía bien hasta ahora.

—No, quiero decir, ¿cómo ha sido?

—¿No sabes cómo se hace?

Se rio.

—Vale, listilla... *¿Cuándo* ha sido? —Cerró los ojos y luego chasqueó los dedos cuando pareció caer en la respuesta—. En el baño. Fuiste y él te siguió. Ahora me siento como un idiota.

—¿Qué te trae por aquí, Tyler?

—Es la primera ocasión que tengo esta noche de estar a solas contigo.

Me tragué el nudo de la garganta.

—Es tarde.

—Lo sé.

El comportamiento de Ty parecía más serio en comparación a como había sido el resto de la noche, así como notablemente menos coqueto.

—¿Te traigo agua o algo? —pregunté, ya que no sabía qué decir.

—No. Estoy bien.

—Vale.

Entró en el salón.

—¿Puedo sentarme?

—Claro.

Se acomodó en el sofá.

—¿Por qué te vas en realidad? —inquirió. Cuando no respondí al momento, añadió—: Igual debería reformularlo. Te mudas por Damien, ¿verdad?

Vacilé antes de responder.

—Sí.

Asintió en silencio. Lo que dijo a continuación me tomó por sorpresa.

—Nunca he traicionado la confianza de mi hermano, pero estoy a punto de hacerlo por su propio bien.

—¿A qué te...?

—Mi hermano está enamorado de ti.

El corazón empezó a latirme más rápido a medida que procesaba sus palabras.

«¿En serio acababa de decir lo que creía que había dicho?».

Sacudí la cabeza.

—No, no lo está.

—Lo está.

—¿Por qué dices eso? Ni siquiera quiere salir conmigo.

Apoyó los brazos en las piernas mientras me miraba.

—Está loco por ti. Lo sé desde hace tiempo, pero esta noche lo he visto con mis propios ojos.

El corazón seguía latiéndome con fuerza, deseando que tuviera razón.

—Si de verdad piensas eso, entonces ¿por qué has estado, ya sabes...?

Alzó una ceja.

—¿Tonteando tanto contigo toda la noche?

—Sí.

—Estaba actuando. Intentaba demostrar algo. No me malinterpretes. Eres una chica preciosa. Pero nunca iría detrás de una persona por la que mi hermano siente algo auténtico. *Nunca*. En el fondo, él también lo sabe.

—¿Por qué parecía que eras una amenaza, entonces?

—Sabía lo que estaba haciendo. Estaba molesto porque tenía miedo de que yo te gustara y tuviera que presenciarlo.

Me estaba devanando los sesos para encontrarle sentido a la conversación, y necesitaba que me echara una mano para entenderlo.

—Has dicho que estabas intentando demostrar algo. Lo siento, pero no lo entiendo. ¿Puedes explicármelo, por favor?

—Intentaba demostrarle que no soporta dejarte ir. Ha estado intentando alejarte. Pero eso no es lo que quiere en realidad.

—¿Por qué? —grité—. ¿Por qué está intentando alejarme?

—Damien cree que estarías mejor sin él.

—No lo entiendo.

Tyler hizo una pausa y miró al techo durante un rato en un intento por ordenar sus pensamientos.

—Hay algo que no sabes, Chelsea. Pero no puedo ser yo el que te lo diga. No me corresponde a mí. Tiene que explicártelo él. Lo único que puedo decirte es que no es nada que debas temer y que no es nada que vaya a hacer que lo mires de forma negativa. No te estarías poniendo en ninguna clase de peligro estando con él. No es nada de eso. Es simplemente que siente de verdad que no puede tener algo contigo, aunque eso le duela.

No paraba de darle vueltas. ¿Qué podría ser?

—Estoy confundida.

—Lo sé. Todavía hay muchas cosas que son desconocidas, incluso para nosotros. Pero, por favor, ten paciencia con él. Te lo dirá cuando esté preparado. Sé que lo hará. No renuncies a él. Espéralo si puedes. Eso... si de verdad quieres estar con él.

—Quiero estar con él casi desde el principio, desde la noche del incendio del horno tostador. Sentí una conexión más fuerte que todo lo que había sentido antes.

La boca de Ty se curvó en una sonrisa.

—Esa fue la noche en la que te abrió el perfil en esa página de citas, ¿verdad?

—Sí. ¿Te ha hablado de eso?

—Voy a ir al infierno por esto.

—¿Por qué?

Sacó el móvil.

—Te voy a enseñar un mensaje que me mandó esa noche. Dame un segundo, que tengo que buscarlo. En ese momento, recuerdo que pensé que lo que me estaba diciendo era muy divertido y muy poco propio de él. Espera que lo encuentre.

Mientras Ty buscaba en el móvil, el corazón me latía con fuerza. Me sentía como si estuviéramos invadiendo la privacidad de Damien, pero Dios sabe que no era una novata en esa materia. Me moría por saber qué había dicho de mí.

—Vale. —Me puso la pantalla delante—. Aquí. Mira.

Le quité el móvil y leí la conversación.

Damien: Estoy muy jodido.

Ty: ¿Qué pasa?

Damien: Estoy MUY jodido.

Ty: ¿Qué demonios pasa?

Damien: La rubia que vive al lado, esa de la que te hablé.

Ty: ¿Te has acostado con ella?

Damien: No.

Ty: ¿Qué ha pasado?

Damien: MUY jodido.

Ty: ¿Malo? ¿O bueno?

Damien: MUY jodido.

Ty: Sí, lo capto.

Damien: Casi incendia el edificio.

Ty: ¿Qué demonios?

Damien: El horno tostador se prendió fuego. Lo apagué. Todo está bien. Vino a mi piso después.

Ty: ¿Y ahora te arden los pantalones? JAJAJAJA.

Damien: Básicamente. Sí. Es preciosa. Pero no solo eso. Es increíble. Súper dulce. Honesta. Nada de tonterías. Lo que ves es lo que hay.

Ty: ¡Entonces es bueno!

Damien: No. No puedo acostarme con ella.

Ty: ¿Por qué no?

Damien: Es una buena chica, un imbécil le ha roto el corazón.

Ty: ¿Por qué no puedes salir con ella?

Damien: ¿Cuántas veces hemos hablado de esto?

Ty: Menuda idiotez.

Damien: Le he abierto un perfil en una página de citas.

Ty: ¿Qué demonios? ¿Estás loco por ella y la preparas para salir con otros hombres?

Damien: Tenía que hacer algo. Me tiene acojonado.

Ty: Es la primera vez que te oigo decir eso.

Damien: Lo más probable es que no vuelvas a oírlo.

Ty: Joder..., vaya.

Ese fue el final de la conversación.

Me temblaba la mano mientras sostenía el móvil. Aunque me sentía un poco culpable por haberme entrometido en sus mensajes personales, sentía que el corazón me iba a estallar. Me sobrecogió saber que Damien había experimentado todo lo que yo había sentido esa noche. Nuestra química había sido increíble. Eso confirmaba que no me lo había estado imaginando. Aunque en aquel momento me dejó con la sensación de haber sido muy rechazada, al parecer había algo más que un simple desinterés.

Ty me quitó el móvil.

—Nunca has visto eso, ¿vale? Y tampoco hemos tenido nunca esta conversación. Es que... cuando me enteré de que te ibas a mudar, supe que tenía que decirte algo. Quiero a mi hermano más que a nada. No me gusta ir así a sus espaldas, pero al fin y al cabo siento que es por su propio bien.

—¿Qué sugieres que haga?

—Creo que deberías continuar con tus planes. Conociendo a Damien, se dará cuenta del error que ha cometido un tiempo después de que te hayas ido. Sigue siendo su amiga. No puedo garantizarte que entre en razón, pero sospecho que se dará cuenta una vez que ya no estés cerca.

—No creo que esté del todo de acuerdo con eso de que entrará en razón si no lo ha hecho ya, pero no voy a dejar de ser su amiga. Nunca. Mi intención nunca ha sido esa. Sin embargo, dadas las circunstancias, vivir prácticamente uno encima del otro es demasiado para mí. Por eso me mudo.

—Lo entiendo. ¿Sabes? A pesar de que nos parecemos mucho... en el fondo, Damien es más como nuestra madre: complejo y sensible, tal y como se expresa a través de su arte. Esas imágenes. ¿Qué significarán? Te aseguro que hay un significado en todas y cada una de ellas. Yo soy más como nuestro padre, relajado y más fácil de leer. —Bajó la mirada para comprobar la hora en el móvil—. Será mejor que me vaya antes de que me oiga. Recuerda que esta visita nunca ha ocurrido.

—¿Qué visita? —bromeé.

Fue difícil conciliar el sueño después de que Tyler se marchara. Si bien es cierto que su revelación me había llenado de nuevas esperanzas, no bastó para convencerme del todo de que las cosas con Damien fueran a cambiar en algún momento.

No me quedaba más remedio que confiar en la palabra de Ty, en que fuera lo que fuera lo que le pasaba a Damien, no había nada que temer, y debía creer en que el destino lo resolvería todo.

Las dos semanas pasaron volando y, cuando quise darme cuenta, estaba en mi apartamento ya vacío, mirando decenas de cajas y, una vez más, cuestionando la decisión que había tomado.

Mis padres iban a llegar por la mañana y el plan seguía siendo que Damien nos ayudara a hacer la mudanza. Aunque Tyler también se había ofrecido, Damien le había dicho que no se molestara, que quería encargarse él solo.

Era sábado por la noche, y no estaba segura de lo que estaba haciendo Damien. Los perros estaban con él este fin de semana, y lo único que sabía era que quería pasar mi última noche aquí con los tres.

Alcancé el móvil y lo llamé.

—Servicio de mudanzas y peluquería canina de Damien —contestó en broma.

Me reí.

—¿Peluquería canina también?

—Somos un establecimiento que ofrece un servicio completo.

—¿Qué otros servicios ofrecen?

«Dios, eso había sonado sugerente».

—¿Para usted? Puedo negociar.

Me aclaré la garganta.

—¿Cómo están los Doble D?

—Están bien. De hecho, acabo de darles un baño, de ahí lo de la peluquería canina. Juro que estos perros tienen los culos más limpios de la faz de la Tierra.

—No lo dudo.

—¿Cómo estás?

—Bien..., un poco triste mirando todas estas cajas. Está tan vacío que hay eco.

—Deberías gritar un montón de obscenidades. Seguro que eso hace que te sientas mejor. Pero no las dirijas hacia mí.

—A mi casero no le gusta que perturbe la paz.

—No creo que le importe hoy. Está un poco deprimido porque va a perder a su inquilina favorita.

—Bueno, me va a subir el alquiler. Tengo que irme.

—Ya le gustaría que esa fuera la razón por la que te vas.

Se produjeron varios segundos de incómodo silencio antes de que volviera a hablar.

—¿Crees que el propietario querría quedar conmigo en mi última noche? A menos que tenga otros planes.

—Si los tuviera, los cancelaría.

Eso me provocó mariposas en el estómago.

—Vale. Menos mal, porque lo tengo todo metido en cajas, así que, si no me acogieras, no tendría más remedio que quedarme hambrienta y mirando a la pared.

—Irónico. ¿No es así como empezó nuestra amistad? Por una pared.

—Sí, más o menos. Técnicamente, empezó porque tú me escuchabas a escondidas.

—Tienes razón. Empezó así.

—Oh, ¿lo admites ya?

—Puede que escuchara a escondidas sin querer. Te aseguro que aprendí mucho sobre ti en muy poco tiempo.

—¿Y qué fue lo que aprendiste?

—Que eras mucho más que la vecina de al lado que no paraba de quejarse de los perros. Descubrí que eras una persona sensible y cariñosa a la que le habían roto el corazón, una persona que ama y confía con todo su ser..., una persona a la que hay que tratar con cuidado, aunque tú lo niegues. Básicamente, sabía que eras increíble mucho antes de que nos hiciéramos amigos.

Cerré los ojos para no llorar. Respiré hondo y dejé que sus palabras calaran.

«Estaba ocurriendo. Me estaba mudando de verdad».

—Bueno.... *amigo*... ¿qué te parece si me preparas una pizza esta noche? Llevaré una película. ¿Voy cerca de las seis?

—Perfecto. Estaremos esperándote.

Con el corazón pesado, maté algo de tiempo limpiando la vivienda vacía antes de que llegara la hora de ir a casa de Damien. El olor a Lysol me dio dolor de cabeza.

Cuando por fin llegaron las seis, escogí una botella de vino y un DVD y me dirigí a su apartamento.

Damien abrió la puerta y me recibió el olor a salsa marinera y a su colonia. Llegué a la conclusión de que esos dos olores eran básicamente como un hogar para mí. *Este* era mi hogar, no el apartamento vacío de al lado, sino aquí mismo, con él y los perros.

Dudley y Drewfus corrieron hacia mí al instante. El pobre Drewfus todavía cojeaba.

—¡Estáis súper limpios y suaves! Vuestro padre os cuida muy bien.

—No les voy a decir nada sobre ya sabes qué —dijo Damien—. Te juro que entienden nuestro idioma. Seguro que se volverían locos.

Me entristeció que los perros pronto se darían cuenta de que ya no vivía en la puerta de al lado. De entre todo, pensar en su reacción era lo que me hacía sentir más culpable.

—Creo que es lo mejor, aunque no tardarán en darse cuenta.

—Ya me ocuparé de ello cuando tenga que hacerlo.

Al entregarle el DVD, sonreí.

—He traído una película.

Examinó la carátula.

—*La profecía*. Debería haber sabido que me la devolverías en algún momento.

—Es justo. Hiciste que viera mi autobiografía, así que esta noche toca ver la tuya.

Puso los ojos en blanco.

—Qué ganas. —Se acercó a la encimera y dijo—: La pizza está lista. ¿La quieres de champiñones y aceitunas o de *pepperoni*?

—Ambas, una de cada.

Me dirigió una sonrisa maliciosa.

—Una de cada, ¿eh? ¿Vuelves a tus raíces de los tríos?

—Me lo vas a estar recordando toda la vida, ¿verdad? ¿Por qué estar aquí esta noche parece un *déjà vu*? Tú haciendo pizza... y burlándote de mí por querer ser doblemente penetrada.

Empezó a cortar la pizza.

—Bueno, chica pervertida, ¿qué motivo les has dado a tus padres por el que te vas a mudar?

—No les he dicho nada sobre ti, si es lo que te estás preguntando. Simplemente les he dicho que he encontrado un apartamento mejor.

—Pero *no* es un apartamento mejor.

Abrí los ojos de par en par.

—¿Lo has visto?

—Sí. Fui a comprobarlo, a asegurarme de que era seguro.

—No tenías por qué hacerlo.

—¿Cómo vas a explicarles por qué te mudas a un sitio más cutre?

—No van a cuestionarlo. Les diré que tengo mis razones y ya está.

—Justo antes de que tu padre me mire a los ojos, se dé cuenta y me dé una patada en el culo —dijo antes de ponerme mis dos trozos de pizza delante.

—No va a pasar nada. Mis padres son muy buenos. Te gustarán. —Le di un bocado y luego pregunté—: ¿Va a venir alguien a ver mi apartamento?

—Todavía no. Cuando te vayas voy a darle una nueva capa de pintura a las paredes y a ventilarlo para que se vayan todos los piojos de Chelsea antes de volver a ponerlo en alquiler. —Guiñó un ojo.

—Muy gracioso. Bueno, sea quien sea, tendrá suerte de vivir aquí. Haces que sea un entorno agradable, limpio y seguro.

—Claro. Un lugar estupendo... No te involucres emocionalmente con el propietario y todo irá bien, ¿verdad? —Cuando me quedé en silencio, dijo—: Lo siento. Basta de hablar sobre la mudanza.

Cambié de tema.

—¿Cómo está tu madre?

—La verdad es que bien. El fin de semana que viene voy a ir a por ella para que pase el día aquí. Los perros estarán con Jenna, así que bien. Ty y yo vamos a llevarla a comer por ahí.

—Genial. Me alegro. —Siempre me había preguntado cómo era la madre de Damien—. ¿Tienes una foto de ella?

—¿De mi madre?

—Sí. Me encantaría saber cómo es.

—Sí. Tengo. Espera.

Damien sacó el móvil y comenzó a revisar el carrete de la cámara. Sonrió y lo giró hacia mí.

—Esto fue el verano pasado.

La madre de Damien estaba de pie entre sus dos hijos frente a una enorme fuente de agua. Tenía el pelo castaño hasta los hombros y, aparte de algunas arrugas alrededor de los ojos, parecía bastante joven. Veía mucho de Damien en ella.

—Te pareces a ella.

—Ya. Eso dicen.

—¿Qué edad tiene?

—Bueno, tenía veinte años cuando me tuvo, así que tiene cuarenta y siete.

—Es muy guapa. ¿Cómo se llama?

—Monica.

—Un nombre bonito.

—Le gustarías.

—¿Cómo lo sabes?

—Tienes pulso.

—¿Cómo?

—Era broma. Lo he dicho porque no traigo chicas a casa.

—Ah.

—En serio, le gustarías porque sabe calar a la gente muy bien y pensaría que eres un amor.

—¿Llegó a conocer a Jenna?

—Sí. La vio un par de veces, no la volvía loca, pensaba que era demasiado ruidosa.

Me reí.

—¿Demasiado ruidosa?

—Sí. Mi madre es una persona tranquila, muy introspectiva. Es más de escuchar que de hablar.

—Bueno, tiene suerte de tener dos hijos buenos que la cuidan.

Damien y yo hablamos un rato y nos terminamos las dos pizzas. Le di un sorbo al vino e intenté disfrutar de ese momento con él, sin la certeza de si todo sería igual entre nosotros después de mañana.

Después de la cena, los Doble D se unieron a nosotros en el sofá. Tenía un perro a cada lado, lo que servía de grato intermediario entre Damien y yo. Empezamos a ver *La profecía*, una de las películas más extrañas que he visto en mi vida. Siempre había oído hablar del personaje de Damien, pero nunca había visto la película.

El salón estaba a oscuras, excepto por las luces de la televisión. Me volví hacia él.

—Lo siento. Tu autobiografía es mucho más aterradora que la mía.

—¿Tú crees?

Lo más extraño de la película era la inclusión de los sabuesos infernales, perros que ayudaban a Damien en sus actos diabólicos. Eran exactamente de la misma raza que los Doble D.

No pude evitar reírme.

—Te juro por Dios que no tenía ni idea de que en esta película salían rottweilers —dije.

Fingió estar enfadado.

—Lo tenías todo planeado, ¿no?

—Sí. En los setenta estuve por ahí orquestando una película con la que perseguirte años después.

—No puede ser más rara. —Miró a los perros—. Míralos. A ellos tampoco parece agradarles su cameo.

—No los culpo. Definitivamente voy a tener pesadillas esta noche.

Le sonó el móvil y bajó la vista para mirarlo. Me pregunté si sería una mujer, pero contuve la tentación de preguntar. Mi reacción me sirvió para recordar exactamente por qué me estaba mudando.

Aguantamos hasta el final de *La profecía*. Los perros habían renunciado a la película y estaban escondidos en la otra habitación. Se estaba haciendo tarde.

—Bueno, ¿qué toca ahora? —preguntó Damien—. ¿Quieres ver otra cosa?

—Debería irme. Mañana nos espera un día largo.

—¿Esto es todo? Tu última noche aquí, ¿y terminamos viendo esa mierda sin sentido? ¿Así es como vas a recordarme? ¿Damien y sus sabuesos infernales?

—Actúas como si no fueras a volver a verme.

—Honestamente, me siento un poco así. Cuando vives al lado de alguien, no supone ningún esfuerzo. Pero vas a estar en la otra punta de la ciudad y, siendo realistas, es solo cuestión de tiempo para que las cosas cambien. Conocerás a alguien...

Escocía cada vez que usaba las palabras para juntarme con otros hombres. Me di cuenta de lo silencioso que estaba todo de repente, con los perros en la otra habitación y la televisión apagada. También noté que Damien estaba mirando el moretón que me había hecho en el cuello. Me recorrió un escalofrío cuando rozó brevemente la zona con la yema del dedo.

—Deberías tapártelo mañana.

Era la primera vez que le hacía caso.

—¿Por qué?

—Tus padres se van a preguntar de dónde ha salido.

—Les diré que me atacaste el cuello en un baño de mujeres.

A Damien no pareció hacerle gracia.

—No, no lo harás.

—Estaba de broma.

—En serio, deberías tapártelo.

—¿No te gusta verlo?

Cuando pasó el pulgar por encima, se me aceleró la respiración. El breve contacto encendió una conciencia en todo mi cuerpo.

Lo que dijo a continuación me descolocó por completo.

—Me encanta verlo. Demasiado.

Nos quedamos mirándonos un rato. Tenía las orejas rojas, y notaba que por dentro estaba ardiendo tanto como yo. Deseaba tanto que me besara, que me tocara, que chupara cada centímetro de mi cuerpo. Nunca lo había deseado tanto como en ese momento. El hecho de que me mudara mañana no hizo nada para frenar el fuego que había en mi interior.

—¿Qué hubiera pasado si esa mujer no nos hubiera interrumpido, Damien? —susurré. Era una pregunta que había estado persiguiéndome.

Tardó en responder.

—No lo sé, Chelsea. Habría estado jodido.

—Técnicamente, me habrías jodido *a mí*.

Esbozó una sonrisa y me miró como si no supiera si quería besarme o estrangularme.

Quería gritar que sabía que estaba ocultando algo. Quería gritar que, fuera lo que fuera, no me importaba porque no había nada peor que perderlo. Pero no podía traicionar a su hermano, que había compartido esa información conmigo en confianza. Sentía que iba a estallar, necesitaba desahogarme.

—Tengo que decir algo, porque dudo que mañana vayamos a tener mucho tiempo a solas, y quiero dejar las cosas claras. Y te juro, Damien, que es la última vez que me oyes hablar sobre eso.

Se apartó un poco de mí.

—Vale.

—Según tú, voy a olvidarte una vez que me vaya, pero te aseguro que eso no es cierto. Puede que pase página, sí, porque no me has dejado otra opción. Pero eso no cambia lo que siento por ti. Estás en mi corazón, y no puedo sacarte. No sé si quiero hacerlo. Estar contigo es lo único que me parece *correcto*. Otra cosa sería que no sintieras nada por mí, pero si te estás convenciendo de que estoy mejor sin ti, entonces te equivocas. Si el vacío que siento esta noche sirve de señal, definitivamente *no* estoy mejor sin ti.

—Chel...

—Déjame que termine. Cuando te conocí, estaba fatal. *Fatal.* Lo irónico es que, aunque después del día de mañana elijas desaparecer de mi vida, eres la razón por la que ahora tengo la fuerza para soportarlo, para soportar cualquier cosa. Siempre estaré en deuda contigo por haberme sacado de esa depresión, por mostrarme que merecía algo mejor, por ser un amigo y por ser honesto conmigo incluso cuando me hacía daño. Ahora soy más fuerte de lo que era y soy más fuerte de lo que crees. Cualquier cosa que tengas que decir... puedo soportar la verdad, Damien. Eso es todo. He dicho *mi* verdad.

Mi declaración fue un poco arriesgada. En cierto modo implicaba que sabía que él estaba ocultando algo cuando, técnicamente, esa conversación con Tyler «nunca había ocurrido», pero necesitaba decirlo.

—Lo entiendo —se limitó a decir.

—Dicho eso, debería intentar dormir un poco. —Me levanté del sofá de un salto—. Mañana es un gran día.

Me siguió de cerca mientras me dirigía a la puerta. Parecía que no quería que me fuera o que se estaba preparando para decir algo. No lo hizo. Se quedó en la puerta con una mirada que parecía llevar el peso de mil palabras sin pronunciar. No sabía si alguna vez se permitiría liberarlas. Mientras tanto, necesitaba seguir adelante con mi vida.

Se podría decir que estaba tirando la toalla. Pero en cierto sentido, me parecía más bien que se la estaba dando, a la espera de que algún día me la devolviera.

14

PASAR PÁGINA

Esa noche me fue imposible dormir.

Por algún motivo, ahora que había llegado el día de la mudanza, cada vez tenía más la sensación de que irme era la decisión equivocada. No había vuelta atrás. Mis pertenencias estaban guardadas en cajas y estaba intentando empaquetar mentalmente mis sentimientos junto con mis posesiones. Tenía que seguir recordándome a mí misma que, al final, Damien no estaba luchando para que me quedara. Una parte de él también quería que ocurriera esto, porque de alguna manera que yo me fuera le hacía la vida más fácil.

El horno tostador que me dio estaba desenchufado sobre la encimera. Decidí llevarlo a la puerta de al lado para devolvérselo.

Con el pelo revuelto y los ojos rojos, Damien también parecía haber tenido una noche dura. Sus músculos se asomaban a través de una camiseta azul ajustada.

—¿Qué haces? —dijo, con la voz ronca por el sueño.

—Devolverte esto.

—¿Estás de broma?

—No, es tuyo.

—Quédatelo, Chelsea.

—¿Y si necesitas tostar algo? Ya no va a estar en la puerta de al lado.

—Sobreviviré.

—Preferiría devolvértelo, la verdad.

—¿En serio estamos discutiendo por un puto horno tostador? Quédatelo, ¿vale? Como si fuera un recuerdo.

Lo agarré mejor y accedí.

—Vale. Ya que lo pones así.

—Devuélvelo a su sitio y luego trae tu culo hasta aquí para desayunar con nosotros.

Comimos en silencio, ninguno de los dos sacó a relucir lo que ocurriría hoy. Damien iba a dejar a los perros en casa de Jenna después de comer para poder pasar el día ayudándome con la mudanza. Habíamos acordado que no me despediría de los animales, que simplemente haría como si fuese un día cualquiera. Bueno, en teoría eso era lo ideal, pero cuando me levanté para salir, me siguieron hasta la puerta, y habría jurado que lo sabían. Normalmente no me dejaban ir sin recibir todo un festival de lametones, pero esta vez duró más. También me dejaron abrazarlos, cuando por lo general eran demasiado nerviosos como para poder darles un abrazo. Estaba claro que los Doble D notaban algo.

Limpiándome las lágrimas de los ojos, me negué a mirar a Damien mientras volvía a mi apartamento para esperar a mis padres. También me negué a mirar por la ventana y ver cómo Damien paseaba a los perros por el patio, ya que eso haría que volviera a llorar. Tenía que recomponerme antes de que llegaran mis padres.

Era un día nublado, lo que me parecía adecuado. El hecho de que hiciera más frío también justificaba que llevara un jersey de cuello alto para ocultar el chupetón.

Mis padres acababan de llegar. Como Damien se había ido a por el camión de la empresa de mudanzas, todavía no lo habían conocido.

Mi madre envolvió un jarrón en papel de burbujas.

—Sabes que nos encanta verte, pero ¿por qué estamos haciendo todo esto hoy? Este apartamento es absolutamente precioso. ¿Por qué quieres irte?

Ni de broma iba a contárselo todo, así que mentí.

—Necesitaba un cambio de aires.

Mi padre se rio.

—Parece mucho esfuerzo para un cambio de aires.

—Lo sé. Gracias otra vez por venir a ayudarme.

Mi madre me examinó la cara.

—¿Estás bien? No tienes buen aspecto.

—Estoy bien. Solo estoy un poco cansada, no dormí mucho anoche.

Me puso una mano en el hombro.

—¿Estabas nerviosa por la mudanza?

—Un poco tal vez, sí.

—Bueno, espero que cuando llegue tu amigo podamos instalarte para que lo dejes atrás. Papá nos va a invitar a cenar para celebrarlo.

—Eso suena bien. —Sonreí.

—¿Cómo se llama tu amigo? —preguntó mi padre.

—Damien. De hecho, es el propietario y vive en la puerta de al lado.

—Uhh. Interesante —dijo.

Mi madre sonrió.

—Damien... ¿De qué me suena ese nombre?

Mi padre se rio.

—Me recuerda a esa película, *La profecía.*

—Hablando del rey de Roma —dijo Damien mientras entraba en la habitación.

—Me disculpo por la grosería de mi marido.

—De tal palo, tal astilla. Eso fue justo lo que dijo Chelsea cuando nos conocimos. —Damien sonrió y le tendió la mano a mi madre—. Señora Jameson, es un placer conocerla. —Se dirigió a mi padre—. Señor Jameson.

—Llámame Hal.

—De acuerdo.

Damien me miró.

—He aparcado el camión justo fuera y he dejado un par de carretillas en el pasillo. Voy a ver qué cosas pesadas puedo llevar yo solo antes de necesitar la ayuda de tu padre.

—Vale. Me parece bien. Gracias.

—Ningún problema.

—Parece buena gente —comentó mi madre cuando se fue.

—Lo es. —Seguí pegando cajas sin mirarla a los ojos.

Mi padre se dirigió hacia la puerta.

—Voy a ir a ayudar a Damien. No debería hacer todo el trabajo pesado él solo.

Mi padre y Damien trabajaron juntos mientras que mi madre y yo subíamos y bajamos en ascensor numerosas veces con todos los artículos más pequeños.

Al cabo de un par de horas, el camión estaba completamente lleno y era hora de dirigirse a la nueva casa.

Mis padres se subieron a su Subaru y mi padre introdujo la nueva dirección en el GPS.

—¿Te vienes con nosotros o con Damien?

—Iré en el camión con él.

—De acuerdo. —Mi madre sonrió—. Papá quiere un café. Vamos a parar a comprar uno por el camino. ¿Quieres uno?

—Sí. Me encantaría.

—¿Y Damien?

—No, gracias —se apresuró a decir.

Cuando mis padres se fueron, Damien y yo nos quedamos solos por primera vez.

—¿Lista? —preguntó.

—Voy a volver a subir una última vez. No recuerdo si he mirado debajo del lavabo.

«En realidad, solo quería ver mi casa por última vez».

—Claro.

Mis zapatos resonaron contra el suelo de madera. Puede que el apartamento estuviera vacío, pero estaba lleno de recuerdos. Miré por la ventana para echar un último vistazo al mural de Damien desde esta perspectiva.

No me di cuenta de que me había seguido hasta que su profunda voz resonó a mis espaldas.

—¿Has encontrado algo?

—¿Eh?

—Bajo el lavabo.

—No —respondí, todavía mirando por la ventana.

—No es por eso por lo que has subido, ¿verdad?

Me giré y le dije la verdad.

—Quería verlo por última vez.

Damien caminó despacio hacia mí.

—Puedes venir de visita cuando quieras, lo sabes, ¿no?

—Lo sé.

Su cuerpo estaba cerca mientras nos mirábamos fijamente. El silencio era ensordecedor. En mi corazón sabía que nada iba a ser igual después de hoy. Mientras respiraba su olor, ahora familiar y reconfortante, sentí de verdad que me iba de casa, en cierto modo incluso más que cuando me mudé de casa de mis padres la primera vez.

—Deberíamos irnos —susurró—. No quiero que tus padres tengan que esperarnos.

Por dentro estaba llorando, pero en realidad, a estas alturas, mis lágrimas de verdad se habían secado. Tenía que comportarme como una adulta y terminar con esto de una vez.

—Estoy lista.

El viaje transcurrió en silencio, ninguno de nosotros dijo una palabra.

Cuando llegamos al edificio nuevo, mis padres estaban esperando fuera, tomándose sus cafés. Mi madre me dio el vaso para llevar.

—Puede que no esté tan caliente como te gusta.

—Ahora tenemos que volver a hacer todo esto —bromeó mi padre mientras Damien abría la parte trasera del camión.

Me acordé de que no tenía la llave.

—Tengo que ir a la oficina de gestión. Vuelvo enseguida.

Tras verificar mi identificación, la mujer del mostrador me entregó un llavero con tres llaves.

—Aquí tienes tus llaves.

—¿No hay solo una? ¿Son copias?

—No. El propietario hizo que le pusieran unas cerraduras nuevas a tu puerta. Así que necesitarás tres llaves, una para cada una. Esta es para el cerrojo, esta es para el candado y esta es para la cerradura de abajo.

—¿Cada inquilino tiene tres? No recuerdo eso cuando vine a ver el piso.

—No. Fue una petición especial de un tercero.

Esto tenía la palabra «Damien» escrita por todas partes.

Mientras volvía al camión, agité las llaves.

—¿Tres cerraduras?

Damien se rio con culpabilidad.

—Cuando vine a comprobar el sitio, pude entrar en el apartamento. Tuve una pequeña charla con el casero sobre todas las demás infracciones que noté. Nada que te ponga en peligro, solo cosas que noto porque soy el propietario de un edificio. Digamos que se alegró de añadir esas cerraduras gratuitamente.

—Estás loco.

—Ya no estoy al lado para cuidar de ti. Simplemente quiero que estés a salvo.

—¿No es un barrio seguro? —inquirió mi madre—. No parece tan bonito como el edificio de Damien.

—Es bastante seguro —respondió Damien—. Pero con las cerraduras lo es mucho más.

Mi padre le puso la mano a Damien sobre el hombro.

—Gracias por cuidarla.

—De nada. Voy a empezar a subir algunas de las cosas que pesan.

Mi madre me lanzó una mirada confusa. Estaba captando mi estado de ánimo y empezaba a sospechar algo con respecto a Damien y a mí.

Sabía que quería hablar conmigo, pero lo más probable era que no tuviera la ocasión.

Pasaron otras dos horas, y por fin habíamos trasladado todo al interior. Mientras que ninguna de las cosas pequeñas estaba guardada en su sitio, todas las cosas grandes estaban colocadas en su lugar correspondiente.

Mi padre dio una palmada.

—Bueno, no sé vosotros, pero yo me muero de hambre.

—Íbamos a salir a cenar, Damien. Espero que nos acompañes —dijo mi madre.

—Solo si le parece bien a Chelsea. A lo mejor quiere hablar mal de mí tranquila por haber convertido su apartamento en Fort Knox.

Le di un golpe juguetón.

—Más te vale venir.

—Muy bien.

La cena en el restaurante Hooligan's Family Style empezó de forma bastante rutinaria. Cada uno de nosotros pidió el bufet de ensaladas, por el que eran conocidos, y un plato principal. Mi padre y Damien bebieron de la misma jarra de cerveza Blue Moon, mientras que mi madre y yo compartimos una botella de Chardonnay. Me escucharon hablar de los últimos acontecimientos ocurridos en el centro juvenil y Damien contó la historia de su presentación en la Noche de las Artes.

Después de que la camarera recogiera nuestros platos, mi padre decidió empezar a interrogarme sobre la mudanza. Fue entonces cuando las cosas empezaron a ir seriamente cuesta abajo.

—He de admitirlo, cariño. No me ha impresionado mucho el sitio nuevo. Me encanta pasar tiempo contigo, pero ha sido un montón de trabajo solo para trasladarte a un barrio más cutre. Si hubiera una razón legítima, lo entendería. Hace que cuestione un poco tu juicio.

Me bebí el vino de un trago y miré a Damien.

Me estaba mirando fijamente cuando de repente soltó la bomba.

—Se está mudando por mi culpa.

—¿Qué estás haciendo? —susurré.

—¿A qué te refieres? —preguntó mi madre.

—No tiene nada que ver con el apartamento. Se muda por mi culpa.

—Damien.... —dije en un intento por que parara de conducir la conversación a donde la estaba conduciendo.

—Déjame que se lo explique. Son tus padres. Te quieren. Y no quiero que cuestionen tu juicio. Tu juicio no tiene nada de malo.

Se volvió hacia mi padre.

—Vuestra hija es una de las mejores personas que he conocido. Se ha convertido en una gran amiga y me ha abierto su corazón varias veces. Le tengo un cariño inmenso y, como probablemente os habréis dado cuenta, soy muy protector con ella. Eso también significa protegerla de mí. No puedo ser la clase de hombre que se merece como pareja duradera. He tenido demasiados momentos en los que parece que me he olvidado de eso, porque ella hace que sea muy fácil de olvidar. Me he estado esforzando mucho por no hacerle el mismo daño que le hizo *él*, pero he acabado haciéndolo de todas maneras. Se está mudando para protegerse de que le hagan más daño. —Se giró hacia mí—. Lo siento mucho.

Necesitaba un poco de aire.

—Disculpadme. —Mi silla arañó el suelo cuando me levanté para correr hacia el baño.

No sabía por qué, pero el hecho de que hubiera sido tan abierto delante de mis padres, de que me pidiera disculpas frente a ellos, proporcionó un carácter definitivo no deseado. Ya ni siquiera intentaba fingir que la situación entre nosotros iba genial, porque no era así.

Era como una ruptura.

En nuestra relación no había habido sexo real, pero mis emociones habían sido todas desde el primer día.

Damien ayudándome a mudarme.

Ese discurso.

Tenía que ver lo de esta noche como lo que era.

Damien estaba poniéndole punto y final.

Cuando volví a la mesa, el resto de la cena transcurrió en silencio.

Cuando Damien se marchó en el camión vacío del servicio de mudanzas, insté a mis padres a que no husmearan más y les aseguré que iba a estar bien. Se despidieron de mí con un abrazo y me dejaron sola en mi nuevo apartamento.

Esa misma noche, sentada en la cama y rodeada de cajas, recibí un regalo de bienvenida no deseado. Llegó en forma de correo electrónico de la última persona que esperaba.

Chelsea:

He tardado un tiempo en pensar si debía enviarte este mensaje o no, más que nada porque no quiero molestarte. Necesitaba que supieras lo bueno que fue verte en Bad Boy Burger. Estoy bastante seguro de que me viste, pero en caso de que no lo hicieras, fue el día en el que le estabas comiendo la boca a un chico que tenía un tatuaje en la parte inferior del brazo. Iba a ir a decirte algo, pero parecías un poco ocupada. He vivido con mucha culpa desde que rompimos. Ver que habías pasado página con otra persona me hizo muy feliz.

No te deseo más que felicidad.

Elec

No iba a responder. El momento en el que había llegado el mensaje fue como un puñetazo en el estómago.

Apagué el portátil, cerré los ojos y me dormí llorando por última vez, jurando que mañana comenzaría una nueva etapa de mi vida.

15

ACOSADOR

A mi hermana le gustaba llamarme mientras comía entre función y función.

Jade habló con la boca llena.

—¿Llevas dos semanas sin saber nada de él?

—Sí. Y, en serio, después de ese discurso delante de mamá y papá, supe que iba a pasar. Era como si me estuviera preparando perfectamente para la vida sin él: disculpándose con mis padres, poniendo esos candados en las puertas. Y estuvo muy raro y reservado todo ese último día. Parece que para él es ojos que no ven, corazón que no siente.

—Entonces, ¿no piensas visitarlo ni llamarlo?

—No voy a ser la primera en hacerlo, no. Es como lo que me dijiste hace un tiempo. No entendías por qué no escuchaba todas las advertencias que me daba. Seguí manteniendo la esperanza. Pero el hecho de que no haya contactado conmigo desde aquella noche me decepciona muchísimo. De verdad que siento que no voy a saber nunca más de él.

—Me dolió decir esas palabras.

—Se nota que estás intentando mantenerte fuerte, pero en el fondo sé que estás dolida y sé que para ti no es fácil no llamarlo.

—No puedo creer que no me haya llamado ni escrito.

—Probablemente sea lo mejor, ¿sabes? Sé que querías seguir siendo su amiga. Pero la verdad es que... no creo que fueras capaz de mantener tus sentimientos bajo control. Necesitabas este espacio que te está dando. En cierto modo, creo que él también sabe que es lo mejor para ti.

—Entonces, ¿qué tengo que hacer ahora?

—Tienes que volver a esa página de citas.

A pesar de que me entraron escalofríos solo de pensar en hacer eso, sabía que tenía que forzarme a mantener la mente lejos de Damien.

—De hecho, había un chico, Mark, con el que se suponía que iba a salir hace semanas. Lo fui posponiendo.

—Pues ponte en contacto con él. Necesitas salir, pero más aún necesitas distraerte.

—Vale. Tienes razón, aunque sea para salir del apartamento.

—Sabes que no vas a superarlo de la noche a la mañana, ¿no?

—No sé si *alguna vez* lo superaré. Simplemente tengo que aceptarlo.

—Aceptar las cosas que no puedes cambiar..., esa es una idea novedosa.

—Se lo aconsejo a los niños y a las niñas cada dos por tres. Es hora de que empiece a seguir mi propio consejo.

—Me alegro mucho de que por fin hayamos quedado —dijo Mark mientras abría la puerta del coche para dejarme salir—. Empezaba a pensar que me estabas dejando de lado.

—No. Estaba ocupada con la mudanza y todo eso. Siento haberte dado esa impresión.

Acabábamos de llegar al cine para ver la nueva película de James Bond a las nueve y cuarenta. Supuse que un cine lleno de gente era un lugar seguro para una primera cita, aunque Damien me habría regañado por subirme al coche de Mark.

«Damien ya no puede opinar».

El olor a palomitas de mantequilla llenaba el aire. Mark me rodeó la cintura con el brazo mientras caminábamos para ponernos en la fila.

Sin duda, era atrevido, y yo no estaba segura de cómo me sentía al respecto, ya que el veredicto estaba aún por decidir en función de lo mucho que me atrajera, tanto a nivel mental como físico. También estaba el pequeño detalle de que acabábamos de conocernos.

Tras comprar las entradas, estábamos esperando en la cola de la comida cuando Mark me dijo al oído:

—¿Has sido gimnasta alguna vez?

Qué pregunta más extraña.

—No. ¿Por qué lo preguntas?

—Tu cuerpo parece muy flexible, como si tuvieras alguna experiencia en gimnasia.

«¿En serio?».

—No. Ni siquiera sé hacer la voltereta.

Después de comprar las palomitas y las bebidas, nos pusimos en la fila en la que el empleado recogía las entradas para entrar a la sala. Me sobresalté cuando sentí la mano de Mark en la parte baja de mi cintura. Con cada segundo que esperábamos, su mano se deslizaba más abajo hasta que se plantó por completo en mi trasero. Mi cuerpo se paralizó. Tras un minuto aguantando, me coloqué cara a cara con él para que no pudiera seguir metiéndome mano.

Una vez dentro, las luces todavía no se habían apagado y yo ya estaba planeando mi estrategia de salida para cuando se acabara la película. Para ser sincera, ni siquiera estaba segura de si me sentía cómoda subiéndome otra vez a su coche.

Estaba a punto de apagar el móvil cuando empezó a vibrar.

> ¿Siempre dejas que los chicos que acabas de conocer te toquen el culo?

Era Damien.

El corazón empezó a latirme con fuerza.

Me latía cada vez más rápido mientras miraba frenéticamente alrededor de la oscura sala de cine, buscándolo. ¿Estaba aquí?

Chelsea: ¿Estás en esta sala?

Damien: ¿Dónde estás?

Chelsea: ¿No sabes ya la respuesta a esa pregunta, ya que aparentemente me estás acosando?

Damien: Se supone que ibas a ver la nueva película de James Bond. Ahí es donde estoy yo. ¿Dónde estás tú?

Chelsea: Hemos ido a ver la película de Will Smith. Las entradas para James Bond estaban agotadas cuando llegamos al mostrador.

Damien: Dile que tienes que ir al baño y nos vemos fuera.

Cuando no respondí al momento, volvió a escribirme.

Damien: Solo necesito cinco minutos.

Chelsea: Vale.

—Ahora vengo —susurré justo cuando empezaron los anuncios y tráileres—. Voy al baño.

Ver a Damien allí, apoyado contra la pared mientras me esperaba, casi me dejó sin respiración. Hizo que me diera cuenta de que mis sentimientos por él no habían disminuido ni un poco en este tiempo que habíamos pasado separados. Cada gramo de anhelo volvió al momento, y eso era una mierda para mí. Mi corazón quería saltar entre sus brazos y pedirle que me llevara a casa, pero mi cerebro detuvo a mis piernas para que no se acercaran a él más de treinta centímetros.

Llevaba el gorro de lana, estaba guapísimo y olía muy bien. Vestía una camisa con el cuello blanco asomando por debajo de un jersey negro ajustado, un atuendo diferente a lo que solía llevar. El jersey se le adhería al pecho musculoso, y se había remangado las mangas, dejando ver un reloj de metal grueso que no había visto antes. Unos vaqueros negros y unas botas de combate negras remataban el conjunto.

«¿Tanto se ha arreglado para acosarme?».

—Hola —dijo al fin. Su voz hizo que unos escalofríos me recorrieran el cuerpo. La había echado mucho de menos.

—¿Qué haces?

—No llegaste a darme información sobre él para que lo verificara.

—Ni siquiera sabía que seguíamos *hablando*. ¿Cómo sabías que estaba aquí y que iba a ver la película de James Bond? —Chasqueé los dedos—. Oh, claro. Te has metido en mi cuenta.

—No llegaste a cambiar la contraseña.

—No tendría por qué hacerlo. Eso no te da derecho a hacer esto.

—Solo me estoy asegurando de que estás a salvo.

—Eres un acosador.

—Me importa una puta mierda lo que pienses. Te dije que este chico no me daba buena espina. Si tengo que tragarme mi orgullo y quedar como un idiota para asegurarme de que llegues a casa a salvo, lo haré.

—¿Por qué te estás metiendo en mi vida? Desapareciste de la faz de la Tierra. Ni una palabra desde que me mudé.

—Eso no significa que haya dejado de preocuparme por ti. Mantenerme lejos de ti estas últimas semanas ha sido lo más duro que he hecho en mi vida.

—¿Por qué no te pasas la noche del viernes buscando a una de tus conquistas y dejas de meterte en mis asuntos?

—Si eligieras hombres que no son unos asquerosos, quizá no tendría que meterme.

—No tienes derecho a decirme con quién quedar. —El enfado y el rencor me subieron como la bilis cuando dije—: Solo he salido con él porque yo no te importaba lo suficiente.

—No tienes ni puta idea de cuánto me importas —espetó.

—Este tiempo que hemos estado separados me ha enseñado un montón de cosas. Nunca podría haber sido tu amiga porque no podía limitar mis sentimientos por ti. Tenías razón en lo de mantener las distancias. Deberías haber seguido así.

Justo en ese momento, una chica morena y alta apareció de la nada. Tenía los labios pintados de un rojo intenso.

—Aquí estás —dijo—. Pensaba que me habías abandonado.

La miré de arriba abajo antes de girarme hacia él.

—¿Estás en una cita? —Alzando la voz, repetí—: ¿Has traído a una cita para acosarme en la mía?

—No. No ha sido así.

Los celos me estaban corriendo por las venas. Me giré hacia ella.

—¿Sabes que estás saliendo con un acosador?

—¿Es tu hermana o algo? —preguntó.

—Podría parecerlo, ¿no? —resoplé.

—Voy en un minuto, ¿vale? —le dijo Damien—. Vete a ver la película. Va a empezar ya.

Cuando se marchó, negué con la cabeza.

—Increíble.

—Mi intención no era que la vieras.

—Lo que tú digas —contesté entre dientes.

A medida que se acercaba a mí, yo me echaba hacia atrás, negándome a reaccionar de alguna forma ante la cercanía de su cuerpo.

—Mira, estaba cenando fuera cerca de aquí, y dio la casualidad de que me metí en la página con el móvil. Vi que ibas a estar aquí. Pensé que a lo mejor te veía saliendo del coche del chico ese y así podría mirarle la matrícula para obtener información y verificarlo. Acabaste llegando tarde y el plan se fue a la mierda. No quiero que vuelvas a subirte en su coche hasta que lo verifique.

—Si quiero meterme en su coche..., si quiero dejarlo que me *penetre* esta noche... es decisión mía.

Se le marcó una vena del cuello.

—No digas eso.

—¿No puedes soportar ni un poco de tu propia medicina? ¿Pretendes decirme que no vas a llevártela a tu piso esta noche?

—Pues no, la verdad. Ni siquiera me gusta.

—¿No es esa la finalidad?

—Solía serlo. Ya no parece lo correcto. Es la primera vez que salgo en mucho tiempo. Me he obligado a mí mismo porque necesitaba distraerme con desesperación, ya que he estado intentando mantenerme lejos de ti.

—No tendrías que haberme seguido hasta aquí.

—Te juro por Dios que mi intención no era que me vieras. Y te aseguro que no era mi intención que me vieras con ella.

—No lo dudo —dije mientras me cruzaba de brazos.

—Quería comprobar que todo iba bien. Cuando he visto que lo has dejado tocarte así, me he cabreado muchísimo.

—¿Tienes idea de lo mucho que me duele verte con esa puta barbie? No tenías que seguirme hasta aquí con ella —murmuré—. Deja de hacerme daño.

Empezó a acercarse a mí otra vez, lo que provocó que retrocediera.

—Lo siento, Chelsea. Sé que la he cagado. No lo he gestionado bien, pero no quiero que vuelvas a subirte a su coche.

—¿Cómo se supone que voy a irme a casa?

—Yo te llevo.

Solté una risa enfadada.

—Seguro que a tu cita le encanta la idea —increpé.

—Me importa una mierda lo que piense. Quiero que llegues a casa a salvo.

Ahora le estaba gritando enfadada a propósito.

—Estás loco. Has perdido la cabeza, Damien.

—No me fío de él. Te lo digo, es peligroso.

—Yo creo que *tú* eres el peligroso esta noche. Por favor, mantente fuera de mi vida. No quiero volver a verte.

Me giré y no miré atrás. Después de entrar en la sala, pasé por delante de mi asiento y salí por la puerta de emergencias hacia el aparcamiento.

Cuando pasé junto a la camioneta de Damien, vi que había añadido tres pegatinas en la ventana trasera: un hombre y dos perros. Se me encogió el corazón ante la imagen. Lo echaba mucho de menos y, aun así, ya no soportaba estar con él. Mientras se me repetía la noche una y otra vez en la cabeza, caminé más de tres kilómetros y me subí a un autobús que me llevara a casa.

Damien me escribió en algún momento pasada la medianoche.

> Damien: No pretendía ponerme así. De verdad que solo intentaba asegurarme de que estuvieras a salvo. La he cagado. Lo siento. Por favor, dime si has llegado bien a casa.

No le contesté.

Cuanto más pensaba en el incidente del cine a lo largo de la semana siguiente, más me enfadaba.

Cuanto más pensaba en el incidente del cine..., más echaba de menos a Damien.

Seguía estando muy confundida.

Me dije a mí misma que ese día estaba yendo a su apartamento para decirle un par de cosas más, para decirle lo último que me quedaba por decirle, ya que nunca le respondí el mensaje. Era mentira. Estaba yendo a su apartamento porque lo echaba de menos a él y a sus perros, pero me decía otra cosa para justificarlo. La verdad era que estaba satisfaciendo la intensa necesidad que tenía de verlo.

Una imagen inusual me dio la bienvenida a medida que me acercaba al edificio. En el exterior había una multitud de personas reunidas. ¿Había saltado la alarma de incendios?

Cuando vi a los Doble D con Murray, me pregunté dónde estaba Damien en medio de este caos. Tanto Dudley como Drewfus estaban atados a una reja.

Los perros apenas reaccionaron cuando me agaché para acariciarles la cabeza. Miré a Murray.

—¿Qué está pasando? —pregunté.

—Es Damien.

—¿Qué le pasa a Damien?

—Se ha desplomado. La ambulancia acaba de llevárselo al hospital.

Tuve que repetir la pregunta, porque la respuesta que me dio no era posible.

Mi corazón y mi cabeza latían sincronizados.

—¿Qué? ¿Qué ha pasado?

—Los perros estaban golpeándose contra la puerta, arañando la madera, ladrando como locos. Cuando toqué, no respondió. Usé mi llave y me lo encontré en el suelo inconsciente, llamé al 911. —Sacudió la cabeza—. Pobre jefe.

Si no fuera porque ya estaba agachada, podría haber colapsado yo también.

—¿Se pondrá bien?

—No lo sé.

—¿A dónde se lo han llevado?

—No lo sé.

—¡Necesito saberlo!

—El Memorial y el General están igual de cerca. Tiene que ser uno de los dos.

Me puse de pie demasiado rápido y me mareé.

—He venido en autobús. Necesito tu coche.

Murray me dio sus llaves y me alejé antes de darme cuenta de que ni siquiera sabía cuál era su coche.

Me siguió y me puso la mano en el hombro.

—No deberías conducir así —dijo al notar mi estado de desorientación.

—Tengo que hacerlo. Tienes que quedarte con los perros.

Señaló un Nissan pequeño y viejo.

—Ese es mi coche. Ten cuidado.

—No voy a chocarme con nada.

—No estoy preocupado por esa porquería de coche. Estoy preocupado por ti.

Corriendo hacia el vehículo, marqué el número de Damien. Saltó el buzón de voz. Luego introduje la dirección del Hospital General en el móvil. Diez minutos más tarde, aparqué ilegalmente en la entrada de urgencias.

Sin aliento, corrí hacia la recepción.

—Necesito saber si Damien Hennessey está aquí.

—Lo siento, tendrá que esperar en la cola.

Me apoyé en el mostrador.

—¡No! —grité—. ¡Tiene que decirme si está aquí!

Debió de darse cuenta de que estaba llorando, porque decidió comprobar su ordenador.

—¿Puede deletrearme su apellido?

Después de responderle, negó con la cabeza.

—Lo siento. Aquí no hay nadie registrado con ese nombre. Debe de estar en el Memorial.

Sin responder, corrí lo más rápido que pude hasta el coche, introduje la otra dirección en la aplicación del GPS y recorrí todo el camino hasta el Hospital Memorial a toda velocidad.

Mientras las lágrimas corrían por mis mejillas, la mente me iba a mil por hora con pensamientos temerosos, más concretamente el de que, si le había ocurrido algo a Damien, las últimas palabras que le había dicho fueron: «No quiero volver a verte nunca más».

«Nunca me perdonaría si le pasara algo».

Necesitaba verlo.

Necesitaba llegar junto a él.

Tenía que estar bien.

Cuando por fin llegué al Hospital Memorial, sentía el corazón en la boca a medida que me dirigía a la sala de Urgencias.

—Necesito ver a Damien Hennessey. Lo han traído hace una hora.

La recepcionista pulsó unas teclas antes de responderme.

—Está ingresado.

—¿Dónde está?

—¿Es familiar?

—No soy familiar, no.

—Es posible que no puedan darle mucha información ni dejarle verlo. Está en la tercera planta. Suba por esos ascensores.

Todo parecía estar sucediendo a cámara lenta: deslizándome dentro de un ascensor en el último segundo, abriéndome paso por los pasillos de la tercera planta.

Entonces lo vi. O eso creí. Dado el estado de confusión en el que me encontraba, había confundido a Tyler con Damien. Tyler estaba andando de un lado para otro con las manos en los bolsillos.

Se detuvo al verme, y parecía un poco asustado.

—¿Chelsea?

Me dio una descarga de adrenalina.

—¿Dónde está?

—Está bien. Está bien. Está vivo.

«Gracias a Dios».

«Gracias, Dios».

—Necesito verlo.

—Ahora mismo no puedes.

—¿Por qué no?

—Está con el médico.

—Voy a entrar.

Me puso las manos en los brazos para detenerme.

—No, Chelsea.

—Dime qué está pasando.

Tyler se limitó a mirarme fijamente durante mucho tiempo. Se acercó a la enfermería y agarró un pañuelo antes de dármelo.

—Ven. Vamos a dar un paseo.

16
CORAZÓN ROTO

Tyler me llevó a una zona cubierta de césped justo a las puertas del hospital. El sol de la tarde empezaba a ponerse y la brisa fresca me secó un poco las lágrimas.

«Estaba vivo».

Me recordé a mí misma que lo que Tyler estuviera a punto de decirme no podía ser tan malo porque Damien estaba vivo. Estaba hablando con los médicos, ¿no?

—Todo va a salir bien —dijo.

—¿Qué pasa, Tyler? Deja de irte por las ramas. No lo soporto.

—Ven, siéntate. —Me llevó hasta un banco—. Se suponía que tenías que haber mantenido esta conversación con él. Pero si fuera por Damien, no tendría lugar nunca. Me da igual si me mata. Tienes que saberlo.

—¿El qué? ¿Qué tengo que saber?

—Damien se desmayó. Su presión sanguínea bajó de repente. Lo más probable es que últimamente haya estado bajo mucho estrés y no se haya cuidado bien. Por eso está aquí hoy.

—Bueno... Eso no es tan malo.

—Ha pasado antes. En los últimos años ha estado teniendo más síntomas... Síntomas que no existían hasta hace poco.

—¿Síntomas de qué?

—Damien tiene una enfermedad cardíaca, Chelsea. Se llama miocardiopatía hipertrófica.

—¿Qué?

—Un nombre largo, lo sé. Es hereditaria. Es la misma enfermedad que mató a nuestro padre.

Se me encogió el corazón y me tragué el nudo que tenía en la garganta.

—¿Qué significa?

—Significa que una parte de su músculo cardíaco tiene más grosor. A veces no hay síntomas y la gente, como mi padre, ni siquiera sabe que la tiene. Simplemente sufren un paro cardíaco repentino. Muchos mueren. En el caso de Damien, descubrimos que la tiene mediante unas pruebas genéticas. Hace poco que ha empezado a experimentar algunos síntomas leves.

—¿Desde cuándo lo sabe?

—Desde hace cinco años más o menos. Mi madre quiso que los dos nos hiciéramos las pruebas, porque mi padre era muy joven cuando se fue. Había un cincuenta por ciento de probabilidades de que alguno de los dos la tuviera. Yo di negativo. Cuando Damien se enteró de que tenía la misma enfermedad que mató a nuestro padre, se convenció de que a él le iba a pasar lo mismo. En parte fue por eso que compró ese edificio. Decidió que no quería gastar su valioso tiempo trabajando y siguiendo la monotonía del día a día. Prefería pasarse los días haciendo lo que le gustaba, crear arte.

—¿Todos los que tienen esta enfermedad están destinados a morir jóvenes?

—No, esa es la cosa. Muchos llevan una vida completamente normal. Es imposible saberlo.

—Pero ¿Damien está convencido de que va a morir joven?

—Sí. Y por eso se niega a tener algo contigo, porque no quiere que te pase lo que le pasó a mi madre.

—¿Por qué no me lo ha contado?

—Porque sabía que dirías que no importaba. No quería que lo supieras. Quería que pasaras página y que encontraras a otra persona para que no salieras herida. Lo mata apartarte de él, porque está loco por ti.

Tuve que hacer una pausa para tranquilizarme. Fue un momento de revelación abrumador. Era como si acabara de darme la pieza de puzle gigantesca que me faltaba. Por fin todo tenía sentido.

Las palabras de Damien durante nuestra conversación en la playa de Santa Cruz resonaron en mi mente.

«Tengo el corazón roto».

¡Por fin tenía sentido!

—Está loco.

Ty se rio entre dientes.

—Se lo digo cada dos por tres.

—¿Qué están discutiendo los médicos con él ahora mismo?

—Cuando el médico de Damien de Stanford se enteró de que estaba aquí, hizo un viaje especial para venir a verlo. —Ty se rascó la barbilla—. Vale, falta algo por contar. Desde hace algún tiempo, los cardiólogos de Damien han estado intentando convencerlo de que se someta a una cirugía a corazón abierto.

—Madre mía. —El corazón me latía de forma descontrolada.

—Sí. Está asustado. Cree que la operación podría matarlo. Lo aterroriza, pero es algo que debería pensarse cada vez más.

—¿En qué ayudaría la cirugía?

—Básicamente extraerían parte del músculo que tiene más grosor para ayudar al flujo sanguíneo. Creen que mejoraría su calidad de vida con el paso del tiempo y que podría alargar su esperanza de vida. Pero ese tipo de cirugías tiene serios riesgos. ¿Te acuerdas del viaje que hicimos a Los Ángeles, cuando te quedaste cuidando a los perros?

—Sí.

—Fuimos a hablar con un especialista del Centro Médico Cedars-Sinaí. Damien tiene médicos allí y en Stanford.

—Vaya.

—Durante ese viaje a Los Ángeles fue cuando me di cuenta de que Damien estaba realmente enamorado de ti. No paraba de hablar de ti.

—Lo quiero —dije sin vacilar. Era la primera vez que lo decía en voz alta, pero no la primera que lo decía.

—Lo sé. Se nota.

—¿Qué hago?

—No le hagas caso al imbécil. Va a seguir intentando convencerte de que es mejor que te mantengas alejada de él. Luchará contra ti con uñas y dientes. Piensa que cada día podría ser el último. Esa actitud tiene cosas buenas y malas. Vive cada día como si fuera el último y, sin embargo, lo único que podría hacerle más feliz no se lo permite por miedo a hacerte daño. Es una persona abnegada, pero debería dejar que *tú* tomaras la decisión. Intenta hacerlo por ti porque cree que sabe lo que es mejor para ti.

—*Él* es lo mejor para mí. —Me levanté del banco y empecé a caminar de un lado a otro—. Necesito verlo. ¿Puedo decirle que me lo has contado todo?

—Sí. Ya me ocuparé de su ira. Ya era hora, sobre todo después de lo que ha pasado hoy. Si por él fuera, seguirías a oscuras. Nunca tuvo intención de decirte que estaba aquí.

—Me lo creo.

—Es muy cabezón.

—Dime algo que no sepa.

—Deberíamos volver dentro —propuso.

—Vale.

Cuando volvimos a la planta en la que se encontraba Damien, Ty volvió a hablar.

—Pasa un rato con él. Lo necesitará. Voy a por un café.

—Vale. Gracias, Ty.

Despacio, me acerqué a la habitación de Damien. A través de una pequeña y estrecha ventana que había en la puerta, vi que estaba completamente vestido y sentado en el borde de la cama. Llamé tres veces, aspiré una profunda bocanada de aire y luego exhalé antes de entrar.

Casi se le salieron los ojos de las órbitas cuando me vio allí. No dijo nada. No me preguntó qué hacía ahí. Se quedó mirándome fijamente durante mucho rato, clavándome la mirada en mis ojos brillantes, los cuales lo delataron todo sin que tuviera que decir nada.

—Lo sabes —dijo.

—Sí.

—Ty te lo ha contado.

—Sí.

Bajó la cabeza.

—Me cago en la puta.

Después de concederle casi un minuto para que lo procesara, hablé.

—Lo entiendo.

—No, no lo entiendes. Piensas que lo haces.

—Sí que lo hago.

—Esto no cambia nada, Chelsea. El resultado final es el mismo.

Mi instinto era discutir con él, pero la parte más inteligente de mí sabía que no era el momento adecuado. Se estaba recuperando y lo último que quería era que se molestara. Así pues, me centré en el día de hoy.

—¿Recuerdas haberte desmayado?

—No. Solo recuerdo despertarme con los paramédicos allí.

—¿Sabes que los perros acudieron a tu rescate? Alertaron a Murray, que llamó al 911.

—Recuérdame que les haga beicon.

—Recuérdame que me mantenga lejos ese día.

El ambiente se animó un poco cuando esbozó una leve sonrisa.

—¿Cómo está tu novio, Marky Mark? Veo que sigues en una pieza.

—Aquella noche no volví a entrar en la sala. Salí por una puerta lateral y no he vuelto a verlo.

Damien fingió decepción.

—Qué pena.

Estaba tan adorable cuando fruncía los labios.

—¿Cómo está la conquista con la que estabas?

—No muy contenta. Me dijo que estaba demasiado interesado en la vida de mi hermana, me dijo que la llevara directamente a su casa.

—Qué pena. —Me senté a su lado en la cama—. Buen intento de cambiar de tema, por cierto.

Respiró hondo.

—¿El metomentodo de Ty no te lo ha contado todo? ¿Qué más quieres saber?

—¿Por qué no me lo contaste?

Su mirada se clavó en la mía.

—Ya sabes por qué.

—No me importa.

—Exactamente por eso no podía decírtelo. Nunca fue porque pensaba que te irías. Fue porque sabía que te ibas a *quedar*. No eres consciente de lo que podría significar salir conmigo. Hoy estoy aquí, mañana no, Chelsea. Ya te han roto el corazón una vez. ¿De verdad eso es lo que quieres?

—No sabes lo que va a pasar. Cualquiera de los dos podría morir mañana.

—Pero solo algunos estamos predispuestos a morir antes de tiempo. Le pasó a mi padre. Yo tengo exactamente el mismo defecto. Y no quiero que te pase lo que le pasó a mi madre. Me importas demasiado. Fin de la historia.

Se hizo el silencio durante un momento.

—Tu hermano me ha dicho que están intentando convencerte para que te operes.

—Eso conlleva sus propios riesgos. —Hizo una pausa—. Aunque me lo estoy pensando. No quiero hablar de eso ahora, ¿vale?

—¿Te van a dar el alta pronto? —pregunté, respetando sus deseos.

—Sí. No ha sido más que un desmayo. Debido a mi condición, soy más propenso a eso. Probablemente ocurrió porque estaba deshidratado y estresado.

Dudé en si preguntarlo o no.

—¿Estabas estresado por mí?

Se rio entre dientes.

—Llevo meses estresado por ti, así que no creo que haya sido eso. —Me dio un golpecito juguetón en el muslo, lo que hizo que se me erizara la piel—. ¿Cómo te has enterado de que estaba aquí?

—Iba de camino a tu piso para disculparme por haber sido tan dura y porque os echaba de menos a ti y a los perros.

—Ellos también te echan de menos.

—¿Eso te han dicho? —Sonreí.

—No con tantas palabras. —Me devolvió la sonrisa—. Pero se paran en tu puerta cada dos por tres.

—Echo de menos a los Doble D. En realidad, echo de menos... a los Triple D. —Me reí a carcajadas—. No me puedo creer que no se me haya ocurrido nunca.

—¿Acabas de caer? Estaba esperando a que te dieras cuenta.

—Gracias a Dios que fui en ese momento. Si hubiera esperado hasta mañana, nunca me habría enterado de todo esto. No me habrías dicho nada. Lo sé.

—Tienes razón. No lo habría hecho. Pero como he dicho, que lo sepas no cambia nada. No soy bueno para ti.

—No me digas lo que es bueno para mí —espeté.

Me levanté, me dirigí hacia la puerta y me asomé para ver si venía el médico.

Tras volver junto a Damien, empecé a acariciarle el pelo con los dedos lentamente y vi cómo su determinación se iba debilitando con cada segundo que pasaba. Cerró los ojos antes de aferrarse a la tela de mi camiseta y acercarme más a él.

Apoyó la cabeza en mi pecho.

—Tienes prohibido volver. —Respiró contra mí y continuó—. Haces que me olvide de toda la mierda que se supone que tengo que hacer bien. No puedo pensar con claridad. —Acto seguido, me miró—. No tienes ni idea de las ganas que tuve aquella noche de matar a ese chico por tocarte el culo. Más que nunca, en ese momento me di cuenta de la causa perdida que soy cuando se trata de ti. Estaba muy enfadado.

—Tenías toda la razón sobre él.

—Siempre tengo razón. ¿No te has dado cuenta?

La puerta se abrió y Tyler entró con un café en la mano.

—Hola. Acabo de hablar con tu médico. Ha dicho que puedes irte.

Me volví hacia Ty.

—¿Vas a llevarlo de vuelta al apartamento?

—¿Cómo has llegado hasta aquí? —me preguntó Damien, a sabiendas de que no tenía coche.

—Digamos que le he robado el coche a Murray.

—¿Esa chatarra? Has corrido más peligro que yo.

—¿Quieres que vaya a cuidarte?

—Créeme, quiere que *lo cuides* con toda su alma —intervino Ty.

Damien le lanzó una mirada asesina.

—Cállate.

Al final dejé que Damien descansara esa noche y opté por volver a mi apartamento mientras que Tyler lo llevaba a casa.

Lo primero que hice fue abrir el portátil para buscar en Internet información sobre la enfermedad de Damien. Algunos artículos sobre la miocardiopatía hipertrófica eran aterradores. Había innumerables informes de gente joven que había fallecido sin previo aviso, algunos de ellos en campos de atletismo. Sus familias se enteraron de que tenían esa enfermedad *a posteriori*. Uno de los artículos indicaba que enfermedades como la de Damien eran responsables de al menos el cuarenta por ciento de todas las muertes súbitas entre jóvenes atletas.

También busqué los tipos de operaciones que había y los riesgos que tenía cada una de ellas. Estaba empezando a entenderlo todo. Era fácil ver por qué Damien dejaba que el miedo dominara su mundo, sobre todo cuando sus temores no eran del todo infundados. El pecho me pesaba demasiado como para ser soportable. Aunque era demasiado fácil dejar que mi mente vagara por ese horrible lugar plagado de «¿y si...?», no iba a permitir que el miedo dominara *mi* mundo.

Le envié un mensaje a Damien.

> Chelsea: Tenía pensando pasarme mañana después del trabajo. ¿Estarás en casa?

> Damien: La verdad es que me voy por la mañana. Me voy a San José unos días. Necesito un tiempo lejos de aquí para pensar.

¿Qué significaba eso? Como no sabía qué responder, le contesté con lo primero que se me ocurrió.

> Chelsea: ¿Sabes cómo se llega a San José?

> Damien: Sí. Y eso es una canción.

> Chelsea: ¡Muy bien! Mi abuela solía cantármela. De niña siempre quise ir a San José, creyendo que estaba muy lejos. Claro, no tenía ni idea de que tú estabas allí.

> Damien: Por aquel entonces te habría tirado de la coleta y te habría lanzado arena. Era un imbécil.

> Chelsea: Entonces no ha cambiado mucho la cosa, ¿no?

Seguía haciendo llorar a las chicas.

> Damien: Nos pondremos al día cuando vuelva.

> Chelsea: En realidad, cuando vuelvas yo me habré ido. Me voy a NY a visitar a mi hermana. Me quedaré con ella una semana.

Damien: Uhh. Me alegro de que por fin lo hagas.

Damien sabía que para mí era un gran paso, que siempre había evitado Nueva York porque Elec vivía allí. Unos días antes de que Damien se desmayara, me animé por fin y compré los billetes para ir a ver a Jade.

Chelsea: Supongo que te veré cuando vuelva.

Damien: Vale. Ten cuidado en la gran ciudad.

17

AL SUELO

Había sido un sueño hecho realidad ver actuar a Jade. Tenía un papel protagonista en un nuevo musical fuera de Broadway llamado *La sirena y el traje*. Las bromas entre su personaje, Eloise, y el personaje masculino principal, Tom, eran graciosísimas. A Tom lo interpretaba un actor guapo llamado Jeremy Bright. Más tarde me enteré de que Jeremy estaba muy casado en la vida real. Hasta ese momento, pensé que tal vez se estaba gestando algo entre Jade y él, pero supongo que simplemente son actores muy convincentes con una gran química.

Después de la función, Jade me llevó a cenar con el reparto. Fuimos a un restaurante y bar japonés llamado Sake Sake. Entre las bebidas y las conversaciones en voz alta, casi me olvidé de Damien durante un par de horas. «Casi».

Sin embargo, cuando volvimos al pequeño apartamento de Jade, los pensamientos sobre él volvieron con toda su fuerza. Era la primera vez que se me presentaba la ocasión de contarle a Jade la noticia de que había descubierto lo de su enfermedad cardíaca. Llevaba esperando para hablarlo en persona desde que supe que iba a venir a Manhattan.

Jade estaba sentada en el suelo con las piernas cruzadas. Todavía tenía todo el maquillaje en la cara.

—Vaya. No... No sé ni qué decir.

—Lo sé.

—Es como si todo lo que creía saber sobre la situación se hubiera ido por la borda.

—¿Qué ha cambiado?

—Bueno... —empezó—, siempre ha habido una parte de mí que sentía que, a pesar de lo que te estaba diciendo, sus sentimientos por ti no eran tan fuertes como los tuyos por él. Pero esta noticia es un punto de inflexión. *Sí* que estaba intentando protegerte para que no salieras herida. Creo que lo que te dijo su hermano era cierto, que está enamorado de ti y que de verdad tiene la sensación de que te está protegiendo.

—No voy a creerme que está enamorado de mí hasta que no lo oiga de su boca. Por mucho que quiera estar con él, lo que quiero más que nada es que esté bien. —Miré las luces de la ciudad—. Me apuesto lo que sea a que nunca pensaste que estaría en Nueva York sin mencionar ni una sola vez a Elec, ¿eh?

—Bueno, eso es lo único bueno de tu situación con Damien.

—Pues sí.

—¿Vas a llamarlo mientras estés aquí?

—Estoy intentando no hacerlo. Se supone que tengo que darle espacio. La pelota está en su campo. No puedo obligarlo a estar conmigo. Dijo que tenía que irse unos días para pensar.

—¿A dónde se ha ido?

—A casa, a San José. Su madre vive allí.

—Bueno, entonces vamos a intentar despejarte la mente. Mañana tengo el día libre. Nos iremos de compras, veremos una obra (una en la que yo no esté) y cenaremos en condiciones.

—Eso suena genial.

La semana en Nueva York pasó volando. Era mi última noche y estaba sola mientras Jade actuaba. Mi vuelo salía a la mañana siguiente. Mientras esperaba a que volviera para cenar juntas, busqué el móvil de manera impulsiva y decidí enviarle un mensaje a Damien. El hecho de estar tan físicamente lejos de él me dio una falsa sensación de valentía. Mis emociones se desbordaron.

> Chelsea: Esto es una idiotez. Claro que me aterra perderte, pero me aterra mucho más vivir sin ti mientras estás vivo y sano. Que conste que prefiero un solo día estando realmente contigo que veinte mil días haciendo el paripé con alguien que no tiene mi corazón. No me importa si nunca tengo la ocasión de envejecer y volverme decrépita a tu lado. Quiero el hoy. Quiero ver películas que den mal rollo contigo y los perros, y quemar tostadas en tu apartamento. Quiero sentirte dentro de mí. Quiero experimentarlo todo contigo mientras ambos estemos vivos. LOS DOS ESTAMOS VIVOS. Una buena vida tiene que ver con la calidad, no con la cantidad. Quiero estar contigo durante el tiempo que sea. Pero no puedo obligarte a ver las cosas como yo las veo.

Cuando le di a «Enviar», me di cuenta de que el mensaje estaba descolorido y no ponía que hubiera sido enviado. No tenía ni idea de si le había llegado o no. Tal vez era un presagio de que había cometido un grave error.

Sin saber si era por mi móvil o por un problema externo, decidí llamarlo. Necesitaba desahogarme de una forma u otra mientras las palabras estuvieran frescas en mi mente.

La línea de Damien sonó, y casi se me detuvo el corazón cuando contestó una voz femenina somnolienta.

—Teléfono de Damien.

La conmoción me paralizó, así que no dije nada durante varios segundos.

—¿Diga?

Tragué saliva.

—¿Quién es? —inquirí.

—Jenna. ¿Quién es?

—Jenna... —Hice una pausa, perpleja—. Soy Chelsea.

—Oh. Bueno, Damien está en la ducha ahora mismo.

—¿Qué estás haciendo ahí?

—¿Qué *crees* que estoy haciendo?

Colgué al instante.

Furiosa, me puse el abrigo y salí corriendo del apartamento de Jade para tomar el aire. Entre la multitud que se agolpaba en las concurridas calles de Times Square, estaba demasiado absorta en mis pensamientos como para darme cuenta de lo mucho que me había alejado. Ya ni siquiera sabía dónde estaba, ni en sentido literal ni en sentido figurado.

Mientras que yo estaba aquí en Nueva York, todavía suspirando por Damien, parecía ser que él estaba ¿acostándose con su exnovia?

Después de una hora dando vueltas aturdida, saqué el móvil del bolso y le envié un mensaje.

Chelsea: Eres un imbécil.

Seguí esperando a que respondiera. Pasaron los minutos y no recibí ninguna respuesta.

Se acabó.

El hecho de que no hubiera respondido era una prueba de su culpabilidad.

No comprendía si estaba en pleno maratón autodestructivo o si de verdad quería estar con ella. Lo único que sabía era que ya no quería tener nada que ver con él, y juré que no iba a volver a ponerme en contacto.

El largo vuelo de vuelta a San Francisco fue una tortura. De hecho, me planteé cancelar el billete de vuelta y quedarme en Nueva York con mi hermana de manera indefinida. Lo único que me impidió hacerlo fue mi trabajo en el centro juvenil. Los niños y las niñas me necesitaban y no podía arriesgarme a perder lo único que me iba bien en la vida.

Cuando llegué a mi silencioso apartamento, ya echaba de menos a Jade. Saqué el móvil para llamarla.

—¿Ya estás en casa?

—Sí. Estoy aquí, pero ya no me siento como en casa.

—He estado reflexionando sobre todo esto mientras volabas. Creo que deberías llamarlo.

—No. Ni de broma.

—No te has enterado de que ha vuelto con ella por él. Te sentirás mejor si lo hablas con Damien, aunque no sea fácil escuchar lo que tenga que decir. Al menos lo sabrás. ¿Cuánto podría empeorar la situación? Estás en la absoluta mierda.

—¿Se te ha olvidado que ni siquiera me respondió el mensaje?

—Lo sé. Pero te conozco. Va a estar carcomiéndote por dentro hasta que hables con él.

—No puedo llamarlo.

—No lo llames. Ve allí. Compruébalo por ti misma.

—No sé. Me lo pensaré.

Al día siguiente, salí del centro juvenil por la tarde. Teníamos una función que iba con retraso. Acabé yendo en dirección contraria a mi apartamento, aventurándome hacia el edificio de Damien.

Una sensación de malestar me acompañó todo el camino, puesto que no sabía lo que me iba a encontrar. Lo único que sabía era que necesitaba verlo por última vez. Mi hermana tenía razón; si no hablaba con él, no iba a hacer más que darle vueltas mientras me carcomía por dentro.

El nerviosismo me siguió escaleras arriba hasta mi antiguo apartamento. Para mi sorpresa, la puerta estaba abierta. Me asomé al interior y descubrí que seguía vacío. Había dado por hecho que Damien lo habría alquilado hacía tiempo.

Entré despacio por la puerta.

—¿Hola? —Mi voz hizo eco.

Damien salió de mi antigua habitación. El sudor de su pecho brillaba. Tenía salpicaduras de pintura en varias partes del cuerpo. Parecía que tenía aún más músculos de lo que recordaba. Llevaba los vaqueros ligeramente abiertos por arriba y el pelo revuelto. Estaba descalzo. Estaba más bueno que nunca. Su embriagador olor era una mezcla de colonia y sudor.

Lo *ansiaba*.

Tragué saliva.

—¿Qué haces? —inquirí.

—He recibido tu mensaje. Me ha dejado hecho polvo. Así que estoy pintando un poco.

—Bueno, lo decía en serio. *Eres* un imbécil.

—No me refiero a ese mensaje.

Me di cuenta de que estaba hablando del mensaje que mandé justo antes de llamarlo y descubrir a Jenna en su apartamento, el mensaje en el que había derramado mi corazón. Parecía ser que, después de todo, se había enviado.

«Mierda».

—Pensaba que no te había llegado. Tenía la esperanza de que no lo hubiera hecho. Fue un error.

—No, no lo fue.

—¿Cómo está Jenna? —espeté.

Su tono era apremiante.

—No pasó nada entre Jenna y yo. Usó su llave para entrar en el apartamento mientras estaba en la ducha. Ni siquiera supe que me habías llamado hasta más tarde.

—Contestó el móvil y sonaba como si acabara de salir de tu cama. Cuando le pregunté qué hacía allí, me dijo que «debería saberlo».

—Está mintiendo, Chelsea.

—¿Por qué iba a mentir?

—Porque puede ser una cabrona cuando quiere. Estaba metiéndose contigo, quería hacerte daño. Si la llamas y le preguntas ahora mismo, te dirá la verdad.

—¿Por qué no respondiste a mi mensaje entonces?

—Porque esa noche, durante un periodo de tiempo corto y un poco loco, una vez que me di cuenta de lo que había pasado, tuve una idea brillante. Lo utilicé como una oportunidad. *Quería* que te lo creyeras. Quería que te lo creyeras para que te alejaras de una vez por todas. Porque en ese momento seguía pensando que eso era lo mejor para ti.

—En ese momento... ¿Qué ha cambiado en un día?

—Todo. —Caminó hacia mí—. Ha cambiado todo.

—¿Y eso?

—No he recibido tu mensaje largo hasta esta mañana. Antes de eso me había sentido muy culpable por no haberte respondido el mensaje en el que me llamaste imbécil. He estado fatal desde que te enteraste de mi enfermedad. Mi intención nunca fue que lo supieras. En fin, anoche tuve un sueño. Fue increíblemente vívido. Soñé que tu avión... —Vaciló—. Soñé que se estrellaba. Y que morías. Parecía tan real, Chelsea. Lo único en lo que podía pensar era en que no te había llegado a decir lo que realmente sentía por ti. Me invadió un remordimiento insoportable. En el sueño, recuerdo que pensé que habría dado cualquier cosa por pasar un día más contigo. Había desperdiciado demasiados. Cuando me desperté, estaba empapado en sudor. Me metí en Internet para asegurarme de que no se había estrellado ningún avión, así de real fue el sueño. Me dejó hecho mierda. Había apagado el móvil antes de acostarme. Cuando lo encendí, vi tu mensaje. Todo lo que dijiste fue justo lo que experimenté en ese sueño. Era como si las dos cosas estuvieran conectadas. Y lo vi todo tan claro.

—¿Por qué no me hablaste después de eso?

—He estado demasiado abrumado intentando procesar lo que siento. No estaba seguro de cómo expresártelo. Todavía no sé cómo expresarlo con palabras. Así que he hecho lo que mejor sé hacer. He pintado. Llevo todo el puto día pintando.

—¿Qué has pintado?

—Tu habitación.

—¿*Mi* habitación? ¿Cómo es que no has alquilado este apartamento? Supuse que lo habías hecho hace mucho tiempo.

—No. No podía. Esta es tu casa. Creo que una parte de mí siempre ha estado esperando a que vuelvas.

Me dirigí hacia la habitación para ver qué color había elegido para el espacio.

Me detuve en seco y casi me caigo.

Cuando dijo que había pintado mi habitación, no se refería a un color liso. Había utilizado mi pared como lienzo. Había utilizado *nuestra* pared para crear una de las imágenes más hermosas que había visto en mi vida. Pintado con espray sobre la superficie lisa y mediante una mezcla de pintura blanca y pastel, había un unicornio gigante que parecía estar volando libremente por el cielo.

Me tapé la boca.

—Madre mía. ¿Qué has hecho?

—Eres tú.

—¿Qué?

Su boca se curvó en una sonrisa.

—Eres mi unicornio...

Parpadeé varias veces

—Esto es una locura.

Se acercó a mí lentamente.

—Con una belleza mítica. Inalcanzable. ¿Recuerdas lo que dijo tu psicóloga? En aquel momento pensé que era ridículo. Pero cuanto más lo pienso, más sentido tiene. Eras una fantasía que nunca pensé que fuera a hacerse realidad. Eso es lo que siempre has sido para mí. Por aquel entonces no lo entendí. Pero eres mi unicornio. —Me puso las manos alrededor de las mejillas con firmeza—. Eres mi puto unicornio, Chelsea.

—¿Sí?

—Sí. Y hay algo más que tengo que decirte. —La piel se me puso de gallina ante el contacto cuando me acercó a él y apoyó la frente en la mía—. Cuando me desperté en la ambulancia, durante una fracción de segundo no supe si había muerto. Dicen que ves pasar tu vida ante tus ojos, ¿verdad? Pues tú fuiste lo único que vi ante los míos. Solo tú.

Siguió mirándome a los ojos. Por primera vez, sentí cómo se rendía a sus sentimientos. Notaba cómo la liberación literalmente emanaba a través de sus huesos. Lo notaba en cómo me sujetaba la cara con posesividad, en cómo le temblaba la mano ligeramente. Estaba cediendo ante la necesidad que tenía en su interior, en nuestro interior. Había soltado las riendas, ya no estaba deteniendo la mano invisible que lo sujetaba. Siempre había estado ahí y cada vez era más fuerte.

—La forma en la que me miras, Chelsea. Nadie me había mirado nunca así. Cuando vi el vídeo en el que aparecíais él y tú, el que rompí, lo mirabas de la misma manera. Me mató. Esa fue la razón principal por la que quise romperlo.

—No es comparable, Damien.

—Nunca has sido capaz de entender cómo pudo hacerte lo que te hizo, por qué las cosas sucedieron así. Lo he descubierto. ¿Sabes por qué no funcionó con él?

—¿Por qué?

—Porque Dios te hizo para *mí*.

Ni siquiera un «te amo» podría haber superado esas palabras.

—Eso lo explica todo. —Sonreí. Mis dedos le acariciaron el pelo, el cual ya estaba despeinado—. Desde el principio, incluso cuando me apartabas de ti, sentí que te pertenecía. —Incapaz de esperar un segundo más para devorar sus labios, me acerqué para besarlo. Esta vez lo disfruté sin reparos, porque sabía que esos labios eran míos. Su sabor era todo mío. *Él* era mío. Por fin.

Rompió el beso y habló sobre mis labios hinchados.

—Eres perfecta para mí, cariño. Siempre lo he sabido, no lo he dudado nunca.

Me alzó y se rodeó el torso con mis piernas. Lo hizo sin esfuerzo, como si lo hubiera hecho cientos de veces antes. En sus fuertes brazos, me sentí como si no pesara nada. Había tantas cosas que quería decir, pero estaba demasiado alterada como para hablar. Todo se movía rápida y furiosamente.

Frotando el clítoris contra él mientras me besaba, le rodeé la lengua con la mía más rápido, y gimió en mi boca.

—¿Sigues tomando la píldora?

Asentí con la cabeza.

—Sí.

No me molesté en preguntarle cómo sabía que estaba con la anticonceptiva. Damien lo sabía todo sobre mí simplemente.

—Dijiste que querías sentirme dentro de ti. ¿Lo dices en serio?

—Sí.

Se bajó la cremallera de los vaqueros y ajustó mi cuerpo sobre él al tiempo que colocaba la cabeza de su pene en mi abertura. Vi cómo cerraba los ojos a causa del éxtasis a medida que me penetraba lentamente. El grosor de su pene me impresionó mucho. Era muy ancho. Mi abertura se estiró para adaptarse a él hasta que estuvo completamente dentro de mí.

—Oh... Mierda... Chelsea. Estás muy apretada. —Me llenó por completo a medida que entraba y salía despacio—. ¿Lo sientes?

—Sí.

Empezó a penetrarme más fuerte.

—¿Me sientes ahora?

—Joder. Sí. —Moví las caderas—. Te siento. Te siento.

—No puedo creer que esté dentro de ti. Nunca pensé que llegaría a sentir esto. Estás tan mojada. Es increíble, joder.

Las lágrimas caían de mis ojos. Creía que sabía lo que era el buen sexo, pero esto... Esto era una locura. Había tomado el control de mi cuerpo como nadie lo había hecho antes, tocándolo como un instrumento que solo él sabía manejar a la perfección. No me había dado cuenta hasta ahora de que todo lo que siempre había pensado que era genial, después de todo, no era perfecto. *Esto.* Esto era perfecto.

—Tengo el pene empapado. Sienta demasiado bien tener tu vagina alrededor de mí.

Todavía dentro, nos bajó suavemente y empezó a penetrarme contra el suelo de madera dura. Me puso la mano en la nuca para evitar que me golpeara contra la madera mientras se hundía dentro de mí.

Le estaba rodeando el culo musculoso con las manos, acariciándolo mientras entraba y salía. En un momento dado, Damien estiró los brazos hacia atrás y me agarró las manos para sujetármelas por encima de la cabeza mientras me penetraba con más fuerza. Cedí el control con gusto, sintiéndome felizmente impotente (drogada) ante este hombre.

—No voy a cansarme nunca de esto —me susurró al oído—. Estás muy jodida, Chelsea Jameson, porque voy a querer estar dentro de ti todo el tiempo.

Mi orgasmo hizo que me estremeciera a su alrededor. Cuando grité de repente, sentí que su cuerpo empezaba a temblar.

—Joder. Chelsea. Joder.

Su gemido resonó en todo el espacio vacío mientras se sacudía contra mi cuerpo y se corría dentro de mí. Me encantó oír cómo lo hacía. Por lo general, Damien era muy tranquilo y sereno. Me complació ver cómo se desmoronaba y saber que era obra mía.

Permaneció dentro de mí y me llenó el cuello de besos suaves hasta que, al final, se retiró. Con la boca apoyada en mi cuello, susurró contra mi piel:

—Te quiero. —Me puso el dedo índice en la boca—. Antes de que digas nada, quiero que sepas que no uso ese término a la ligera. De hecho, nunca se lo había dicho a ninguna mujer.

—¿Nunca?

—No. Juré no decir nunca esas palabras a menos que estuviera seguro de decirlo en serio.

El latido de su corazón contra mi pecho fue un recordatorio agridulce de los miedos que había estado intentando mantener a raya.

—Te quiero mucho, Damien. Yo sí que se lo he dicho a otras dos personas. Y en ambos casos creía que lo decía en serio. Al verlo en retrospectiva, me he dado cuenta de que tengo una capacidad de amar mucho mayor de lo que era consciente, porque nada se ha comparado a lo que siento por ti. Ha hecho que me cuestione todo lo anterior.

Se quedó encima de mí.

—¿Estás tan acojonada como yo?

Me agarré a su nuca y asentí.

—Sí. Me das muchísimo miedo, Damien.

Me dio un beso y se rio.

—Tú me das más miedo que *La profecía*, Chelsea Jameson.

—Mierda. Eso es malo.

—¿De verdad quieres estar conmigo? No va a ser bonito. —Su tono se volvió serio—. A veces va a dar miedo. Nunca quise arrastrarte a mis problemas de salud.

—Prometo ser fuerte por ti.

—Vas a estar destrozada. Deja de mentir.

—Me conoces demasiado bien.

—Estaremos destrozados juntos. ¿Qué te parece?

—Trato hecho.

Damien me giro para que me tumbara sobre su pecho. Me miró a los ojos un rato antes de volver hablar.

—Tenemos muchas cosas serias de las que hablar. Pero esta noche no, ¿vale? Esta noche tengo cosas mejores que hacer, cosas más urgentes.

—¿Ah, sí? ¿Como qué?

—Como explorar cada centímetro del cuerpecito que llevo meses codiciando. No he terminado contigo. Ve haciéndote a la idea de que vas a pasar la noche aquí.

—¿Cuándo vuelven los perros?

—Los recojo mañana.

—Los echo de menos.

—Mejor que no estén por aquí esta noche. Podrían pensar que te estoy atacando. Estoy bastante seguro de que su lealtad hacia mí se va a la mierda cuando estás cerca. —Me agarró el culo—. No he llegado a preguntarte, ¿te lo has pasado bien con tu hermana... al margen de las partes en las que la cagué?

—Fue divertido. Se me pasó muy rápido.

—Parecía que te estabas divirtiendo *mucho* una de esas noches.

—¿A qué te refieres?

—Con tu amiguito pelirrojo. Tu hermana te etiquetó en Facebook.

Una noche, durante la cena, un compañero de reparto de Jade llamado Craig se sentó a mi lado y coqueteó conmigo toda la noche. Salimos juntos en un montón de fotos. Alguien debió de publicarlas.

—¿Ahora usas Facebook para espiarme? ¿No te bastaba con la página de citas?

—No te creas. No es una buena herramienta. Nunca publicas nada a menos que alguien te etiquete, que es una vez cada milenio.

—Ni siquiera sabía que tenías un perfil.

Frunció las cejas.

—Ah... Conque me has buscado.

—Sí.

—¿Quién es la acosadora ahora?

—No me hagas hablar de acoso, D. H. Hennessey. ¿De qué es la «H», a todo esto?

—Es un secreto.

—Se te dan bien.

—Auch —dijo, y me dio un golpecito juguetón en la costilla.

—¿Te encuentras bien hoy?

—Oh, no. No me digas que vas a empezar a preguntarme si me encuentro bien cada hora... como hace mi madre.

—Procuraré no ser un incordio al respecto.

—Me encuentro genial. De hecho, no recuerdo la última vez que me sentí tan bien.

—Yo tampoco.

—Bueno, ¿quién era ese que estaba tan pegado a ti?

—Tenía la esperanza de que lo dejaras pasar.

—No has tenido esa suerte, cariño.

—Se llama Craig. Actúa con mi hermana.

—Ya veo. Bueno, le faltó poco para hacerme perder la cabeza. Estaba preparado para atravesar el país en avión.

Decidí meterme con él.

—Me pidió que saliera con él. Pero estaba demasiado obsesionada con otra persona que no paraba de rechazarme como para considerarlo.

—Esa otra persona era un puto idiota.

—Sí, pero tenía sus razones. Es un buen chico.

—No es tan bueno. Ahora mismo quiere hacerte cosas muy malas.

—Puede hacer lo que quiera.

—No digas eso si no vas en serio.

—Ya me has hecho de todo en mi imaginación. Ha sido un año largo.

—Mierda. ¿En serio? ¿Qué demonios te he estado haciendo sin que me diera cuenta? ¿Es posible estar celoso de tu yo imaginario? Quiero darle una paliza. Cabrón asqueroso.

—Él y yo... hemos pasado muchos momentos buenos.

—Bueno, a partir de hoy está fuera.

Le tiré del pelo.

—Igual deberíamos levantarnos del suelo en algún momento, ¿no?

—Nunca volveré a ver este suelo igual.

—¿Por qué no voy a casa y recojo algunas cosas? No esperaba pasar la noche aquí, la verdad.

—¿Me repites para qué habías venido? —Se rio.

—Venía para darte el sermón.

—Bueno, me alegro de que al final me dieras otra cosa.

Cuando volví a mi apartamento para recoger algo de ropa, mi móvil vibró para indicarme que había recibido un correo electrónico. Era una notificación de la página de citas diciéndome que había recibido un nuevo mensaje.

Era del Damien *online*.

Chelsea:

Perdón por haberte dejado plantada aquel día en el Starbucks de Powell Street.

Te escribo para que sepas que desde hoy voy a cancelar mi cuenta, por lo que no volverás a verme por aquí.

Esta noche he tenido el mejor sexo de mi vida. Ha sido con mi mejor amiga. Y ha sido una puta pasada.

Debería haberla escuchado hace semanas cuando me pidió COLLAR.

18
BAÑOS Y CASAS EN EL ÁRBOL

Decir que estábamos recuperando el tiempo perdido era decir poco.

Durante las siguientes semanas, Damien y yo fuimos inseparables. Mi insaciable hombre insistía en que pasara todas las noches en su apartamento. Para pesar de Dudley y Drewfus, seguían teniendo prohibido subirse a la cama ahora que yo era un elemento permanente en ella.

Damien y yo todavía no habíamos tenido ninguna conversación seria en cuanto a su enfermedad cardíaca. Seguía siendo un tema tabú. Creo que, durante un tiempo, necesitábamos disfrutar el uno del otro sin el estrés de pensar en nada más. Al fin y al cabo, su preocupación por los «¿y si...?» ya nos había mantenido separados demasiado tiempo.

El sexo era nuestra distracción. Nos habíamos vuelto adictos a él. Nunca había tenido tanto sexo en mi vida y, sin embargo, seguía sin saciarme de él. Contaba los minutos en el trabajo para poder volver a su casa, donde ya estaría completamente erecto y esperándome.

Damien y yo también habíamos desarrollado una afinidad por la fornicación espontánea en lugares públicos. Quizá se debía a nuestro casi accidente en el baño de Diamondback's.

Un sábado por la tarde íbamos en coche a San José a visitar a su madre (era la primera vez que la iba a ver en persona) cuando Damien me miró desde el lado del conductor, una mirada que conocía muy bien.

—Quiero penetrar esa boca tan bonita. —Me apretó el muslo—. Es imposible que pueda mantener las manos lejos de ti hasta esta noche.

—No te queda más remedio. No creo que a tu madre le siente bien que nos excusemos para escabullirnos al dormitorio y echar uno rápido.

—Necesito algo antes de llegar.

—Podría chupártela mientras conduces.

Gruñó.

—Me encantaría, pero ni de broma. Tendrías que quitarte el cinturón de seguridad. Estamparía el coche. Nunca me lo perdonaría si tuviéramos un accidente mientras me la chupas sin cinturón. —Se removió en el asiento—. Me cago en la puta. Ni siquiera es seguro que conduzca mientras *pienso* en ti chupándomela.

Le pasé la mano por la erección que le sobresalía de los vaqueros.

—No pienses y conduce.

—No. No puedo pensar en tu boca húmeda alrededor de mi pene cuando estoy al volante. Pero ahora que también me has tocado es demasiado tarde. —De repente, se detuvo en un área de descanso con una estación de servicio.

—¿Qué haces?

—Me ha entrado hambre de repente.

—¿De qué? —bromeé.

—De tu culo.

—Estás loco.

—Solo un pequeño tentempié.

—Tú no haces nada *pequeño*, Damien.

—Entra tú primero. Luego te sigo yo cuando la cajera no esté prestando atención.

Me abrí paso entre los pasillos de patatas fritas y caramelos y me aferré a la esperanza de que la cajera no se diera cuenta de que había entrado en el baño unisex.

Me miré en el espejo y me reí de mi cara roja. Un minuto después, en mi reflejo, vi cómo Damien abría la puerta a mis espaldas. Mis pezones se endurecieron por la anticipación.

Con su pecho apretado contra mi espalda, empezó a devorarme el cuello al instante. Apoyando las manos en el lavabo para mantener el equilibrio, nos miré en el espejo. Damien gimió mientras me levantaba el vestido y admiraba mi culo. Me encantaba ver la expresión de desesperación que se le reflejaba en el rostro. No había nada más excitante que ver cuánto me deseaba.

La hebilla de su cinturón sonó cuando se desabrochó los pantalones y los dejó caer hasta la mitad de las piernas. En cuestión de segundos, sentí su grueso miembro empujando dentro de mí con facilidad debido a lo mojada que estaba. Toda aquella charla en el coche me había puesto muy cachonda.

—Alguien estaba preparada —bromeó—. Joder, estás chorreando. —Se deslizó lentamente dentro y fuera de mí.

Asentí en silencio y empujé las caderas hacia él.

—Siempre estoy preparada para ti.

—Me encanta —ronroneó.

Los ojos de Damien ardían mientras me miraba fijamente a través del espejo. Esbozó una leve sonrisa mientras me penetraba con más fuerza. Le gustaba ver cómo perdía el control tanto como a mí me gustaba verlo a él.

—Mira lo preciosa que estás cuando estoy dentro de ti, lo rosadas que tienes las mejillas. —Me dio una palmada en el culo—. Estas mejillas también.

—Me encanta cuando haces eso.

—No me quites los ojos de encima —exigió—. Me gusta que me mires cuando te corres. —A través del espejo, nuestros ojos permanecieron fijos el uno en el otro mientras seguía penetrándome.

Cuando alguien llamó a la puerta, Damien me tapó la boca con la mano y gritó:

—¡Un momento!

—Mierda —dije.

—Que le den —me susurró al oído—. Tómate tu tiempo. No nos iremos hasta que te corras. Te esperaré.

Agarrándome de las caderas, me guio sobre su miembro con una precisión suave hasta que me olvidé por completo de que había alguien esperándonos. Mis músculos palpitaron a su alrededor. Vi cómo ponía los ojos en blanco a medida que su esperma caliente salía disparado dentro de mí. Nunca me cansaría de esto.

Me dio la vuelta.

—Me matas, Chelsea.

—Será mejor que salgamos de aquí.

Seguí a Damien fuera del baño mientras hacíamos nuestro mini paseo de la vergüenza hasta su camioneta. Todos los ojos de la tienda estaban puestos en nosotros.

Valió la pena cada pizca de vergüenza.

Nos detuvimos ante una pequeña casa de estuco gris.

La calle en la que Damien creció, en el barrio Willow Glen de San José, era tranquila y residencial.

Me sudaban las palmas de las manos mientras me frotaba una con la otra.

Damien me puso la mano en la pierna para que dejara de moverla de arriba abajo.

—¿Estás nerviosa? No lo estés.

—Lo estoy. Mucho.

—Te va a adorar.

—¿Cómo lo sabes?

—Porque *yo* te adoro.

—Yo también te adoro.

—Ya le he hablado mucho de ti. Así que es como si ya te conociera.

—¿Desde cuándo me conoce?

—Le hablaba de ti antes de que estuviéramos juntos.

—¿En serio?

—Sí.

El corazón me latía con fuerza cuando salimos del coche.

La madre de Damien abrió la puerta con un perrito aullando a sus pies. Era mucho más guapa de lo que recordaba de la única foto que me había enseñado Damien. Estaba claro que tanto Damien como Tyler habían sacado el físico de ella.

Sonrió a Damien antes de mirarme a mí.

Él habló primero.

—Chelsea, ella es mi madre, Monica.

Me dio la mano. La mía me temblaba un poco cuando se la extendí.

—Lo siento. Estoy muy nerviosa.

—Yo también. —Sonrió. El hecho de que ella también pareciera nerviosa me reconfortó un poco.

—¿De verdad?

—Sí. Pues claro que lo estoy. —Le sonrió a Damien—. ¿Qué tal el viaje?

Damien me miró con picardía.

—Más que perfecto.

Sentí que se me calentaba la cara.

—Bien —contestó—. Bueno, he hecho tu lasaña de salchichas favorita para comer. Espero que tengas hambre.

—Me muero de hambre —afirmó.

—¿Por qué no le enseñas la casa a Chelsea? Voy a la cocina a ver cómo va el horno.

En un intento por calmar mi nerviosismo, Damien me recorrió el brazo con las yemas de los dedos y me dio un beso en la mejilla.

La decoración era muy bohemia, con muchos estampados de colores brillantes. A pesar de su carácter tímido, el estilo de Monica parecía muy aventurero e indicaba un espíritu libre. Damien había mencionado que, aunque no era muy religiosa, su madre era bastante espiritual.

Me fijé en unas fotos familiares que había sobre una mesa y me dirigí al salón. Damien me siguió y me arrebató un marco de la mano justo cuando lo estaba alzando.

—No puedes ver eso.

—¿Por qué?

Le dio la vuelta de mala gana para enseñármelo. Era una foto de dos chicos, supuestamente Damien y Tyler. Damien estaba bastante... regordete.

—Eras muy bonito.

—Parece que estoy a punto de comerme a Tyler.

—Nunca me contaste que de niño pesabas más.

—Bueno, esto fue antes de que aprendiera que lo suyo era dejar de comer cuando estás lleno.

—Creo que estás adorable.

—¿Qué vas a decir si no?

—Lo digo en serio.

Dejé la foto y alcancé otra: la de la boda de sus padres.

—Vaya, tus padres son impresionantes. No me extraña que seas tan guapo. —Ahora que había visto al padre de Damien, me di cuenta de que en realidad se parecía mucho a él en la cara, a pesar de tener la tez de su madre.

Damien me quitó la foto.

—Estaban muy enamorados. No había un día en el que mi padre no estuviera enganchado a ella. Tyler y yo tuvimos que apartar la mirada muchas veces.

—Así es como debería ser.

—No me cabe duda de que seguiría siendo así si él estuviera aquí.

Monica entró en la habitación.

—Todavía *está* aquí. Siento su presencia todos los días.

No me había dado cuenta de que nos había estado escuchando.

—No es lo mismo, claro está —continuó—, pero sigue estando aquí.

Se me encogió el corazón cuando Damien rodeó a su madre con el brazo y le dio un beso en la frente. Sabía que deseaba que siguiera adelante con su vida, pero también me había explicado que ya no discutía con ella por eso, porque solo parecía causarle estrés.

Nos sentamos a comer tranquilamente en el porche. Monica había preparado mojitos con menta fresca y fresas. Tuve que parar después de uno porque el ron se me estaba subiendo a la cabeza. No quería decir ni hacer nada estúpido delante de ella.

—Tienes un jardín precioso —dije al tiempo que miraba el patio.

—Gracias. La menta también está recién cosechada.

—Le gusta la jardinería —comentó Damien.

—Me siento muy cerca de Raymond ahí fuera, en la naturaleza. Lo veo en todo; en el viento, en las mariposas que se posan sobre mí cuando estoy fuera, en los cardenales rojos que vuelan sobre mi cabeza.

Escucharla me partía el corazón, a pesar de que parecía haber encontrado consuelo a su manera.

—Creo que es maravilloso lo enamorada que estás de tu marido.

—Solo se tiene un amor verdadero, un alma gemela. No todo el mundo tiene la suerte de encontrar a esa persona en la vida. —Se volvió hacia Damien—. Mi mayor deseo es que cada uno de mis hijos encuentre a la persona que está destinada a estar con ellos. —Miró las manos entrelazadas de Damien y mías—. Creo de todo corazón que Damien lo ha hecho.

Mirándola mientras hablaba, dije:

—Gracias. No tengo ninguna duda de que él es *mi* persona. No puedo explicarlo. Fue una sensación que tuve muy pronto. Incluso cuando me rechazaba constantemente siempre sentí una fuerte conexión.

Su madre asintió.

—De eso se trata. Intuición. Temía que Damien nunca se permitiera experimentar esto. Sé que hace poco que te enteraste de su enfermedad cardíaca genética. Mi marido nunca supo que la tenía. En muchos sentidos, fue una bendición. Nunca tuvo que vivir con miedo. Al mismo tiempo, nunca tuvo la oportunidad de hacer nada para evitar que lo matara. La falta de conocimiento fue un arma de doble filo.

Damien parecía tenso cuando me soltó la mano.

—Lo que mi madre intenta decir, Chelsea, es que cree que debería someterme a la operación que recomiendan mis médicos.

Monica apoyó la mano en el antebrazo tatuado de Damien.

—Creo que deberías hacer lo que sea necesario para asegurarte la mayor esperanza de vida, sí.

De repente sentí náuseas. En ese momento, me di cuenta de que llevaba un tiempo bloqueando a propósito todo lo que tuviera que ver con la enfermedad de Damien. Me había dicho que algunos días se encontraba muy bien, mientras que otros tardaba poco en cansarse. A veces también le costaba respirar. Pero los días buenos abundaban más que los malos. Sin embargo, antes de conocer su diagnóstico, no había sospechado ni una sola vez que algo fuera mal, ya que era muy activo y viril. Lo disimulaba muy bien y nunca se quejaba; eso me ayudaba a vivir negándolo.

Aun así, aunque se cuidaba bastante, no había mucho que pudiera hacer por su cuenta para evitar que ocurriera algo malo.

—Chelsea y yo no lo hemos discutido, la verdad. Por ahora hemos estado intentando disfrutar de estar juntos durante un tiempo sin preocuparnos por las cosas serias.

—Bueno, sabréis cuándo es el momento adecuado para tener esa conversación. —Me miró—. Perdón por haber ensombrecido el ambiente. No era mi intención. Gracias por hacer feliz a mi hijo.

—Gracias. Él me hace muy feliz.

Damien masticó el hielo que le sobró de su bebida y enseguida cambió el tema de conversación.

—¿Quieres ir a ver la casa del árbol?

Abrí los ojos de par en par.

—¿La casa del árbol?

—Sí. Tyler y yo la construimos con nuestro padre. Estaba terminada en un noventa por ciento cuando murió. La terminamos nosotros unos años más tarde y nos dejamos la piel. Ha quedado genial.

—Es más como una guarida para hombres en el cielo. —Monica sonrió.

—Me encantaría verla.

Damien me llevó al lateral de la casa, donde una magnífica estructura de madera reposaba en medio de un árbol gigante. La casa del árbol tenía incluso ventanas. Una larga escalera de cuerda colgaba debajo. Parecía literalmente una casa pequeña.

Dentro había una cama con un edredón de cuadros y un pequeño sofá enfrente. Había una lámpara enchufada a una toma de corriente. Había un televisor y un reproductor de DVD.

—¿Hay electricidad?

—Claro. Si no, ¿cómo iba a colarme aquí para ver porno?

—¿Eso es lo que hacías aquí?

—Tyler y yo aprovechamos bien este sitio durante la adolescencia.

—Vale. No necesito saber más.

Se rio.

—¿Sabes lo que pienso?

—¿Qué?

—Que me gustaría estrenarlo contigo ahora mismo.

—No puedo con tu madre justo abajo.

—Pues vamos a tener que encontrar la forma de hacerlo, porque no puedo pasarme todo el fin de semana sin tenerte. A lo mejor después de que se vaya a dormir puedes escabullirte hasta aquí para hacerme una visita.

Íbamos a pasar la noche aquí en San José. El plan era que yo me quedara en el antiguo dormitorio de Tyler, y había asumido que Damien dormiría en su habitación, dentro de la casa.

—¿Vas a dormir en la casa del árbol?

—Sí. Aquí arriba se está muy tranquilo por la noche. Mi segundo lugar favorito en el mundo.

—¿Tu segundo favorito?

—Dentro de ti siempre es mi número uno. —Me guiñó un ojo mientras me acercaba a él.

—Debería haberlo sabido.

Más avanzada la noche, le di las buenas noches a Monica y me retiré a la habitación de invitados después de que Damien nos diera un beso a las dos y se dirigiera a la casa del árbol.

Una hora después, me mandó un mensaje.

Damien: Trae tu precioso culo hasta aquí.

Chelsea: ¿Y si tu madre me descubre yéndome?

Damien: Mi madre sabe que nos acostamos. No es tonta. Somos adultos.

Chelsea: Vale. ¿Hay suficiente luz para que vea por dónde voy?

Damien: No te preocupes. Me aseguraré de que subas sin problemas.

Damien sostuvo una linterna en la entrada de la casa del árbol para que pudiera subir sin caerme.

Tras trepar por la escalera, me estrechó entre sus brazos.

—Parece que hace siglos que no te toco.

—Bueno, no todos los días estamos bajo la atenta mirada de tu madre.

Damien me dio un apretón en el culo mientras me besaba. Después de soltar lentamente mi labio inferior, dijo:

—A mi madre le gustas mucho.

Me aparté para examinarle la cara.

—¿Te lo ha dicho?

—No ha hecho falta. Lo sé por cómo te miraba. Sonreía y estaba atenta mientras hablaba contigo. Eso es raro. Básicamente, ve todas las cosas que veo yo. Eres muy real, y lo aprecia.

—Qué alivio.

Sus ojos bajaron de mi pecho a mis piernas.

—Y aprecio que ahora mismo parezcas un sueño adolescente con estos pantalones diminutos.

—Bueno, me estoy colando en la casa del árbol de un chico. Tenía que estar sexi.

—Me pasé muchas noches en esta casa del árbol fantaseando con mujeres imaginarias que no te llegaban ni a la suela del zapato.

—¿Sabes? Cuando nos conocimos no pensaba que fuera a ser tu tipo. Deslizó su dedo bajo el tirante de mi camiseta.

—¿Por qué pensaste eso?

—No me parezco en nada a Jenna ni a las otras chicas con las que te he visto. —Solo de pensarlo me entraron escalofríos—. No tengo unas tetas enormes ni un culo grande ni llevo mucho maquillaje.

—Nunca he tenido un tipo. ¿Y sinceramente? Desde la primera noche que quedamos, solo fantaseaba con la rubia hermosa y ágil que vivía al lado. —Me pasó las manos por el pelo—. Me preguntaba cómo sería pasar mis dedos entre tu pelo. —Bajó la boca hasta mi cuello—. Cómo sería chupar esto... —Me mordió la piel con suavidad antes de quitarme la camiseta—. A qué sabrían estas tetas. —Tras inclinarse, se llevó el pezón a la boca y chupó con fuerza antes de trazar una línea con la lengua hasta mi ombligo lentamente—. Cómo sería tocar con la punta de la lengua los surcos de este pequeño ombligo. —Mientras continuaba hasta arrodillarse, dijo—: No me hagas hablar de este ombligo. He *pintado* este ombligo. Eso es lo mucho que me gusta.

—¿En serio?

Lo acarició con la punta de los dedos.

—Sí. Te lo enseñaré algún día.

Le pasé los dedos por el pelo mientras permanecía de rodillas. Luego me deslizó los pantalones por las piernas.

—¿Sabes lo que me gusta de ti, Damien?

Me miró, mostrando una sonrisa ladeada.

—¿Mi enorme pene?

—No iba a decir eso, pero sinceramente has superado con creces mis expectativas en ese aspecto. La primera vez que nos acostamos, juro que pensé que tu pene era tan ancho como una lata de Coca-Cola.

Damien inclinó la cabeza hacia atrás, riéndose.

—Te refieres a una lata de Coca-Cola de 33 centilitros, ¿verdad? La alta.

—Claro.

Me dio un beso en el vientre.

—Te he interrumpido. Estabas a punto de decirme lo que te gusta de mí.

—Oh. —Hice una pausa—. Todo. Eso era lo que iba a decir.

Me miró con una expresión diabólica, y supe que esta noche me la iba a devolver.

Damien se levantó.

—¿Qué quieres hacer esta noche?

—Quiero que me rechaces hasta que no pueda más.

—Pareces muy inocente cuando se te conoce por primera vez, pero eres un poco masoquista. Me encanta. —Se recostó en la cama y señaló la pared de enfrente—. Ponte ahí.

Completamente desnuda, me apoyé en ella. Tenía los pezones duros como el acero mientras veía a Damien quitarse los calzoncillos. Su miembro, duro como una roca, estaba completamente erecto, reluciente por el líquido preseminal. Se me hizo la boca agua a medida que mis ojos viajaban desde sus abdominales desnudos hasta su pene. Había visto su cuerpo desvestido muchas veces, pero nunca dejaba de sorprenderme lo hermoso que era completamente desnudo.

«Esto iba a ser bueno».

«Me encantan los jueguecitos a los que jugábamos».

—Abre las piernas. Quiero verte. Luego pon las manos junto a las rodillas. No puedes tocarte. Quiero que me mires mientras me masturbo con tu dulce sexo.

Damien se rodeó el pene con la mano y empezó a acariciarse mientras me miraba fijamente. La necesidad de frotarme el clítoris era enorme. Apretando los músculos internos, moví las caderas en un débil intento de satisfacerme sin usar las manos. Sabía que no iba a durar mucho hasta que le suplicara. Sin embargo, la espera, el desafío, eran precisamente el objetivo. Cuanto más durara la espera, mayor sería la recompensa.

—Mierda, veo lo mojada que estás desde aquí. —Se masturbó con más fuerza—. ¿Ves lo que me estás haciendo?

—Sí.

—Ven aquí y lámelo.

Me acerqué a él y le chupé todo el líquido preseminal seco de la punta. Saborearlo solo hizo que los músculos me palpitaran con más fuerza entre las piernas. No iba a tardar mucho en necesitar alivio. Cuando empecé a chupársela, me detuvo.

—Esto acabará en diez segundos como sigas así. Y tengo muchas ganas de correrme dentro de ti. Así que, no.

—Necesito tocarme.

—Todavía no. Todavía no estás lista. Vuelve a la pared.

Por mucho que lo necesitara, Damien sabía que en secreto me encantaba esta sensación de desesperación. Más que eso, me encantaba la intensidad del momento en el que cedía por fin.

Esta vez, Damien se levantó de la cama y se puso delante de mí mientras se masturbaba. Ver de cerca cómo se tocaba con sus abdominales de fondo no hizo más que enloquecerme más. Cuando por fin me besó, hambriento, el beso se comió parte de mi frustración. Cuando lo interrumpió, pero continuó el juego, mi cuerpo empezó a estremecerse ante la necesidad de que volviera el contacto. Siempre que comenzaba a temblar, él sabía que había llegado a mi límite.

—Date la vuelta y toca la pared.

Mi cuerpo zumbó de excitación cuando sentí el calor de su pecho contra mi espalda, un preludio de lo que sabía que no tardaría en llegar.

En cuestión de segundos, sentí el ardor lento de su miembro hinchado hundiéndose en mi interior. Estaba tan excitada que necesitaba liberarme, pero aguanté todo lo que pude.

Penetrándome tan fuerte hasta el punto de sentir dolor, me susurró al oído:

—Córrete sobre mi pene. Vamos. —Estábamos tan sincronizados a nivel sexual que siempre parecía saber cuándo estaba al borde del colapso.

En cuanto lo dejé ir, Damien liberó su carga dentro de mí. Nos quedamos jadeando, apoyados contra la pared hasta que el movimiento de nuestras caderas se detuvo lentamente.

Sentía el cuerpo totalmente flojo. Damien seguía dentro de mí, con la boca apoyada en mi piel. Una gota de sudor corrió desde su frente hasta mi nuca. Nuestras respiraciones y el susurro de las hojas eran los únicos sonidos que quedaban.

Era la felicidad.

19

ÁTICO

Durante bastante tiempo, Damien y yo vivimos en una fase de negación repleta de sexo. Esta que llegó a su fin una noche, cuando una cena llena de incidentes en casa de mis padres, en Sausalito, nos devolvió a la realidad.

A mi madre y mi padre no les sorprendió cuando les dije que Damien y yo estábamos juntos. Por lo visto, después del desastroso desenlace del día de la mudanza, llevaban un tiempo sospechando que mi historia con él no se había terminado. Les conté todo lo que había pasado desde entonces y recibieron a Damien con los brazos abiertos.

Mi hermana, Claire, y su marido Micah, también habían venido a cenar aquella noche. En un momento durante el postre, Micah chocó el tenedor contra un vaso y nos pidió a todos los comensales que prestáramos atención.

Claire se aclaró la garganta y me miró directamente.

—Bueno, tenemos que anunciaros algo especial.

Me quedé boquiabierta, ya que tenía la sensación de que sabía lo que iba a pasar.

—¡Estamos embarazados! —gritó Micah con alegría mientras le acariciaba la espalda a mi hermana.

No pude evitar romper a llorar, y me levanté de la silla al instante para darles un abrazo. Era algo importante. Era la primera de nosotras en ser madre y yo iba a ser tía. Me vinieron a la mente imágenes de piernas regordetas, pedorretas y sonrisas grandes sin dientes. Estaba muy emocionada por ellos y por todos nosotros. Aun así, me sorprendió que la noticia me hiciera llorar con tanta facilidad. Era un momento más emotivo de lo que me hubiera imaginado jamás.

—Me alegro mucho por ti, Claire. Te quiero muchísimo. Sé que vas a ser la mejor madre del mundo.

Mis padres y yo nos turnamos para abrazar a Claire y a Micah. Todos empezaron a pensar en posibles nombres para el bebé. Mi hermana llamó a Jade para que pudiéramos hablar por FaceTime. Jade también se echó a llorar cuando se enteró de la noticia.

Estaba tan absorta con tanta emoción que ni siquiera me había percatado de la silla vacía.

Damien había desaparecido. Al principio no le di importancia, pero cada minuto que pasaba su ausencia me resultaba más y más desconcertante.

Tras confirmar que no estaba en el baño, salí a la parte trasera de la casa y lo encontré solo en el patio. Hacía frío y lloviznaba, no hacía buena noche para estar fuera. Qué extraño.

—¿Damien? ¿Estás bien?

Se dio la vuelta, y tenía un aspecto sombrío.

—Sí.

Mi estado de ánimo había pasado de la felicidad de hacía unos minutos al pánico.

—¿Qué haces aquí fuera? —Como no respondió, añadí—: Me estás asustando.

Nunca conseguía alejarme demasiado del recuerdo del cambio de opinión de Elec. Por mucho que supiera que a Damien le importaba de verdad, mi experiencia me había condicionado a esperar que algo saliera mal cuando todo parecía ir perfecto.

—Tenemos que alejarnos de aquí y hablar en privado.

Me tragué el nudo que se me había formado en la garganta y asentí.

—Vale. Vámonos, entonces.

Nerviosa, volví dentro para agarrar el bolso y la chaqueta y me despedí de mis padres y de mi hermana mientras que Damien me esperaba fuera en la camioneta. Me inventé la excusa de que se encontraba un poco mal del estómago cuando en realidad era yo la que lo tenía revuelto.

Mientras Damien conducía por el puente Golden Gate, yo estaba en el asiento del copiloto mirando las gotas de llovizna que se acumulaban en la ventanilla. Con náuseas, me volví hacia él y examiné su expresión. Parecía preocupado y no apartaba los ojos de la carretera. No sabía hacia dónde se estaba dirigiendo hasta que giró en dirección a nuestro barrio.

Una vez dentro de su apartamento, todo estaba en silencio, ya que los Doble D estaban con Jenna.

Damien se apoyó en la encimera de la cocina con ambas manos.

—Siento haberte asustado, pero creo que esta conversación no se puede aplazar más.

Tenía el pecho agitado. Ahora que sabía lo de su corazón, me daba miedo cada vez que Damien parecía estresado. Quería que se calmara.

—¿Qué te ha pasado esta noche?

Soltó un largo suspiro.

—Cuando vi cómo reaccionaste a la noticia de tu hermana, caí en lo mucho que te perderías por estar conmigo.

—¿A qué te refieres?

Respondió tras una pausa que pareció interminable.

—No puedo tener hijos, Chelsea.

«¿Qué?».

—¿A qué te refieres?

—En plan, físicamente puedo tenerlos, pero sinceramente no puedo ser el padre de un niño sabiendo que hay un cincuenta por ciento de posibilidades de que pueda transmitirle mi cardiopatía. *Cincuenta por ciento* —repitió—. Sería egoísta, y si lo ignorara y alguna vez le pasara algo a mi hijo, nunca podría vivir conmigo mismo.

Aunque había leído sobre lo de las probabilidades, nunca me había planteado que él no quisiera correr el riesgo. Oírle admitir lo que sentía fue tan aleccionador como desgarrador.

Cuando me quedé callada, continuó.

—Nunca habíamos hablado de esto, y deberíamos haberlo hecho. Fue una de las razones por las que intenté evitar salir contigo. Cuando decía que no quería tener hijos, lo decía en serio. Solo que entonces no entendías por qué.

Sentí como si el capullo de seguridad de la negación que había construido mentalmente durante las últimas semanas empezara a deshacerse. Era devastador, pero no podía imaginarme la vida sin él. Ya no. Nunca más.

No sabía cómo expresar mis sentimientos; no me salían las palabras.

—Lo siento —susurró.

—No pasa nada.

—Pero es que... lo que sé que debo hacer y lo que quiero se contradicen totalmente. Digo que no quiero tener hijos, pero no hay nada que *desee* más que ver algún día cómo tu vientre se hincha porque mi bebé está creciendo dentro de ti. Me muero por sostener a nuestro bebé en brazos. Pero no puedo hacerlo. Y *tú* te mereces experimentarlo. Tomé la decisión egoísta de ceder ante mis sentimientos por ti antes de tener esta discusión. No puedo decir que me arrepienta, pero al mismo tiempo no creo que realmente entiendas en lo que te estás metiendo. Tendría que haber iniciado esta conversación hace mucho tiempo.

«¿Pensaría que estoy loca si admito que prefiero tenerlo a él?».

—No voy a mentirte. Me encantaría tener hijos, pero no quiero tenerlos con otra persona. Hay muchos niños que necesitan que los adopten. Podríamos hacer eso. Siento que te necesito *a ti* para respirar. Y entiendo tu razonamiento y por qué no quieres arriesgarte. Así que, si me dan a elegir entre hijos biológicos y tú... te elijo a ti. Y no tengo ni que pensármelo dos veces.

—¿Cómo es posible que lo digas en serio?

—No es el escenario perfecto. Es doloroso. Pero no me cuesta elegir. Puedo vivir sin hijos. *No* puedo vivir sin ti.

Esperaba no parecer desesperada; era la pura verdad.

Me dio un abrazo larguísimo. Respiraba de forma agitada, como si no se hubiera esperado mi respuesta, como si se sintiera aliviado y en conflicto al mismo tiempo.

Me soltó.

—Te voy a decir lo que me preocupa, ¿vale? —dijo—. Y escúchame.

—Vale.

—Digamos que nunca tenemos hijos biológicos y me pasa algo... pero es demasiado tarde para que tengas hijos y también me has perdido a mí. ¿Entonces qué?

—No pienses así.

—Es una posibilidad muy real.

Me negué a pensar en ello.

—No.

—¿Quieres saber lo peor de todo? Me encantaría decirte que, si me pasa algo, quiero que conozcas a otra persona, que pases página, que te vuelvas a enamorar, pero aquí es donde entra el imbécil egoísta que soy. Una de las razones por las que no quiero morir es porque no quiero que nadie más te tenga. Por mucho que critique a mi madre por lo fiel que le es a mi padre, mataría por que tú sintieras lo mismo por mí. Solo quiero que tengas ojos para mí. ¿Es retorcido? Me aterra que te acabes olvidando de mí.

—Eso no va a pasar nunca.

—Antes me asustaba la perspectiva de morir, pero lo había llegado a aceptar, me pasaba los días pintando cuadros de todos los lugares que creía que nunca llegaría a ver. Pero ahora las cosas han cambiado. Parece que ya no puedo aceptarlo. Ahora solo quiero vivir. Mis ganas de vivir son más fuertes que mi miedo a la muerte... gracias a ti. Tú eres la razón por la que tengo tantas ganas de vivir.

Mi corazón se llenó de demasiadas emociones cuando escuché su confesión. No tenía ninguna duda de que amaba a este hombre más que a nada en el mundo. Me había dejado sin palabras y, a pesar de todo lo que debería haber dicho, intenté bromear.

—Y lo dice el mismo que solía endorsarme a otros hombres.

—En realidad nunca quise eso. Hice todo lo que pude de forma inconsciente para estropear esos esfuerzos, lo que supongo que era contraproducente. Ahora que te tengo, no entiendo cómo intenté apartarte de esa manera.

—Bueno, no puedes apartarme porque eres parte de mí. No es posible.

—Estás loca, Chelsea, por querer una vida conmigo a estas alturas. Gracias a Dios por ti. Le doy gracias a Dios por ti todos los días. —Me besó con fuerza y luego dijo—: Quiero que vengas conmigo a mi próxima cita con el médico. Quiero tu opinión. Creo que por ahora voy a aplazar la operación. Pero mantengo la mente abierta al respecto.

—Quiero saber todo lo que hay que saber. No quiero que me ocultes nada, sobre todo los días que no te encuentres bien, y quiero ir a esas citas. Así que, sí, por favor, asegúrate de incluirme.

—De acuerdo.

—No más secretos, Damien.

—No más secretos.

—¿Qué significa la «H», entonces?

Me hizo cosquillas bajo el brazo.

—Buen intento. Ese es la excepción.

Le lancé un cojín de forma juguetona.

—Venga ya.

Mi apartamento al otro lado de la ciudad no era más que un almacén glorificado ahora que pasaba todo el tiempo en casa de Damien.

El antiguo apartamento de al lado seguía vacío. Damien no podía enseñárselo a posibles inquilinos con el unicornio gigante en la pared.

Así pues, teníamos que decidir si iba a intentar anular el contrato de alquiler para volver a mi antigua casa o si me iba a mudar con Damien de forma permanente. Si bien es cierto que básicamente estábamos viviendo juntos, no me había pedido exactamente que viviera con él. Sin embargo, no iba a ser yo quien abordara el tema.

Jade y yo estábamos hablando de eso por teléfono una tarde mientras Damien estaba fuera con los perros.

—¿Tienes un cepillo de dientes ahí? —preguntó.

—Sí.

—Entonces estás viviendo con él.

—Supongo que sí... extraoficialmente.

—Pensaba quedarme contigo cuando volviera a casa después de Año Nuevo, pero igual me quedo mejor con mamá y papá.

—¿Por qué?

—No quiero molestar si estás ahí con él. Tenía muchas ganas de ir en Navidad, pero la gente va más a ver la función durante las fiestas, ya que todo el mundo está de visita en la ciudad. No quieren que los suplentes actúen durante las horas punta. Así que ninguno de los protagonistas puede irse de vacaciones. Era imposible escaparme.

—A Damien no le importaría que te quedaras aquí, pero todavía tengo alquilado el otro apartamento. Podemos quedarnos allí juntas y tener una semana de chicas.

—Igual debería quedarme con el hermano sexi —bromeó.

Jade ni siquiera sabía cómo era Tyler. Basaba su opinión en lo que le había dicho sobre su parecido con Damien. También sabía que él era actor.

—No me cabe duda de que a Tyler le encantaría. Aunque me parece que ahora está saliendo con alguien. Supuestamente voy a conocerla en Navidad.

—Bueno, entonces cancela ese plan.

—Sí, puede que no le guste que una rubia preciosa de metro ochenta que parece una modelo conviva con su novio.

—No sería la primera vez que conviviría con un chico y una chica —contestó Jade—. Salvo que en ese escenario yo fui la novia que acabó jodida.

—Menudo imbécil.

—No quiero hablar de él. Cambia de tema.

—Vale... Bueno, volviendo a lo de mi convivencia con Damien, no quiero asumir que es oficial, así que vamos a planear que te quedes conmigo en mi casa cuando vengas de visita.

—Vale. Suena bien.

Tres semanas más tarde, Damien daría a conocer por fin cómo estaba la situación en cuanto a lo de que yo viviera en su casa.

Había estado disfrutando de pasar tiempo allí sin tener expectativas en cuanto al tiempo que iba a durar. No era raro que me despertara por la mañana con la cara de Damien entre mis piernas. Me encantaba levantarme de la cama los fines de semana y desayunar con él y los perros. Me encantaba todo lo relacionado con pasar tiempo con él, y no me importaba si le ponía una etiqueta.

Una cosa que había aprendido con el tiempo sobre Damien era que, cuando hacía algo importante o tomaba una decisión grande, normalmente lo hacía de forma espontánea. Por ejemplo, la primera vez que hicimos el amor, cuando me lo encontré pintando la pared.

Así pues, cuando por fin decidió reconocer nuestra situación en cuanto a la convivencia, tampoco lo hizo de una forma que hubiera podido predecir.

Una tarde, volví a su apartamento después del trabajo y me encontré con un montón de escombros enorme donde antes estaba su despacho. Damien estaba con otros dos hombres y una máscara le cubría la cara. Había polvo por todas partes y la pared que separaba nuestros dos apartamentos había desaparecido por completo. Todo era un espacio enorme abierto.

—¿Damien? ¿Qué has hecho?

—Recogeremos tus cosas la semana que viene, cuando todo se calme. Hablé con tu casero y le mencioné algunas infracciones más que había visto en su propiedad. Dijo que estaría encantado de rescindir tu contrato. —Se quitó la máscara, esbozó una enorme sonrisa y señaló el enorme espacio que nos rodeaba—. Nos estoy haciendo una suite en el ático.

Y así fue como Damien me pidió que me mudara con él.

20
DEBAJO DEL MUÉRDAGO

Tuve que preguntarme en qué estaba pensando cuando insistí en organizar una reunión de Nochebuena en nuestra casa para algunos de nuestros amigos y familiares más cercanos. En aquel momento me pareció una idea estupenda, pero cuando solo quedaban tres horas para terminar de hacer todos los preparativos, me quise morir.

Este año había mucho que agradecer, y eso hizo que quisiera hacer algo para celebrarlo. Todo parecía estar yendo a nuestro favor. La última revisión de Damien tuvo buenos resultados y se encontraba bien la mayoría de los días.

El apartamento tenía un aspecto espectacular, perfecto para una fiesta. Damien se había encargado él mismo de la mayor parte de las obras de la reforma tras la demolición preliminar de las paredes. Ahora era básicamente un nidito de amor gigante. Había eliminado por completo mi antigua cocina, y ahora mi antiguo dormitorio formaba parte del salón. Nos quedamos con el otro cuarto de baño para tener uno extra, y había cerrado un área para convertirla en una pequeña habitación de invitados. Los perros también tenían más espacio para holgazanear por la casa.

La puerta se entreabrió y Damien metió un árbol de Navidad recién cortado. El aroma a pino fresco llenó el aire. De repente olía a Navidad.

—¡Es enorme!

—Gracias. Este árbol también lo es.

—En serio, ¡ese árbol es enorme!

—¿A estas alturas no sabes ya que lo hago todo a lo grande, cariño?

—Ya, pero no hacía falta uno *tan* grande.

—Todos los pequeños estaban agotados. La mayoría de la gente ya tiene su árbol de Navidad montado. Esto es lo que pasa cuando lo dejas para Nochebuena.

—Cierto. Hemos sido malos. Y además tengo que mandarte a la tienda otra vez porque se me han olvidado algunas cosas.

Después de dejar el árbol en un rincón, Damien se sacudió las manos.

—¿Dónde están los D?

—Están jugando con el papel de regalo en la otra habitación.

—Genial. A lo mejor me dejan que monte el árbol en paz.

—¿Vendrá Jenna a recogerlos antes de la fiesta?

—Se estaba comportando como una cabrona porque va a una fiesta, así que no estoy seguro de si vendrá.

—Pues que se queden. De todas formas, no estoy de humor para ver a tu ex en Navidad.

—Quiero que aparezca solo para que te vea en ese pequeño vestido blanco. Le va a salir humo por las orejas.

—¿Te gusta?

—Sí. Me encanta. De hecho, creo que la decoración del árbol tendrá que esperar.

—No tenemos tiempo.

—Sí que tenemos.

—No, no lo tenemos. Mira la hora.

—Joder. Está bien, pero voy a necesitar uno rápido más tarde cuando todo el mundo esté demasiado borracho como para darse cuenta de que nos hemos escabullido a la habitación.

—Estás mal de la olla.

—Hay una cosa terminada en «olla» que sé que te encanta.

—Sí, me encanta tu *olla*. Por cierto, necesito unos frutos secos variados para ponerlos en la mesa. Tampoco he comprado refrescos. No podemos tener solo alcohol y agua para beber y nada más. Así que trae latas de Sprite y Coca-Cola. En la tienda tienen las del logo de Navidad.

—Te doy una lata de Coca-Cola navideña ahora mismo.

—¿En qué momento se me ocurrió meterte esa idea en la cabeza?

—Acabas de decir «olla», «lata de Coca-Cola» y «cabeza» en los últimos treinta segundos. ¿Cómo diablos se supone que voy a centrarme en decorar un árbol?

Damien empezó a abrir los paquetes de bombillas y otros adornos que había comprado junto con las bolsas de espumillón. Iba a ser un árbol a medias, pero al menos tendríamos uno.

Necesitaba una copa de vino para relajarme mientras terminaba de preparar todos los aperitivos. Normalmente bebía vino blanco, pero como anoche Damien decidió abrir una botella de tinto, me eché de ese. No sabía cómo, pero la botella se me resbaló de las manos, cayó al suelo y salpicó vino tinto por todo mi vestido blanco nuevo.

—¡Mierda!

Damien soltó el espumillón que tenía en las manos y al momento comenzó a limpiar el desorden que había a mis pies. Una de las cosas que me encantaba de Damien era su actitud para tomar las riendas. Nunca malgastaba tiempo preocupándose por las cosas. Siguió limpiando los cristales y fregando el suelo mientras yo me quedé ahí de pie, estupefacta.

Se levantó.

—Joder. Vale. Tenemos que cambiarte. De todas formas, me moría por quitarte ese vestido.

—¿Lo dices en serio?

En el rostro se le dibujó una sonrisa.

—Vamos a elegir otra cosa.

Entramos en el dormitorio, y los perros huyeron como conejos asustados. Habían destrozado toneladas de papel de regalo y seguro que pensaban que Damien iba a regañarlos. No se habían dado cuenta de que mi novio no tenía otra cosa en la cabeza que no fuera buscar la forma de aprovecharse de que tenía que desvestirme.

—Ahora no tengo nada que ponerme.

—Yo te elijo algo.

Damien tenía muy buen gusto. Cada vez que me estresaba sobre qué ponerme, a menudo él se encargaba de elegir mi ropa.

Buscando en mi armario, eligió un par de pantalones negros ajustados que eran casi como unos *leggings* brillantes junto con una camisa roja fluida que tenía un escote de lentejuelas.

—Esos pantalones me quedan muy ajustados.

—Lo sé. Me encanta el culo que te hacen.

—No tenemos mucho tiempo. Me los pondré.

Damien estaba de pie con los brazos cruzados, observando cada movimiento mientras me desnudaba.

—Déjame depilarte tu sexo —soltó.

—¿Qué?

—Se está poniendo un poco tupido. Déjame hacerlo rápido. —Sin esperar mi respuesta, corrió al baño.

Le grité a sus espaldas.

—Esta no es la poda que deberías estar haciendo ahora.

—Lo sé. —Encendió la maquinilla—. Esto es mucho más divertido.

Damien afeitó una pista de aterrizaje limpia en mi vulva. Cuando terminó, me miró.

—Joder. Qué ganas tengo de darle lo suyo esta noche.

Coloqué las manos sobre sus anchos hombros y lo empujé fuera de la habitación.

—Vale, tienes que irte. Tengo que vestirme.

Se rio entre dientes.

—Iré a terminar la poda de verdad.

—¿Damien? —grité mientras se iba.

Se dio la vuelta.

—¿Sí?

—Gracias. —Sonreí.

Me lanzó un beso y se volvió a adentrar en el salón. No pasó ni un minuto antes de que le oyera soltar una maldición.

—¡Me cago en la puta!

Corrí al salón, todavía abotonándome la camisa.

—¿Qué ha pasado?

—Al parecer, los perros se han meado en los arbustos como hacen normalmente, pero en este caso, dichos arbustos son nuestro puto árbol de Navidad. Hay un charco enorme, ¡y acabo de pisarlo!

—¡Mierda!

Dudley y Drewfus estaban escondidos en la esquina de la habitación.

Su enfado se convirtió en risa.

—Ni siquiera puedo enfadarme con ellos porque creo que estaban confundidos. Hemos estado tan ocupados que se nos ha pasado sacarlos. Pensaron que les habíamos traído los arbustos.

—Bueno, estaban esparciendo la alegría navideña.

—Al menos no han sido troncos de Navidad de mierda.

Me reí a carcajadas.

—Cierto.

—Bueno, supongo que ya no tengo que sacarlos a la calle.

—¿Lo habían hecho alguna vez?

—Nunca he tenido un árbol de Navidad con ellos.

—¿En serio?

—Sí. Jenna es judía y, si te soy sincero, lo más probable es que ni siquiera hubiera celebrado la Navidad si no fuera por ti.

—¿Por qué no?

—Nunca me interesó. Después de que muriera mi padre, mi madre dejó de celebrarla. Las fiestas siempre fueron una mierda. Esta será la mejor Navidad que he tenido desde mi infancia. —Se acercó a mí y arregló uno de mis botones que, al parecer, había puesto en la ranura equivocada, y añadió—: La Navidad tiene que ver con la felicidad y el amor. Cuando te faltan esas cosas, puede ser uno de los momentos más dolorosos del año. Pero cuando de repente te das cuenta de que eres más feliz que nunca, la Navidad vuelve a cobrar vida. Así que a la mierda el vino derramado y el meado de perro. Todo está bien, porque esta es la mejor Navidad de todas.

Como si nada, uno de los perros ladró.

—¡*Guau*!

Damien se rio entre dientes.

—Están de acuerdo.

—Tengo suerte de haberos encontrado. La Navidad pasada fue la peor de mi vida. Es increíble la diferencia de un año a otro.

—En un año puede pasar de todo, a veces cosas horribles, a veces cosas increíbles. Me alegro de que para mí este año fuera el último caso.

—Este año me ha cambiado la vida.

Tras volver a la encimera de la cocina para terminar de organizar los aperitivos, admiré el cuerpo de Damien mientras decoraba la copa del árbol. Su camisa roja ajustada se le subía cada vez que estiraba el brazo para colocar un adorno.

—No todos los días puedo ver cómo un hombre sexi con un gorro de Papá Noel me decora el árbol de Navidad —comenté mientras mezclaba un poco de sopa de cebolla con crema agria.

Damien se volvió hacia mí y alzó las cejas.

—Deja de mirarme así, Jameson, o lo único envuelto bajo el árbol serán tus piernas alrededor de mi espalda.

«Será mejor que cambie de tema».

—Entonces, por tu parte, ¿quién viene esta noche seguro?

—Tyler recogerá a mi madre y la traerá aquí junto con su nueva novia.

—¿Cómo se llama?

—Nicole.

—Mmm. Vale. Procuraré acordarme. ¿Quién más?

—Invité a Murray y a su esposa. Ya está. Ya me conoces. No necesito mucha gente.

—Mis padres vienen un poco tarde. Tienen que pararse en otra fiesta antes. También he invitado a mis amigas Laura y Courtney del centro juvenil. Seremos diez u once personas como máximo.

—Va a ser agradable ver a gente, pero, personalmente, lo que más deseo es que llegue nuestra mañana de Navidad a solas.

—Yo también.

Nuestra idea era pasar la mañana juntos e intercambiarnos los regalos antes de ir más tarde a casa de mis padres en Sausalito para cenar con Claire y Micah. Así que mi mañana de Navidad seguramente consistiría en un desayuno casero increíble y mucho sexo.

Damien había terminado el árbol justo a tiempo. Mientras estaba fuera comprando los pocos artículos que se me habían olvidado, sonó el timbre de la puerta.

Los primeros en llegar fueron Tyler y Nicole.

Tyler estaba muy guapo con una camisa negra ajustada y unos vaqueros oscuros. Nicole era atractiva. Era menuda como yo, pero tenía el pelo largo y castaño y unos ojos marrones grandes. Era preciosa, todo lo que esperaría de la persona que traería Tyler a casa, aunque parecía incluso más dulce de lo que hubiera imaginado. No sabía por qué, pero me lo imaginaba con alguien un poco más creído.

—Encantada de conocerte —dije.

Tyler miró por encima de mis hombros.

—¿Dónde está D?

—Fuera, comprando algunas cosas de última hora.

—Le estaba contando a Nic la historia de cómo os conocisteis Damien y tú.

—La vez que casi quemas el edificio.

—Ah, sí, mi salto a la fama más conocido. —Volviéndome hacia Nicole, pregunté—: ¿Cómo os conocisteis vosotros?

—Soy maquilladora en la obra de Tyler.

—Oh, vale. Debe de ser un trabajo duro hacer que esa cara parezca presentable. —Guiñé un ojo.

—En realidad, es más complicado hacer que parezca feo para ciertas escenas.

—Parece que sería divertido trabajar en ese ambiente. Mi hermana pequeña es actriz de teatro en Nueva York.

Tyler asintió.

—Damien me lo contó. ¿Está en Broadway o fuera de Broadway?

—La verdad es que ha hecho las dos cosas. Ahora mismo tiene un papel protagonista fuera de Broadway.

—Cuando termine esta temporada en el Bay Repertory, estaba pensando en mudarme a Los Ángeles o igual a Nueva York si surgiera una oportunidad. No quiero irme de California. Pero no es fácil en este mundillo. Tienes que aceptar lo que te ofrecen.

Nicole lo miró con afecto.

—Al menos puedo maquillar en cualquier sitio.

—Puede que te lleve conmigo si te portas bien.

—Puede que vaya. —Ella sonrió.

Parecía que iban muy en serio.

La puerta se abrió y apareció Damien.

—Para mi encantadora dama, vengo cargado de latas de Coca-Cola navideñas, frutos secos y bolas pegajosas.

Le quité una cajita.

—Bolas de dónut. Genial. No estaban en la lista.

—No. Pero no pude resistirme a completar el triplete solo para poder decir bolas pegajosas. —Se volvió hacia la novia de Tyler y le tendió la mano. Mirándola, bromeó—: Te prometo que está limpia. Encantado de conocerte, Nicole.

—Vaya. Os parecéis mucho —comentó, mirando de un hermano a otro.

Me reí entre dientes.

—Tu reacción me recuerda a la mía la primera vez que los vi en la misma habitación. Al principio pensé que estaba viendo doble, pero en realidad cuanto más los veo juntos menos se parecen.

Damien se volvió hacia Nicole.

—Nos parecemos, pero seguro que te parezco más guapo yo, ¿no? —soltó.

—Estáis ahí ahí —contestó.

Me invadió una punzada de celos al pensar que Damien le parecía atractivo.

Damien le dio un golpe a Tyler en el hombro mientras se dirigía a ella.

—Te ayudaré a decidirte. Yo soy el más guapo, pero voy a darle a mi hermano pequeño la distinción de tener la mejor personalidad. Es mucho más extrovertido de lo que yo podría ser jamás. Y es un gran actor.

—No te subestimes —contestó Tyler antes de mirar a Nicole—. Damien lleva unos años interpretando bastante bien el papel de artista escurridizo.

—Cierra el pico. —Damien se rio.

—¿Son siempre así? —me susurró Nicole.

—Sí. Es un poco adorable. Huele a testosterona como si fuera goma quemada cada vez que se juntan.

Damien miró a su alrededor.

—¿Dónde está mamá?

—No he conseguido que venga. Me dijo que te dijera que lo sentía, pero que no se sentía muy festiva. Creo que está en medio de un episodio depresivo.

—Joder.

Le acaricié la espalda a Damien.

—Qué mal. Lo siento —dije.

—La Navidad es muy dura para ella. No quiere que la gente la mire y se dé cuenta de que está triste —explicó Tyler—. Así que elige mantenerse alejada.

Damien me miró.

—Cuando fuimos a verla y nos quedamos con ella, estaba teniendo un par de días muy buenos. Esto es más típico. —Respiró hondo y me rodeó la cintura con el brazo—. En fin, seguro que tenéis hambre. Aquí mi señorita ha hecho un montón de cosas, y no ha quemado ninguna, así que servíos.

Todo el mundo parecía estar pasándoselo en grande. Devoraban los aperitivos, y las bebidas corrían a raudales. Damien incluso había puesto música navideña de fondo.

Jenna no vino a por los perros, así que hicimos lo que pudimos y les pusimos unos cuernos de reno. No habían vuelto a mearse en el árbol y estaban dándose un banquete recogiendo las sobras de todo el mundo; lo más probable era que acabáramos pagándolo mañana.

Estaba escuchando la conversación que mis padres estaban manteniendo con Tyler sobre la obra en la que actuaba cuando Damien se me acercó por detrás. El calor de su aliento en mi oído me produjo escalofríos.

—Estoy listo para que toda esta gente se vaya. Esos pantalones te aprietan tanto que están haciendo que a mí me aprieten los *míos*.

—Compórtate —susurré, aunque lo único que deseaba era que siguiera presionado contra mi espalda.

Soltó un quejido.

—Necesito que me ayudes con algo.

—¿El qué?

—Está en la otra habitación.

—Creo que está en tus pantalones.

—Por ahora sí.

—Eres malo.

—Vamos. Nadie nos va a echar de menos durante cinco minutos.

Antes de que pudiera contestar, Damien entrelazó sus dedos con los míos. Cuando parecía que nadie le prestaba atención, empezó a llevarme al dormitorio. Cerró la puerta tras nosotros antes de apoyarme contra la pared.

Cerré los ojos mientras me llenaba el cuello de besos. Tiró de mi camisa y empezó a desabrochar los botones antes de quitármela.

—Estos pantalones me han tenido toda la noche mirando hacia abajo. —Se arrodilló en el suelo—. Te quedan increíbles, pero son demasiado ajustados. Gracias a Dios que la camisa tapaba esto. —Me señaló la entrepierna, donde se me marcaba la raja. Damien me abrió las piernas y empezó a besarme la zona.

—¿Qué estás haciendo? —murmuré.

—Es Navidad. Te estoy besando debajo del muérdago.

—Pensaba que el muérdago era otra cosa —dije, temblando de la risa.

—Ya no. —Me bajó los pantalones—. Todo el mundo está hablando y riendo ahí fuera, y yo solo podía pensar en enterrar la cara en tu vagina.

Cuando ya no tenía pantalones, hizo justamente eso mientras yo separaba las piernas. Con la espalda apoyada en la pared, le clavé los dedos en la nuca mientras seguía comiéndome.

Salió a tomar aire.

—Feliz Navidad para mí. Sabes mejor que cualquier dulce navideño.

Me reí.

—Tenemos que volver. —Jadeé—. Necesito correrme.

—No te corras todavía —gruñó.

Se levantó y me dio la vuelta para ponerme de cara a la pared.

—Córrete ahora —dijo mientras me penetraba. Tardé diez segundos en tener un espasmo alrededor de su miembro en el momento exacto en que él se liberó dentro de mí.

—Ha sido la definición misma de uno rápido. —Exhalé.

Me sujetaba el pelo mientras hablaba contra mi cuello.

—Eso es lo que pasa cuando me haces trabajar toda la noche.

—Ve yendo tú. Yo tengo que ir al baño.

Se subió los pantalones y volvió a la fiesta.

Cuando salí, Damien estaba apoyado en una mesa de la esquina bebiéndose una cerveza con aire despreocupado como si nuestro polvo en la habitación de al lado no hubiera ocurrido nunca. Mientras tanto, yo sentía como si tuviera la palabra *SEXO* escrita en la cara con luces de Navidad que parpadeaban.

Cuando me vio desde el otro lado de la habitación, creo que se dio cuenta de que estaba avergonzada. Mientras yo estaba detrás de la encimera preparando la bandeja de postres, él siguió dándole sorbos a la cerveza con una sonrisa de satisfacción en la cara, mirándome. Estallé en una carcajada al tiempo que Damien se partía de la risa desde el otro lado de la habitación.

Nadie más sabía qué estaba pasando. Hablaban entre ellos. Los perros jugaban con algunos de los adornos que se habían caído del árbol. Damien y yo, mientras tanto, estábamos en nuestro propio mundo.

Cuando paramos de reírnos, siguió mirándome desde lejos con una mirada que era una mezcla de lujuria... y amor. Era sin duda la mejor Navidad de mi vida.

Sabía que a Damien y a mí nos esperaban tiempos difíciles, pero esta noche, este momento en el que los dos nos manteníamos ajenos a todo excepto al otro, era perfecta.

21

LE NOMBRIL

Damien y yo nos quedamos despiertos hasta medianoche limpiando el desorden de la fiesta. Valió la pena poder dormir hasta tarde la mañana de Navidad.

Me desperté con la increíble sensación del miembro duro de Damien contra la raja del culo. Era nuestra versión especial de hacer la cucharita.

Damien habló contra mi espalda.

—Feliz Navidad.

Me di la vuelta.

—Feliz Navidad, cariño.

Pasándole los dedos por el pelo, admiré su hermosa mandíbula, pero me percaté de la expresión de preocupación en su rostro.

—¿Qué pasa?

—Estaba pensando en cosas mientras dormías. Anoche estuve mucho tiempo despierto.

—¿Como qué?

—Estaba pensando en el futuro.

—¿En qué?

—¿Me prometes que no te enfadarás si vuelvo a sacar el tema?

El corazón se me estrujó un poco.

—Te lo prometo.

—Estaba pensando otra vez en los niños y en lo mucho que no quiero impedirte que tengas un hijo tuyo. Sé que ya hemos hablado de esto, pero creo que todavía no me entra en la cabeza tu decisión. Cada vez que pienso en ello, me pongo enfermo.

Cerré los ojos e intenté ordenar mis pensamientos para poder explicarme.

—De todas formas, nuestra necesidad de procrear es egoísta, ¿no? ¿Por qué necesitamos tener hijos mientras haya niños en el mundo que necesiten buenos hogares?

—No finjas que no querrías tener uno tuyo algún día.

—Claro que quiero. *Quiero* vivir esa experiencia contigo, pero entiendo a lo que nos enfrentamos. Si no puedes vivir con el riesgo, lo entiendo. Para mí significas más que nada. Te quiero *a ti* más que a nada, y no miento cuando lo digo.

—Solo quiero que conste que lo entendería... si no pudieras aceptarlo.

—¿Lo entenderías si te dejara para quedarme embarazada de un hombre al que no amaría?

Parecía que estaba meditando seriamente mi pregunta.

—A la mierda. No, no lo entendería. Acabaría matando a alguien. O secuestrando tu culo embarazado y criando al bebé contigo. —De repente, me acercó a él—. Soy una causa perdida.

—Bueno, tienes suerte de que no me vaya a ninguna parte entonces.

—Cuando sea viejo y un gruñón y ya no esté bueno, desearás haber tenido hijos.

—Y los tendré. Los *tendremos*. Aunque no sean nuestros biológicamente.

Me estaba mirando tan profundamente a los ojos. Era como si estuviera mirando más allá de ellos.

—¿Tienes idea de cuánto te quiero?

—Creo que sí.

—No. Dudo que lo sepas. Hay algo que necesito decirte, y necesito asegurarme de que lo *entiendes*.

—Vale...

—Sé que siempre está rondándote la cabeza, porque te conozco muy bien. Te preguntas si un día te despertarás y descubrirás que mis sentimientos han cambiado, al igual que lo hicieron los suyos. No te permites creer que esto podría ser para siempre porque quieres protegerte en caso de que la historia se repita. Necesito que creas que, mientras camine por esta Tierra, voy a amarte. No voy a hacerte daño como lo hizo él. Te lo prometo. Lo eres todo para mí. Puede que ya hayas oído eso antes, pero esta vez la persona que lo está diciendo lo dice en serio. Necesito que lo entiendas.

Estaba tan abrumada por la emoción que apenas pude murmurar:

—Lo entiendo.

—Bien. —Se levantó de forma abrupta.

—¿A dónde vas?

—A prepararte el café y el desayuno.

Sintiéndome indigna, observé cada movimiento de su cuerpo gloriosamente desnudo mientras se ponía unos pantalones de chándal y se dirigía a la cocina.

Estiré los brazos, bostecé y me levanté de la cama en busca de una de sus camisetas.

Oía a Damien en la cocina.

—Mierda. No queda café en la lata. Iba a comprar anoche cuando salí.

—¿Cómo es posible que nos hayamos quedado sin café? Compraste una bolsa gigante.

—¿Tú has visto cuánto café bebemos?

—Mierda.

—Vale. —Suspiró—. Voy a ir a comprar un poco a la tienda. El otro día vi un cartel que decía que iban a abrir hoy.

Le pasé los brazos por debajo de los suyos.

—Es Navidad —dije—. No te vayas. Nos las arreglaremos.

Se dio la vuelta y me dio un beso en la frente.

—¿De verdad crees que vas a poder sobrevivir sin café?

—Lo intentaré.

—Yo soy una bestia sin él. Para mí no es una opción.

—Eres una bestia de cualquier manera, pero estoy de acuerdo. Necesitas el café más que yo.

—Sabía que se me olvidaba algo ayer en el supermercado.

—Te acordaste de las bolas pegajosas, pero se te olvidó lo más importante. Igual te habrías acordado si se te hubiera ocurrido una insinuación sobre el café.

—¿Explosión de leche? —Guiñó un ojo.

—Madre mía, qué rápido eres.

—Te gusta, ¿verdad?

—Sí. ¡No tardes!

—No lo haré.

Tras cerrarse la puerta principal, volví a la cama, me di una palmada en los muslos y saludé a los perros, incitándoles a que se subieran conmigo.

—Pst. Chicos. Venid. Vuestro padre se va a enfadar mucho conmigo, pero quiero acurrucarme con vosotros en Navidad. —Pasar el rato en la cama cuando Damien no estaba en casa era nuestro pequeño secreto. Estaba bastante segura de que Damien estaba pasando por alto las pruebas, ya que siempre dejaban mucho pelo.

Dudley y Drewfus no tardaron en saltar a la cama y lamerme la cara. Olían a las galletas que les regalamos anoche, y ahora yo también olía a ellas.

Cuando pasaron cuarenta y cinco minutos, me di cuenta de que Damien estaba tardando muchísimo en ir a por café. La tienda estaba solo a unas manzanas, y además había ido en la camioneta. Cuanto más tiempo pasaba, más me preocupaba.

Finalmente, sonó el móvil.

—¿Damien?

—Sí, cariño.

—¿Dónde estás?

—Estaba a punto de llamarte. Estoy en el hospital. El Memorial.

—¿Qué?

—No pasa nada. He venido yo por mi cuenta.

—¿Qué ha pasado? Solo fuiste a por café. No lo entiendo.

—Estaba en la caja. Me estaban cobrando. Empecé a sentir un dolor en el pecho que no había sentido antes. Me asusté mucho. No quería arriesgarme a volver a casa, así que fui directo a Urgencias.

—¿Qué está pasando ahora?

—Me están admitiendo.

—Voy para allá.

—Por favor, no tengas un accidente. Tómate tu tiempo. No me va a pasar nada, ¿vale?

—Vale.

Noté que se me estaban empezando a llenar los ojos de lágrimas.

—Chelsea... por favor. No llores, ¿vale? Sé fuerte por mí. Voy a estar bien. Solo voy a hacerme un chequeo y, cuando quieras darte cuenta, estaremos de vuelta en casa tomándonos nuestro café junto al árbol.

—Vale. Te quiero.

El trayecto al hospital se me hizo eterno. Cuando llegué a la habitación, Damien estaba sentado en la cama.

Corrí hacia él y empecé a sollozar.

Damien me abrazó.

—Tranquila, cariño. Estoy bien. —Me secó los ojos.

—Me has dicho todas esas cosas. Y... tuve miedo de que...

—¿De que estuviera muerto para cuando llegaras porque acababa de decirte que te amaría hasta el día de mi muerte?

Sorbí por la nariz.

—Sí.

—Sería una coincidencia horrible. Has estado leyendo demasiadas novelas románticas de mierda. —Forzó una sonrisa.

Se la devolví.

—Me alegro de que estés bien. ¿Qué puedo hacer mientras esperamos?

Me agarró la mano y me dio un beso en los nudillos.

—Quédate conmigo. Es lo único que necesito.

—Como si pudiera estar en otro sitio ahora mismo.

Acabamos pasando la mayor parte del día de Navidad en el hospital. Le habían hecho una serie de pruebas y habían dejado que se marchara con la condición de que viera a su médico lo antes posible después de las vacaciones.

El martes siguiente pudimos ver al cardiólogo de Damien en Stanford.

El Dr. Tuscano era muy amable e hizo todo lo posible por tranquilizarme. Cuando terminó el examen, me sonrió.

—Llevo un tiempo viendo a Damien. He de decir que nunca había parecido tan feliz.

—Gracias.

—He traído a Chelsea conmigo para que pueda responder en persona a cualquier pregunta que tenga. Todavía no he tomado ninguna decisión en cuanto a la operación, pero quiero que esté informada.

—Será un placer. —El médico se sentó en un pequeño taburete—. ¿Qué puedo responderte?

Me aclaré la garganta.

—Supongo que quiero saber más sobre los riesgos y los beneficios.

—Vale, como probablemente ya sepas, la intervención que realizaremos se llama «miectomía septal». Quitaríamos una pequeña parte de la pared septal engrosada que rodea el corazón para eliminar la obstrucción. Esto facilitará que el corazón bombee sangre. Siempre hemos pensado que es un buen candidato para esta intervención, porque Damien es bastante joven y por su importante grosor septal.

Cuando me quedé en blanco, Damien decidió hacer que pasara vergüenza.

—Lo siento, doctor... Ha dicho grosor, y su mente ha debido de irse a otra parte de mi anatomía.

El doctor soltó una risita, pero por lo demás decidió ignorar el comentario.

—De todas formas, lo más probable es que la operación le proporcione un alivio de los síntomas, pero más allá de eso, puede alargar su esperanza de vida.

—¿Es segura?

—En general es muy segura, sí. Como con cualquier procedimiento quirúrgico, hay riesgos, aunque son muy bajos.

—¿Cuáles son esos riesgos?

—Infección, infarto de miocardio, derrame cerebral o muerte. Pero hacemos todo lo que está en nuestra mano para reducir las posibilidades de que ocurra algo así.

—He leído muchas cosas contradictorias sobre si la operación de verdad influye en la esperanza de vida.

—Tienes razón. Ha habido diferentes escuelas de pensamiento al respecto. Pero la investigación más reciente ha demostrado que para los individuos como Damien que son sintomáticos, la miectomía en realidad puede normalizar su esperanza de vida. La supervivencia a diez años sería del noventa y cinco por ciento, lo que está a la par con la población general.

—¿Cuál es la supervivencia a diez años de los que no se operan?

—Alrededor del setenta y tres por ciento.

—Vaya.

—No hay garantías, Chelsea. Incluso con la operación, no podríamos decir con absoluta certeza que no sufrirá un paro cardíaco súbito. Pero dado su historial familiar, teniendo en cuenta que su padre murió tan joven, recomendamos ser tan proactivos como sea posible. Por supuesto, sea como sea seguirá tomando la medicación.

El Dr. Tuscano siguió respondiendo a mis preguntas. Mis sentimientos eran como una montaña rusa. Justo cuando llegaba a la conclusión de que la operación era lo mejor, miraba a Damien y me estremecía al pensar que lo iban a operar a corazón abierto. Aunque el médico había dicho que era raro morir durante la operación, *había* ocurrido. Había leído un par de historias en Internet que me aterrorizaron. Nunca podría perdonarme si le animaba a hacerlo y, Dios no lo quiera, moría en la mesa de operaciones.

Al mismo tiempo, ¿y si lo posponíamos por miedo y le ocurría algo que podría haberse evitado? Era imposible sentirse cómoda con ninguna de las dos hipótesis. Lo único de lo que estaba segura era de que tenía que ser *él* quien tomara la decisión y de que yo lo apoyaría pasara lo que pasara.

El miércoles después de Navidad, Damien me dejó una sorpresa enorme en la encimera de la cocina.

Había dos billetes impresos de unos vuelos directos de San Francisco al aeropuerto JFK.

—¿Damien? ¿Qué es esto?

—Es mi disculpa por joder nuestra primera Navidad.

—¿Nos vamos a Nueva York?

—Sí... para Nochevieja. Puedes ver a tu hermana. Sé que dijiste lo mucho que la echabas de menos, ya que no pudo estar aquí en Navidad.

Mis ojos se movían de un lado a otro mientras examinaba los detalles.

—Vale... ¡Son de primera clase! ¿Durante las fiestas? Estos billetes cuestan una fortuna.

—Nos lo podemos permitir.

—¿En serio?

—Nunca nos vamos de viaje, y nos lo merecemos, joder. Necesitamos un cambio de aires para intentar olvidarnos durante unos días de toda esta mierda deprimente.

Me puse de puntillas para rodearlo con los brazos.

—¡Podría abrazarte! —grité.

—Espero conseguir un poco más que eso.

—Créeme, recibirás mucho más que eso.

Me levantó y me besó mientras lo rodeaba con las piernas. Cuando me bajó, su expresión se volvió seria.

—Sé que estás preocupada desde la cita de ayer. Solo necesito un poco más de tiempo viviendo en la negación contigo, ¿vale?

—Me parece bien.

Me soltó.

—Vamos a divertirnos.

Nueva York fue un cambio de aires muy bienvenido.

Acabábamos de ir a ver la función nocturna de Jade y habíamos salido a cenar a un restaurante que no se encontraba muy lejos del distrito de los teatros. Había ido al baño cuando oí entrar a dos amigas de Jade. Al parecer, una de ellas acababa de llegar.

—Madre mía, ¿quién es el que está sentado al lado de Jade?

—Es el novio de su hermana. Se llama Damien.

—Madre mía.

—Lo sé. Está buenísimo. Ha venido de visita desde California.

—Los crían bien en California.

—En serio. Hace que me entren ganas de visitar la costa oeste. Estoy harta de los chicos de aquí.

Cuando salí del cubículo, la que había conocido antes se mordió la lengua.

—Hola, Chelsea. —Se volvió hacia su amiga para presentarme—. Esta es la hermana de Jade.

La otra chica puso cara de horror.

—Nos has oído.

—Sí.

—Lo siento. Tu novio es guapísimo. Solo lo estábamos admirando y no queríamos hacer daño.

—Gracias. Lo sé. No pasa nada.

Aunque no podía culparlas, me entraron ganas de estrangular a alguien. Mientras me lavaba las manos, pensé en el hecho de que nunca me había sentido tan posesiva con mis antiguos novios. Mis sentimientos por Damien se encontraban en un nivel completamente diferente. La idea de que alguien intentara robármelo (incluso de que alguien lo deseara) me volvía loca. Por suerte, él solo parecía tener ojos para mí.

Cuando volví a la mesa, me di cuenta de que se había cambiado de sitio y estaba hablando con Jade. Me sonrió cuando me acerqué, y sospeché que estaban hablando de mí.

—¿Estás bien? —preguntó.

—Sí —respondí, todavía alterada por el incidente del baño.

Percibiendo mi estado de ánimo, Damien me rodeó con el brazo y me acarició la espalda suavemente con la punta de los dedos. Cuando las dos mujeres del baño volvieron a la mesa, lo agarré de la mano de forma posesiva y entrelacé mis dedos entre los suyos.

Unos minutos después, apareció Craig, el coprotagonista de Jade. Era el pelirrojo con el que salí durante mi última visita y con el que Damien me vio en unas fotos en Facebook. Al momento, Damien me lanzó una mirada que significaba que lo había reconocido.

Cuando Jade los presentó, Damien le ofreció un apretón de manos firme pero reacio.

Craig me miró.

—Me alegro mucho de volver a verte, Chelsea. No pensé que volverías tan pronto.

—Lo sé. Ha sido un viaje sorpresa. —Sonreí, apretando la mano de Damien con más fuerza.

Juntos éramos una causa perdida.

Después de cenar, Damien me susurró al oído:

—No para de mirarte, incluso estando yo sentado aquí mismo.

—Qué va.

—Sí. Lo he estado observando.

De repente me soltó la mano, se levantó y se dirigió al baño.

Mi móvil vibró.

Abrí la puerta despacio. Damien estaba allí de pie e inmediatamente me empujó hacia el cubículo de discapacitados.

—¿Qué haces?

—Marcar mi territorio.

—¿Me vas a mear encima? —bromeé.

—Solo si tú quieres.

—No quiero.

—Voy a hacer algo mejor que eso —dijo, me dio la vuelta y me levantó la falda. Dejó escapar un profundo suspiro sobre mi cuello mientras empujaba profundamente dentro de mí. Con cada embestida, estaba más mojada.

El sexo espontáneo con él siempre me hacía sentir bien, pero esta vez era mejor de lo que recordaba. Mientras me penetraba por detrás contra el cubículo del baño, no tenía ni idea de que estaba tan revolucionada por los celos como él.

Oímos cómo se abría la puerta principal del baño. Eso no detuvo nuestro ritmo. De hecho, cada vez que estaban a punto de descubrirnos, solía volverse más frenético. Abrí la boca en un grito silencioso mientras me corría con fuerza y rápido. Sentí cómo su esperma caliente se disparaba en mi interior.

Tenía las manos a cada lado de mí, aprisionándome por detrás contra el cubículo.

—Me encanta cuando me aprietas así con tu vagina.

—Será mejor que nos vayamos antes de que Jade y sus amigas descubran lo que estamos haciendo.

—A la mierda. Espero que lo hagan.

Al día siguiente, Damien se había ido a dar un paseo para comprar comida para llevar. Los tres íbamos a pasar el rato en el apartamento hasta que ella tuviera que salir para su función nocturna.

Era la primera vez que Jade y yo nos quedábamos a solas, y tenía que preguntárselo.

—Anoche, en la cena, cuando salí del baño, ¿de qué estabais hablando Damien y tú?

—Se disculpó por acorralarme en el restaurante, pero dijo que necesitaba saber mi opinión. Me dijo que sabía que te abres conmigo y que suponía que yo sabía todo lo que estaba pasando entre vosotros. Le dije que sí. Luego quiso saber mi opinión sobre si te parecía bien lo de no tener hijos.

Exhalé un suspiro de frustración.

—Ya he hablado de esto con él.

—Lo sé, pero sabe que te conozco mejor que nadie. Solo quería una segunda opinión para asegurarse de que no pensaba que te estabas engañando a ti misma.

—¿Qué le dijiste?

—Le dije que eres la persona más altruista que conozco, pero que también sé que no harías ni dirías nada que no sintieras de verdad.

—Me dijo que después de que decidamos si se opera o no del corazón, se hará una vasectomía para que yo no tenga que estar tomándome la píldora siempre.

—Vaya, eso parece muy definitivo.

—Lo sé.

—¿Tienes dudas? Me lo dirías, ¿verdad?

—Sí. Te lo juro. No voy a mentir y decir que no me entristece, porque lo hace, pero sé lo inflexible que es al respecto. No puedo vivir sin él, así que tengo que vivir con su decisión.

—Vale.

Cuando Jade me abrazó, se me humedecieron los ojos. Era la primera vez que lloraba de verdad al pensar en que no tendría hijos con Damien. Me juré que sería la última vez que lloraría por eso.

La puerta se abrió, y Damien entró con bolsas de papel con comida china en las manos. Me froté rápidamente los ojos, pero era demasiado tarde. Había visto las lágrimas.

—¿Todo bien? —preguntó, examinándome el rostro.

—Sí. Te lo prometo. Estábamos hablando y me he emocionado un poco.

Dudoso, miró a Jade y luego a mí.

—Vale.

Esa noche, Damien y yo estábamos caminando de la mano por el SoHo cuando me dijo:

—Te he estado ocultando algo.

—¿Alguna vez no? —bromeé.

—Esto es algo bueno, mi pequeña sabelotodo.

—¿Qué es?

—Un amigo mío, al que conocí a través de un foro de arte, abrió una galería aquí dedicada al arte de la pintura con espray. Por eso quería venir a este barrio antes de irnos.

—Qué guay. ¿Ahí es a donde estamos yendo?

—Sí, pero eso no es todo. Le regalé uno de mis cuadros.

—¿Está allí?

—Sí.

—¿Cuál es?

—Tendrás que esperar a verlo.

La galería era pequeña. En las paredes interiores de ladrillo había grandes lienzos pintados con espray. De fondo sonaba una tenue música de jazz.

—A ver si adivinas cuál es el mío.

Caminamos despacio por la galería, deteniéndonos ante cada obra de arte. Las imágenes iban desde personas a formas y colores abstractos.

—¿Qué es eso? —Me fijé en el título de una obra en particular.

Le Nombril, de Damien Hennessey.

—Supongo que ya no tengo que adivinarlo. Es esta. —Incliné la cabeza—. ¿Qué es?

—Fíjate bien. —Se puso detrás de mí, me rodeó la cintura con los brazos y apoyó la barbilla en mi cabeza—. Eres tú.

—¿Yo? Pero si parece un agujero grande con remolinos. —De repente sentí calor—. No será mi vagina, ¿verdad?

Su risa vibró contra mí.

—*Ese* agujero no, cielo, aunque podría rociártelo todo el día si quieres. De hecho, sería un placer. —Me apartó del lienzo—. Retrocede.

Por fin, lo vi.

—Es mi ombligo. ¡Es verdad! Una vez mencionaste que lo habías pintado.

—Correcto. Es tu ombligo. Mi hermoso ombligo, también conocido como *Le Nombril*. Es el término francés.

—¿Cómo te las arreglaste para pintarlo?

—Bueno, hace mucho tiempo hice uno de memoria. Viniste a mi apartamento con una camiseta corta e hice una foto mental. Esta versión es la réplica de una foto real que te hice hace poco mientras dormías. Sé que lo más seguro es que no notes la diferencia, pero ¿ves todos esos surcos? Son una representación bastante exacta de los tuyos. Te sorprendería lo difícil que es captar los detalles de un ombligo. Una de las pinturas más difíciles que he hecho, pero es mi favorita.

—¿Está a la venta?

—No. Ni de broma voy a dársela a alguien. Es solo para exhibir.

—Bueno, creo que eres la única persona en el mundo que lo apreciaría.

—Amo cada centímetro de ti, en serio.

Lo miré a los ojos y supe que lo decía con todo su corazón y su alma.

La Nochevieja en Times Square fue tan espectacular como me había imaginado toda mi vida. Nadando entre una multitud de gente, me acurruqué con Damien, que me envolvió en su abrigo forrado de piel de oveja mientras me abrazaba por detrás.

Cuando cayó la bola, nos besamos con tanta intensidad que parecía que se me iban a caer los labios.

Damien me giró hacia él y volvió a colocarme el abrigo encima a modo de manta.

—Me parece increíble pensar que el año pasado, por estas fechas, estaba contemplando todo esto, viendo a Ryan Seacrest en la televisión y pensando que iba a ser otro año más de lo mismo. Había asumido automáticamente que me iba a quedar estancado en la misma rutina en la que me acostaba con mujeres que no me importaban y pintaba todo el día. No pensaba que fuera una mala vida, pero no conocía nada mejor. Pensaba que era bastante feliz. Resulta que no distinguía la felicidad de lo que no era felicidad.

Sonreí mientras continuaba.

—No tenía ni puta idea. No sabía que la verdadera felicidad solo vendría de una chica que todavía no conocía. Parece mentira que el año pasado por estas fechas ni siquiera supiera quién era Chelsea Jameson. Ahora, ni siquiera sé quién soy sin ti.

Sentí que el corazón me estallaba con una mezcla de amor y miedo. Había tantas cosas que quería decir, pero no me salían las palabras. Me resultaba muy difícil articular lo que sentía, así que simplemente enterré la cabeza sobre su corazón y dije:

—Va a ser un buen año, Damien. Lo sé.

Él tenía razón. El viaje a Nueva York había sido un cambio de aires muy necesario. Pasó demasiado rápido.

Al día siguiente, en el vuelo de vuelta a casa, Damien me agarró de la mano mientras el avión descendía lentamente, preparándose para aterrizar en San Francisco. El sol brillaba dentro del avión y le iluminaba los hermosos ojos mientras me miraba.

—Creo que voy a hacerlo —dijo.

Se me formó un nudo en el pecho. Sabía muy bien a lo que se refería, pero se lo pregunté de todas formas.

Me preparé.

—¿Hacer qué?

—La operación. Voy a hacerlo. Pediré cita cuando volvamos.

Apretándole la mano con más fuerza, puse cara de valiente y sonreí a pesar de estar llena de miedo.

—Vale.

De repente, deseé que nos hubiéramos quedado en el aire.

22

VOTOS NO INTENCIONADOS

La operación de Damien estaba programada para el veintiocho de febrero, es decir, faltaba poco más de una semana.

Durante el último mes y medio había hecho todo lo que estaba en mi mano para mantenerme fuerte por él. No necesitaba ver que estaba cagada de miedo; eso no ayudaría en nada. Así que, en silencio, lidié con mi ansiedad por mi cuenta. Fui a ver a una psicóloga un par de veces durante las pausas para comer y empecé a tomar algo suave para calmarme.

Las últimas semanas habían estado llenas de citas especiales de cara a preparar la operación. A Damien le hicieron un ecocardiograma, se reunió con el cirujano y el anestesista y le hicieron varios análisis de sangre.

Habíamos decidido que el fin de semana anterior a la operación iba a ser tranquilo. Haríamos algo relajante e intentaríamos distraernos.

Damien y yo estábamos sentados en el sofá viendo la televisión el lunes por la noche. Yo fingía estar inmersa en la película. En cambio, estaba dándole vueltas a lo de la operación.

En un momento dado me miró y supe que se había dado cuenta de que no estaba prestándole atención a la televisión. Cuando me dio un beso suave en la frente, me lo tomé como una confirmación tácita de que sabía en qué estaba pensando en realidad. Era demasiado agotador intentar fingir que estaba bien todo el tiempo. Quería que pasaran estos días para poder dejar atrás la operación. Al mismo tiempo, quería que se alargaran porque tenía miedo.

Volvió a darme un beso en la cabeza.

—¿Has pensado qué quieres hacer este fin de semana? —preguntó.

—Pensaba que simplemente íbamos a pasar el rato aquí, tener algo de tiempo privado en casa.

—Podríamos hacer eso, o tal vez podríamos hacer otra cosa.

—¿Qué tienes en mente?

—Tal vez podríamos casarnos.

Se me empezó a acelerar el corazón. «¿Acababa de decir lo que creía que había dicho?».

Me había dejado sin habla.

—¿Qué?

—Podríamos casarnos... ya sabes..., si quieres.

Al principio pensé que estaba de broma, pero la seriedad que se reflejaba en su expresión lo desmintió. Estaba nervioso. Era imposible que estuviera bromeando.

—No lo entiendo.

—Sé que es algo inesperado.

—Sí. Lo es.

Me colocó las dos manos entre las suyas.

—Escúchame.

Respiré hondo.

—Vale.

—Es en lo único en lo que he podido pensar desde que tomé la decisión de operarme. Pienso que no me va a pasar nada, Chelsea, de verdad. ¿Vale? Pero si hay una minúscula posibilidad de que me pase... de lo que más me arrepentiría en esta vida es de no haberte visto caminar hacia mí por el pasillo. No pretendo sonar macabro, porque, repito, confío mucho en mis médicos, pero sigue siendo lo único en lo que puedo pensar. Quiero que seas mi esposa.

No pude contener más las lágrimas que había estado reteniendo.

—Yo también quiero eso.

—¿No estás preparada? ¿Crees que es demasiado pronto?

—Tal vez *debería* pensar eso, pero no es así.

—Yo igual, cariño. Cuando me anestesien y me digan que cuente hasta diez o lo que sea que hagan, quiero pensar en el recuerdo de ti con ese vestido blanco. También quiero saber que, cuando despierte, estaremos casados. Pero para que quede claro... También quiero que tengas el derecho legal de tener acceso a mí en todo momento y de tomar decisiones si es necesario.

Cuando me limité a asentir en silencio, continuó:

—No quiero que pienses que solo te lo pido porque tengo miedo. Hace tiempo que sé que lo eres todo para mí. Te lo iba a pedir la mañana de Navidad. Eso fue antes de que decidiera operarme, ya sabes. Obviamente, que tuviera que ir a Urgencias arruinó esos planes. Luego quise pedírtelo en Nueva York, pero para entonces ya había decidido operarme y cambié de opinión porque pensé que sería mejor esperar hasta después. Pero a medida que se acercaba la fecha, volví a cambiar de opinión porque me di cuenta de que *no podía* esperar más. Lo quiero ya. A la mierda, lo quiero para ayer.

—¿En serio ibas a pedirme matrimonio en Navidad?

—Sí. Tengo el anillo y todo. —Bajó la cabeza—. Joder, esta proposición ha sido una cagada olímpica, ¿verdad? Básicamente te he pedido que te cases conmigo sin anillo.

—No. Es muy tú, Damien. Es tan espontáneo como todo lo que haces. Veré el anillo el día de nuestra boda. Quiero que sea una sorpresa.

—¿Estás segura? Porque podría ir al dormitorio, donde lo tengo escondido, y dártelo ahora mismo. Eso haría que la pedida fuera más patética todavía.

—No tiene nada de patético que digas que no puedes esperar ni un día más para casarte conmigo. Eres la persona más involuntariamente romántica que he conocido.

—Esa es una buena forma de decirlo.

—¿Se lo vamos a decir a la gente?

—Creo que deberíamos guardárnoslo para nosotros. Puedes decírselo a Jade. Yo lo más probable es que se lo cuente a Ty. Pero lo mantendremos en secreto. Celebraremos la boda a lo grande en un futuro próximo. Te lo mereces.

—¿Quién nos va a casar?

—Yo me encargaré de esos detalles. Estaba pensando en la playa de Santa Cruz al atardecer. El pronóstico parece agradable. Va a hacer más calor de lo normal para esta época del año. ¿Qué te parece?

—Me parece perfecto.

—Solo tienes que preocuparte de dos cosas. Una... comprar un vestido blanco que haga que quiera arrancártelo esa noche. Entre tú y yo, eso significa cualquier vestido blanco. Y dos... tómate algo de tiempo libre mañana para que podamos obtener la licencia matrimonial a tiempo para el sábado.

—Me siento furtiva haciéndolo así, pero también tiene algo muy emocionante.

—Se nos da bien hacer cosas furtivas. Es a lo que nos dedicamos.

—En eso tienes razón, aunque normalmente está relacionado con corromperme, no con convertirme en una mujer honesta.

Mostró una sonrisa diabólica.

—Entonces, ¿tenemos fecha, Sra. Hennessey?

—Tenemos fecha.

—Venimos a solicitar una licencia matrimonial —dijo Damien.

Acabábamos de llegar a la oficina del secretario del condado. A la mujer del mostrador no le hizo mucha gracia cuando Damien empezó a besarme el cuello mientras esperábamos a que juntara el papeleo. Parecíamos dos críos cachondos. No tenía ni idea de lo serias que habían sido nuestras vidas últimamente.

Damien echó un vistazo al formulario.

—Mierda —dijo.

—¿Qué?

—Acabo de darme cuenta de que estás a punto de ver mi segundo nombre. Me obligan a indicarlo.

—¿En serio no me lo ibas a decir nunca?

—Puede que te lo hubiera dicho en algún momento, pero ha sido demasiado divertido dejarte con la duda, Chelsea Deanna.

—Tú primero. Escribe tu nombre —dije.

Con la respiración contenida, observé cada trazo del bolígrafo mientras lo escribía: *Damien Homer Hennessey*.

—¿Homer?

Asintió sin apartar los ojos del papel.

—Homer.

Me reí entre dientes.

—Homer... como...

—Simpson. Sí. Homer Simpson. *Los Simpson* empezaron a emitirse cuando yo nací. Mi padre era un gran fan. Así que decidió que de todos los nombres del mundo que podría haberme puesto como segundo nombre, Homer era el mejor.

—¿Tu madre estuvo de acuerdo?

—Para que veas lo loca que está por él. Podría haberla convencido de cualquier cosa. —Pulsó el botón del bolígrafo y me lo dio—. ¿Sabes qué?

—¿Qué?

—Siempre podría ser peor.

—¿Y eso?

—Tyler es Bart.

El ayuntamiento resonó con el sonido de nuestras risas. Una pareja de ancianos nos miró mal por alterar el orden público.

Damien les sonrió con picardía y proclamó con orgullo:

—Nos vamos a casar.

Cuando siguieron mirándonos raro, Damien me miró.

—No puedo creer que papá nos haya dado su bendición —dijo. Se volvió hacia ellos mientras me atraía a su lado y bromeó—: Es mi hermanastra.

La pareja se alejó con aspecto de estar muertos de vergüenza.

Damien me estaba ocultando sus planes para la ceremonia en la playa a propósito.

Mi única misión era encontrar el vestido perfecto el viernes por la tarde. Acabé yendo a una boutique de vestidos de novia local que tenía varias opciones entre las que elegir. Como no tenía mucho tiempo para ir de un sitio a otro, me comprometí a tomar una decisión allí. El vestido que acabé escogiendo era de un estilo muy poco convencional, pero era el que mejor me quedaba.

Técnicamente era un camisón, pero tenía cuatro aberturas hasta el muslo, dos delante y dos detrás. El vestido era revelador y caprichoso a la vez, con unas cuantas flores grandes estratégicamente colocadas sobre el corpiño sin tirantes. La tela de la parte inferior era transparente, así que se me veían las piernas a través de ella. Recordaba a algo que llevaría un hada sexi. El hecho de que enseñara mucha pierna me pareció apropiado para la playa.

Cuando le mandé una foto a Jade desde la tienda, me llamó al momento.

—¡Damien se va a volver loco! Ese vestido es súper sexi.

—¿Tú crees?

—En serio. Te queda precioso. Tienes que llevar el pelo suelto con ondas surferas. —Se quedó callada un rato y luego pareció que empezaba a ahogarse.

—¿Estás llorando, Jade?

—Puede que un poco.

—Sabes que vamos a celebrar otra boda, ¿verdad? Serás mi dama de honor, estarás justo detrás de mí.

—Lo sé. No estoy llorando por eso. —Hizo una pausa—. Estoy muy feliz por ti. Y creo que esto es lo más romántico que he oído nunca: dos personas que se casan por la sencilla razón de que no pueden esperar más y que lo han convertido en una experiencia íntima.

—Nunca pensé que tendría el valor de hacer algo tan espontáneo, pero por alguna razón siento que es lo correcto.

—Si sientes que es lo correcto, entonces lo es. Mañana no te atrevas a pensar en la semana que viene ni en nada negativo. ¿Me oyes? Quiero que disfrutes cada momento. Sé que es privado, pero por favor mándame una foto de los dos. ¿Me lo prometes?

—Te lo prometo.

—Estaré contigo en espíritu en todo momento.

Esa noche, cuando entré por la puerta con el vestido dentro de una bolsa de guardarropa, Damien se levantó del sofá para saludarme.

—¿Encontraste uno?

—Sí.

Sus ojos estaban llenos de una emoción que hizo que me alegrara todavía más de haber dicho que sí.

—Estoy deseando que llegue mañana. —Sonrió de oreja a oreja.

—Bueno, ¿cómo vamos a hacerlo? No puedes verme antes de la ceremonia.

—Me acordé de lo inflexible que eres al respecto, así que vendrá a recogerte un coche. Yo me vestiré en casa de Ty y me dirigiré a la playa temprano para prepararme. Nos encontraremos allí a las ocho en punto. Le mandaré al conductor la ubicación exacta. De lo único que tienes que preocuparte es de estar guapa, lo que en realidad no es una preocupación porque podrías aparecer llevando una bolsa de papel y para mí seguirías siendo la chica más guapa del mundo. Así que tacha eso. Lo único que tienes que hacer es aparecer.

—Eso puedo hacerlo.

El sábado fue diferente desde el momento en el que nos levantamos. Hacía un calor inusual de varios grados de diferencia para ser el norte de California, de manera que estábamos a veintiún grados. Damien y yo nos tomamos un café en el patio mientras admirábamos su mural, el cual seguía en proceso. En una parte había reproducido el famoso unicornio que había pintado para mí. Tuvieron que derribar el que pintó en la pared de mi antigua habitación durante la reforma del piso.

Me sorprendió no estar nerviosa en absoluto, ni por la ceremonia ni por la operación de la semana siguiente. En vez de eso, estaba viviendo un día de respiro, un día de paz en el que podía simplemente vivir el momento con él.

Se fue antes de lo previsto para preparar las cosas en la playa. No lo vería hasta la boda. Alistarme sola me resultaba extraño y sereno a la vez. Los perros se quedaban con Jenna este fin de semana, así que estaba sola cuando salí de la ducha y me dispuse a vestirme.

Con lo que más tardé fue con el pelo. Decidí llevarlo medio recogido medio suelto y utilicé una plancha para hacer unas ondas.

Me estaba yendo bien con lo de no ponerme muy sensible hasta que sonó *The Fighter* de Keith Urban y Carrie Underwood en la radio justo cuando me estaba poniendo el rímel. Perdí la compostura. La perdí *por completo*.

A veces, una canción llega en el momento justo. La letra podría haber sido Damien hablándome. Era la historia de mi vida: una chica herida por una relación y con miedo de confiar en el amor. Entonces llegó un hombre que la protegería y lucharía por ella de verdad. Él era mi luchador. Claro está, en unos días también adquiriría un nuevo significado.

«Deja de pensar en la operación, Chelsea. Hoy no».

Me quedé de pie en el baño, apoyada en el lavabo, y sollocé. Eran lágrimas de alegría, no de miedo ni de tristeza. Permitiéndome un buen llanto antes de tener que ver a Damien, dejé que el rímel corriera y prometí volver a aplicármelo.

Tardé dos horas en arreglarme. Cada vez que empezaba a maquillarme los ojos, pensaba en la canción y volvía a llorar. Al final conseguí recomponerme y me puse el vestido. Me miré en el espejo y di el toque final colocándome un velo corto y sencillo en la nuca.

Fuera sonó el claxon de un coche. Alcancé mi ramo de seda de hortensias blancas y una pequeña maleta con ruedas antes de salir por la puerta.

Damien había contratado una limusina para recogerme. Un hombre mayor y amable me abrió la puerta y colocó la maleta en el maletero.

Cuando me senté en la parte de atrás, los asientos de cuero estaban fríos por el aire acondicionado. Miré la puesta de sol por la ventanilla durante el trayecto hasta Santa Cruz.

Después de tanto llorar, sentía el cuerpo relajado. Tanto que, cuando irónicamente sonó *The Fighter* en la radio del coche, fui capaz de escuchar la letra sin que se me saltaran las lágrimas.

El corazón empezó a latirme con fuerza cuando comenzaron a aparecer las señales de la playa de Santa Cruz a lo largo de la autopista.

Cuando el coche aparcó cerca de una zona privada de la playa, saqué un caramelo de menta de mi pequeño bolso blanco y lo mordisqueé con nerviosismo.

—Ya hemos llegado, señorita. Siga las luces.

—Gracias por traerme —respondí, y le di un billete de diez dólares.

«Siga las luces».

Miré a la izquierda y no vi nada. Entonces, miré a la derecha y entendí exactamente a lo que se refería el chófer. A lo lejos había una hilera larga de antorchas tiki altas. Tenía que haber al menos veinte a cada lado.

Las olas rompían a medida que me dirigía hacia las llamas. Cuando por fin llegué al principio de la hilera de varas de bambú clavadas en la arena, me detuve y respiré hondo antes de mirar hacia él en la distancia.

Damien tenía un aspecto impresionante, de pie y con las manos cruzadas. Llevaba un chaleco claro con una fina corbata sobre una camisa blanca entallada que le realzaba los músculos de los brazos. Estaba remangado y el viento le había despeinado el hermoso pelo oscuro. Era el novio más sexi que había visto en mi vida.

Se me humedecieron los ojos cuando me di cuenta de que no estaba solo. Flanqueando a Damien estaban los Doble D: Dudley a un lado y Drewfus al otro. Estaban firmes, portándose mejor que nunca. No esperaba que los trajera, pero fue una sorpresa asombrosa.

El corazón me latía más rápido con cada paso que daba y que me acercaba más al final de la hilera. Por fin pude distinguir el rostro de Damien. Parecía embargado por la emoción, y me sorprendió ver cómo se enjugaba los ojos. Nunca había visto a Damien llorar y, sinceramente, no me lo esperaba. Eso, por supuesto, hizo que rompiera a llorar yo también incluso antes de llegar a donde se encontraba.

Los perros abandonaron sus puestos para saludarme y me agaché para acariciarlos. Damien les había puesto pajaritas; era lo más adorable que había visto en mi vida. En ese momento, me di cuenta de que el conductor de la limusina volvió a aparecer de repente para llevarse a Dudley y a Drewfus a un lado.

—Va a llevarlos a casa de Jenna dentro de un rato —susurró Damien. Me apoyó la cabeza en la frente—. Hola.

—Hola.

Se apartó.

—Estás... —Pareció olvidar las palabras y luego me miró de arriba abajo—. Ese vestido. Cariño, pareces un ángel.

—Me alegro de que te guste.

—Me gusta mucho.

Le tomé ambas manos y miré las antorchas que nos rodeaban.

—Es increíble lo que has hecho.

—Supuse que apreciarías el fuego, aunque esté controlado. —Me guiñó un ojo.

—Sí.

Apenas fui consciente del hombre que había de pie a nuestra izquierda y que estaba sosteniendo un libro. Quienquiera que fuese, estaba siendo paciente y nos estaba dejando tener nuestro momento privado.

Damien y yo seguíamos en nuestro mundo, agarrados de la mano y en silencio. Cerré los ojos durante un instante y aprecié el momento: el sonido del agua, la brisa en el pelo, el olor de su colonia mezclado con el aire salado del océano.

—¿Puedo empezar? —preguntó el hombre.

Damien me apretó las manos y lo miró.

—Sí.

El juez de paz comenzó su guion y dijo algunas cosas genéricas sobre el amor y el matrimonio. Después nos preguntó a Damien y a mí si habíamos escrito algún voto especial. Con la poca antelación de la boda, no había tenido tiempo ni claridad mental como para expresar mis sentimientos con palabras.

Damien apoyó su frente sobre la mía.

—No he escrito votos —susurré—. No sabía que teníamos que hacerlo. —Empecé a llorar, temiendo haberle fallado de alguna manera por no haber venido preparada con algo conmovedor que decir. La idea de expresar con palabras todo lo que sentía me parecía imposible.

Cuando lo miré a los ojos, estaba llorando.

Damien me secó las lágrimas con los pulgares y me rodeó la cara con las manos.

—Había memorizado mil cosas para decírtelas en este momento, pero no se me ocurre ni una. Lo que significas para mí, Chelsea, desafía el lenguaje. No se puede resumir en palabras ni reducir a una recitación de un minuto. Solo tienes que saber que te quiero con todo mi corazón y mi alma y que no tiene límites. Mientras mi corazón lata, solo latirá por ti.

Le temblaba el labio inferior.

Le puse la mano sobre el corazón.

—Este corazón que late por mí..., estas lágrimas... me dicen más de lo que cualquier cantidad de palabras podría decir jamás. Nunca pensé que tendría la suerte de que alguien me amara tanto como para llorar. Te amo más que a la vida, Damien. Eres todo lo que necesitaré siempre. Por favor, no lo olvides. Me siento muy afortunada por haberte encontrado, muy afortunada porque de entre todos los lugares del mundo en los que podría haber acabado, me mudé al lado tuyo, la única persona con la que estaba destinada a estar.

—No fue por casualidad. Es imposible que lo fuera. Le estoy muy agradecido a Dios por traerte junto a mí en ese momento.

El hombre se aclaró la garganta.

—Para dos personas que no han memorizado nada, diría que lo habéis hecho bastante bien. Los mejores votos no intencionados que he oído nunca.

Nos reímos mucho.

—¿Hay anillos?

—Sí. —Damien se metió la mano en el bolsillo y sacó una alianza de oro blanco martillado y un diamante grande y redondo que debía de ser de por lo menos dos quilates. La piedra estaba sobre una alianza de diamantes más pequeños. Prácticamente se me salieron los ojos de las órbitas. Aquel anillo debía de costar decenas de miles de dólares.

—Madre mía, Damien... —exclamé.

—Entrego este anillo como prenda de mi amor y de mi fidelidad —repitió Damien después del oficiante—. Con este anillo, te desposo. —Me colocó el anillo en el dedo, y encajó a la perfección.

Repetí las mismas palabras y deslicé la gruesa alianza por su mano.

—Por el poder que me confiere el estado de California, yo os declaro marido y mujer.

Damien me besó y me susurró:

—Eres mi esposa, Chelsea Hennessey.

—Me encanta ese nombre. De hecho, rima.

—Chelsea Hennessey. Suena muy bien. Chelsea Hennessey... junto al mar me dio el sí. Y el afortunado soy yo aquí.

—¿Ahora eres poeta? Tienes demasiado talento para un solo hombre.

—Planeo mostrarte muchos talentos esta noche, esposa. Por cierto... —Sus ojos recorrieron la longitud de mi cuerpo—. Es el vestido de novia más sexi del puto planeta. Voy a cortar todos tus vestidos con unas tijeras para hacerles cuatro aberturas como esas.

—No sería la primera vez que cortas mi ropa en pedazos.

—La ropa en un cuerpo como el tuyo es un pecado.

—Hablando de eso... No llevo ropa interior.

—Joder. ¿En serio?

—Sí, me lo estás pegando.

—Voy a pegarte algo... después... dalo por seguro.

—Me he casado con un hombre muy muy indecente.

—Me he casado con una pequeña pervertida. —Me besó con fuerza. Estiré los dedos.

—¿Podemos hablar de este anillo?

—¿Te gusta?

—Es perfecto, pero ¿vendiste el edificio o algo para pagarlo? Es enorme.

—Bueno, a ver, leí algo en un artículo sobre protocolos para bodas que decía que el tamaño del anillo debe ser directamente proporcional al tamaño del pene del novio, así que...

—Ah... Eso lo explica. —Le rodeé el cuello con los brazos y vi el reflejo de las llamas en sus ojos—. En serio, es el anillo más bonito que he visto nunca. Ha tenido que costar una fortuna.

—Como dices siempre, yo lo hago todo a lo grande. Te quiero a lo grande. El anillo debería reflejarlo si la persona puede permitírselo. No se me ocurre nada mejor en lo que gastar el dinero.

—Gracias.

—No me des las gracias. Ningún anillo del mundo podría recompensarte por lo que me has dado y por aceptar casarte conmigo. —Su boca se curvó en una sonrisa—. ¿Estás lista para la recepción?

—¿Hay una recepción?

—Sí. Los perros no se saben el baile de los pajaritos, así que no habrá nada de eso, pero he traído la cena por cortesía de Mama Rocco's. Pensé que podríamos comer en la playa bajo las antorchas. También he reservado una habitación en un hotel situado en la cima de la montaña, a unos kilómetros. El conductor, Gary, volverá después de dejar a los perros y limpiará lo que ensuciemos, por lo que no tendremos que preocuparnos por nada de eso. Básicamente lo contraté para la noche.

—Pues sí que lo tienes todo planeado.

—Aún no he planeado cómo quitarte ese vestido y hacértelo en la arena sin que me arresten. En serio, qué ganas tengo de ir al hotel.

Me acordé de la promesa que le hice a mi hermana.

—Le prometí a Jade que nos haríamos una foto.

—Gary se encargará. Ha hecho muchas durante la ceremonia. —Le hizo señas a Gary para que se acercara—. ¿Te importaría hacernos unas fotos?

Activó el *flash* y nos hizo varias fotos con las antorchas como telón de fondo.

—Gracias, hombre.

Cuando nuestro pseudofotógrafo estuvo lo suficientemente lejos como para no escucharme, pregunté:

—¿Quién es ese hombre?

—¿Gary? Es el nuevo inquilino de abajo. Es buena gente. No podía pagar el alquiler, así que le dije que, si trabajaba para mí durante todo el día de hoy, se lo dejaría pasar solo por este mes. Está a nuestra entera disposición.

—Bueno, supongo que todos ganamos.

Durante la cena estilo pícnic, los perros se sentaron junto a nosotros encima de una manta antes de que Gary se fuera para llevarlos de vuelta a casa de Jenna, dejándonos a Damien y a mí solos bajo las estrellas.

No podríamos haber pedido una noche mejor.

Damien me llevó en brazos a través del umbral de la puerta cuando entramos en nuestra *suite* en la cima de la montaña, la cual tenía vistas a la bahía de Monterrey y a las montañas de Santa Cruz. Había una botella enorme de champán y pétalos de rosa esparcidos por toda la habitación.

—¿Cómo demonios has encontrado tiempo para hacer esto?

—Gary se ha ganado hoy el alquiler. —Sonrió.

—Debería haberlo sabido.

—Quería que este día se pareciera lo máximo posible a una noche de bodas de verdad.

—Es mucho mejor que una boda normal. Básicamente hemos eliminado todas las tonterías y hemos hecho que tratara sobre nosotros, que es como debería ser.

—Recuéstate en la cama. Quiero verte con ese vestido por última vez antes de quitártelo.

Recostada contra las almohadas de felpa y sobre un lecho de rosas, vi cómo mi maravilloso marido se arrodillaba a los pies de la cama mientras me contemplaba durante varios minutos.

—Bueno. Ya he terminado de mirar. Está grabado a fuego en la memoria. Ahora tengo que darles un buen uso a esas rajas.

Damien se desabrochó la corbata despacio, y ese simple gesto desprendió algo sumamente sexi. Acto seguido, gateó hacia mí.

—Vamos a darle un nuevo uso a esto —dijo, y me agarró de las manos, me rodeó las muñecas con la corbata y me las sujetó por encima de la cabeza.

Se quitó el chaleco y la camisa y los tiró a un lado antes de bajar su cálido pecho sobre mí. Quería tocarlo, pero tenía las manos atadas. No obstante, él sabía que me encantaba esta clase de tortura.

Damien se dio un festín con mi cuerpo, empezando por el cuello antes de ir bajando.

Enterró la cara bajo la tela del vestido y utilizó la lengua para penetrarme la vagina mientras me tocaba el clítoris con el pulgar. Me retorcí debajo de él, desesperada por sujetarle la nuca mientras lo hacía.

Cuando sintió que iba a correrme, se levantó de repente para desatarme rápidamente las muñecas antes de desabrocharse los pantalones. Me subió el vestido y, en cuestión de segundos, estaba dentro de mí. Meciendo las caderas con un movimiento rítmico, me penetró lenta y profundamente. No era su ritmo habitual. Con los ojos cerrados, disfrutaba de cada movimiento. Lo que le faltaba en velocidad, lo compensaba en intensidad. Lo habíamos hecho de todas las formas posibles desde que nos conocimos. Cada vez era diferente a la anterior. Pero esta vez era diferente a todas las otras veces.

Definitivamente, era un marido haciendo el amor con su esposa.

23

EL LUCHADOR

Por muy mágica que fuera nuestra noche de bodas en Santa Cruz, no fue lo bastante poderosa como para ralentizar el tiempo.

El día de la operación de Damien llegó más rápido de lo que esperaba. Bueno, si hubiera sido por mí, no habría llegado.

No me soltó la mano ni una sola vez mientras nos dirigíamos en coche hacia Stanford a altas horas de la madrugada. Era inquietante lo callados que estábamos los dos.

Tras detener la camioneta en el aparcamiento del hospital, nos quedamos quietos un rato después de que Damien apagara el motor. Como era comprensible, ninguno de los dos estaba preparado para lo que nos esperaba dentro. Me miró. Ya no podía ocultar mi miedo.

—No pasa nada si tienes miedo, Chelsea. Se te ha olvidado que te tengo calada.

—Quiero ser fuerte por ti.

Me apretó la mano con más fuerza.

—Todo va a salir bien, cariño. Está bien que dejes ver tu miedo.

Una vez que entráramos, lo más probable era que no pudiera decirle todo lo que quería decirle. Las palabras que era incapaz de pronunciar parecían ahogarme.

Me estaba derrumbando y apenas podía hablar.

—Más te vale que no te pase nada, porque no puedo vivir sin ti —conseguí decir.

Se me llenaron los ojos de lágrimas. Tenía una misión (ser fuerte por él) y había fracasado por completo.

—Cuando esté ahí dentro, quiero que pienses en todas las cosas que nos esperan este año, como planear la otra boda. Concéntrate en lo bueno y así, cada hora que pase, estaremos más cerca de dejar esto atrás.

Asentí con la cabeza como si de verdad fuera posible esperar algo con ilusión en ese momento.

—No va a pasar nada, ¿vale? —continuó—. Pero, Dios no lo quiera, si pasara algo, quiero que sepas que lo que dije aquella vez, lo de que no quería que pasaras página, fue una irresponsabilidad. Me gustaría que pasaras página y que fueras feliz.

Negué con la cabeza varias veces.

—No puedo hablar de esto ahora, Damien.

—Sí que puedes, porque no va a pasar nada, pero necesito decirte una cosa. Por favor.

—Está bien.

—Si en algún momento me pasa algo, no quiero que te quedes sola ni que te sientas culpable.

Asentí con la cabeza para que se sintiera mejor, pero en el fondo de mi corazón sabía que sería incapaz de pasar página en el caso de que le pasara algo a Damien. Era *esa* clase de amor. De esos que se daban una vez en la vida. El que tuvieron su madre y su padre. El que no pude tener con Elec ni con nadie porque solo habría sido posible con Damien.

—Eres mi alma gemela, Damien. Mi luchador. ¿Has escuchado esa canción, *The Fighter*? La de Keith Urban.

—La he oído en la radio. Me recuerda a nosotros —contestó.

No debería haberme sorprendido que se hubiera dado cuenta también. Así de conectados estábamos.

Hizo un gesto con la cabeza.

—Venga. Acabemos con esta mierda. Tengo que volver con mi mujer y con mis perros.

—Vale. Vamos.

En el interior, el Dr. Tuscano abordó cualquier preocupación de última hora que tuviéramos.

—Entonces, ¿tenemos claro todo lo que va a pasar? La incisión se hará en el centro del pecho. El músculo cortado acabará sanándose por sí mismo. Durante el procedimiento utilizamos una máquina de circulación extracorpórea que ayuda a proteger los otros órganos mientras el corazón está parado. Una vez terminada la operación, el corazón de Damien volverá a latir por sí solo sin problemas.

El médico vio que Tyler y la madre de Damien estaban esperando en la puerta y les hizo señas para que entraran. Parecían tan nerviosos como yo. Damien estaba siendo más fuerte que todos nosotros.

El Dr. Tuscano terminó de responder a algunas preguntas que tenía Monica antes de decir:

—La operación durará unas cinco o seis horas. No os alarméis si nadie viene a poneros al día. Para este procedimiento, normalmente necesitamos que todo el personal quirúrgico permanezca en el quirófano.

Damien abrazó a Tyler y le dio un beso a su madre. Estaban a punto de irse para dejarnos un momento a solas cuando Damien llamó a su hermano.

—Oye, mantén a mamá y a mi mujer cuerdas. Cuento contigo.

—Dalo por hecho, hermano.

Después de que la puerta se cerrara, Damien susurró:

—Por cierto, cuando dije que deberías pasar página y conocer a otro hombre, eso no incluye a Tyler. Encontraría la forma de volver de entre los muertos para castrarlo si se te insinuara en algún momento.

Había conseguido que me riera un poco.

—Entendido.

Tras un largo silencio, no le quedó más que decir:

—Te quiero.

—Te quiero muchísimo.

—Sé fuerte por mí, ¿vale?

—Vale.

El Dr. Tuscano estaba ya vestido cuando entró con alguien del personal para llevarse a Damien.

—¿Listo?

Damien me dio un último apretón en la mano antes de soltarla.

—Sí.

Mientras se lo llevaban de la habitación para conducirlo al quirófano, empecé a sentirme débil, como si fueran a fallarme las piernas. Justo cuando parecía que me iba a desmayar, noté las manos de Tyler en los brazos, agarrándolos y básicamente sosteniéndome.

—No le va a pasar nada.

Seguí sacudiendo la cabeza en un intento desesperado por convencerme.

—Lo sé.

«No podía pasarle nada».

La primera hora fue la más dura. Fue doloroso lo lenta que se me pasó. Por mucho que Damien le hubiera pedido a Tyler que cuidara de las dos, parecía que Ty estaba tan nervioso como nosotras y nos necesitaba tanto como nosotras a él.

Estaba claro que Damien había subestimado lo difícil que iba a ser para su hermano, su confidente más cercano mucho antes de que yo entrara en escena.

Tyler me agarró la mano izquierda y Monica la derecha. Damien era nuestro denominador común, la persona a la que más queríamos en esta vida.

En un momento dado, Tyler miró mi anillo.

—¡Joder! No bromeaba cuando dijo que se había gastado una fortuna en esa cosa.

Mirando fijamente la piedra, coincidí.

—Está loco.

—No, no lo está —intervino Monica—. Simplemente te quiere mucho. —Suspiró—. Enhorabuena. Sé que se suponía que era un secreto, pero me lo contó todo. Estoy deseando presenciar el gran día.

—No queríamos excluir a nadie.

—Lo sé. Mi intención no es que te sientas culpable. Estoy muy contenta de que lo hicierais así.

—Gracias.

Tyler sonrió.

—Nunca me olvidaré del primer día que me habló de ti. Dijo: «Ty, hay una chica que se ha mudado al piso de al lado. Es extravagante, está un poco mal de la cabeza y es una entrometida, pero es preciosa, en plan, es la belleza más natural que he visto nunca y la persona más real que conocerás en la vida. Vino a quejarse de los perros y lo único que quería era besarla hasta dejarla sin sentido».

—¿Dijo eso?

—Sí.

Una vez pasada la sombría primera hora de espera, el ambiente cambió de forma drástica. Todo empezó con una pizza.

Un repartidor se presentó en la sala de espera.

—Tengo un pedido de pizza de Damien.

—Damien no puede pedir pizza. Está en el quirófano —respondí.

—No. Programó una entrega.

—¿Cuándo llamó?

—No lo sé. En fin, se supone que tengo traer la pizza aquí y dársela a Chelsea con esta nota. —Me la entregó.

—Gracias.

Noté la caja de pizza caliente contra el regazo. El olor del queso y la salsa me recordó que no había comido nada. Arranqué el papel que estaba pegado en la parte superior y lo leí.

No está tan buena como la mía, pero ahora mismo estoy un poco ocupado y no he podido hacerte una. Así que tendrás que conformarte con esta. Sabía que no comerías a menos que te la trajera.
—D.

Si pensábamos que esa era la única sorpresa que nos esperaba en la sala de espera, estábamos equivocados. A la hora siguiente, llegó un enorme ramo de frutas de Edible Arrangements junto con una nota.

Sé que lo más probable es que mi madre no haya tocado la pizza. Afirmará que se encuentra demasiado mal como para comer, pero nunca ha rechazado una fresa cubierta de chocolate.

Tenía razón. Monica había rechazado la pizza, pero acabó devorando las fresas.

A la tercera hora llegó la mayor sorpresa de todas. Entró nuestro inquilino, Gary, que al parecer seguía trabajando como asistente personal de Damien en reemplazo de pagar el alquiler. Estaba metiendo a los Doble D con dos correas en la sala de espera.

—¿Dejan entrar a perros? —Sonreí.

Gary se encogió de hombros.

—Supongo. Nadie ha dicho nada.

—No puedo creerme que estén aquí —dije mientras dejaba que me lamieran la cara.

—Damien pensó que te animaría verlos.

—Tenía toda la razón.

Gary me entregó un regalo envuelto.

—También quería que te diera esto.

—¿De dónde es?

—No tengo ni idea. Me lo dio ya envuelto.

Lo abrí, pero tuve que ocultarles rápidamente el contenido a Tyler y a Monica. Era un libro de tríos sexuales titulado *Tres veces una dama*. Por supuesto, había una nota.

*Pensé que, si algo podía distraerte de la operación, era esto. Aún
faltan unas horas. Feliz lectura.*

Gary me dio un artículo más.

—También me dio este sobre, pero dijo que no puedes abrirlo hasta
la quinta hora.

Lo guardé.

—Vale, gracias.

Cuando llegó la última hora, abrí el sobre. Era una simple nota.

*Ya casi está. Sé que debes de estar agotada y asustada esperando a
que salga. Créeme, nadie quiere salir de ahí más que yo. Solo quería
recordarte que, aunque una máquina se esté apoderando de mi
corazón ahora mismo, este sigue latiendo solo por ti. Te quiero. Dale
un beso a mi madre de mi parte. NO beses a Tyler. Hasta pronto.*

Habían pasado las seis horas previstas y el médico seguía sin decir
nada. A pesar de que hasta el momento las tácticas de Damien habían
funcionado y nos habían calmado bastante, estaba empezando a ponerme muy nerviosa otra vez.

Muy nerviosa.

Estaba entrando en pánico.

«¿Por qué estaba tardando tanto?».

Estaba desesperada por verlo.

Me volví hacia Tyler.

—¿Crees que todo va bien?

—Seguro que sí. El médico dijo que podrían ser más de seis horas.

—Lo único que quiero es que alguien salga para informarnos, para
decirnos que todo va según lo previsto.

Monica se quedó callada y se limitó a agarrarme la mano de nuevo.
El ambiente se iba apagando con rapidez con cada minuto insoportable
que pasaba. Parecía que había pasado una eternidad desde que lo había
tocado o había oído su voz.

Por fin, treinta minutos después, apareció el Dr. Tuscano, caminando por el pasillo hacia nosotros. El corazón me latía más deprisa con cada paso que daba. Los tres nos pusimos de pie.

Se bajó la mascarilla.

—La operación ha ido bien —anunció.

Sentí como si me hubieran quitado una roca de mil toneladas del pecho.

—El procedimiento ha resultado ser un poco más complejo de lo que habíamos previsto, por eso hemos tardado un poco más, pero hemos conseguido hacer lo que teníamos que hacer. Ahora está recuperándose. Le he pedido a una enfermera que venga dentro de un rato para acompañar a uno de vosotros a verlo. Va a estar un rato en recuperación antes de que lo trasladen a la unidad de cuidados intensivos.

—Muchas gracias, Dr. Tuscano, por todo.

—Es un placer. Damien es uno de mis pacientes favoritos. Me alegro de que al final tomara la decisión de hacerlo. Seguro que lo veré mucho en las próximas semanas durante el postoperatorio. Tienes mi número de móvil y mi correo electrónico en el caso de que tengas cualquier pregunta.

—Sí. Gracias.

Cuando se marchó, los tres nos abrazamos, sintiendo un alivio colectivo. Poco después se acercó una enfermera, y Monica y Tyler acordaron que yo debía ser la que lo viera primero.

El corazón casi me dio un vuelco cuando vi a Damien durmiendo en la sala de recuperación. De su pecho salía un tubo que parecía estar drenando un líquido. Una enfermera le controlaba el ritmo cardíaco.

—¿Está despierto?

—Todavía se le está pasando la anestesia, pero se ha despertado bien. Aunque parece que se está quedando dormido otra vez —respondió.

Esperé pacientemente a que abriera los ojos. Cuando sus párpados empezaron a agitarse, le dije:

—Cariño, soy yo... Chelsea. Estoy aquí contigo. Estás bien. Lo has conseguido. Lo hemos dejado atrás.

Damien parpadeó varias veces y parecía desorientado. Era duro ver a mi fuerte hombre en un estado tan vulnerable. Seguí hablando.

—Bienvenido de nuevo a la vida. Te pondrás bien.

—Chelsea —susurró.

«Gracias a Dios».

—Sí, cariño, soy yo. Y tu madre y Tyler también están aquí. Estamos muy contentos de que hayas salido.

—Chelsea... —repitió.

—Sí. Estoy aquí. Te quiero.

—¿Dónde está ella?

—¿Tu madre? Está al final del pasillo. Vendrá pronto.

—No.

—¿Qué?

—¿Dónde está...? —vaciló.

—¿Dónde está quién?

—¿Dónde está nuestro bebé?

—¿Nuestro bebé?

—¿Dónde está nuestro bebé? —repitió—. La he visto. ¿Dónde está?

—No... No tenemos. No hay ningún bebé.

Se me quedó mirando con cara de confusión hasta que se le volvieron a cerrar los ojos. No supe qué pensar y llegué a la conclusión de que estaba alucinando por culpa de la medicación.

Unas horas más tarde, trasladaron a Damien a la unidad de cuidados intensivos. Había recuperado la lucidez y ya no mencionaba nada sobre un bebé. Seguro que no se acordaba. Aun así, oír cómo pedía ver a nuestro bebé (un bebé que no tendríamos nunca) fue, sin duda, doloroso. Hizo que me preguntara si, en algún nivel subconsciente, Damien anhelaba tener un hijo más de lo que yo pensaba.

—¿Recibisteis algo especial mientras estaban operándome?

—Ya te digo. Eres muy listo.

—Los próximos meses van a ser una mierda —gimió.

—¿Por qué?

—Es el tiempo que se supone que hace falta para recuperarme por completo.

—Seré tu enfermera particular. No te preocupes.

—Mamá, tápate los oídos. —Damien habló en voz baja—. Eso no va a funcionar. No puedes ir así de guapa y cuidarme cuando no podemos acostarnos durante al menos tres semanas. Voy a acabar rompiendo las reglas, y como acabe muerto...

—¿Será todo culpa mía?

—No. Iba a decir que valdrá la pena.

—Ya se nos ocurrirá algo para que no tenga que pasar.

—Quiero irme a casa.

—Lo sé. Yo también quiero que estés en casa.

Autorizaron el alta de Damien después de cinco días. No hubo sorpresas ni complicaciones en cuanto a su pronóstico. Le estábamos muy agradecidos a Dios porque por fin íbamos a poder seguir adelante con nuestras vidas poco a poco.

Sentí que finalmente podía respirar después de meses llenos de preocupación.

Esa sensación no duraría.

A las pocas semanas de estar recuperándose Damien en casa, uno de mis mayores temores se hizo realidad.

24

PLAN DE DIOS

—Fíjate cómo nunca muestran a los presentadores guapos haciendo algo más de un par de segundos. ¿Cuánto dinero quieres apostarte a que en realidad no están haciendo una mierda cuando la cámara deja de grabar?

Mientras Damien estaba tumbado en el sofá viendo un canal de reformas de casas con sus enormes pies sobre mi regazo, me quedé mirando la línea roja que recorría la mitad de su pecho, por lo demás impecable y duro como una roca. La cicatriz era un recordatorio permanente del riesgo que había corrido por nosotros.

Sabía que había tomado la decisión de someterse a la operación no solo para mejorar su calidad de vida, sino también para que él y yo tuviéramos más posibilidades de vivir más tiempo juntos. La cicatriz también era un recordatorio constante de lo frágil que era la vida.

Tenía que salir de la habitación. Cada vez que me ponía demasiado sentimental, temía que fuera capaz de calarme. No podía permitir que viera que algo iba muy mal. Ni siquiera yo estaba preparada para afrontarlo y, como era lógico, no iba a someterlo a ningún tipo de estrés por nada, por una especulación.

«Otro día... otra negación».

Llevaba oficialmente tres semanas de retraso con el periodo. A pesar de que nunca me había saltado un ciclo en mi vida, me negaba a creer que eso significara que estaba embarazada. No quería hacerme la prueba porque tenía demasiado miedo a las consecuencias y era incapaz de imaginar esa posibilidad, incapaz de imaginar cuál sería la reacción de Damien. Así que seguí dejando pasar los días.

Por no mencionar que él todavía estaba en un estado frágil. Estaba empezando a volver a la normalidad y ni mucho menos se encontraba al cien por cien. No podía arriesgarme a someterlo a alguna clase de estrés innecesario. Todavía cabía la posibilidad de que no fuera nada. Había leído que el estrés podía retrasar el ciclo menstrual. Había estado tan estresada durante las semanas anteriores a la operación que era fácil verle una relación. Me tomaba la píldora, la cual tenía una eficacia del noventa y nueve por ciento.

Aun así, por mucho que intentara convencerme a mí misma, la incertidumbre empezaba a corroerme.

—Ey. ¿Qué pasa?

—Nada.

—Mentira. Ven. —Se acercó a mí—. Siéntate aquí. —Señaló el suelo frente a él, colocó mi cuerpo entre sus piernas y empezó a masajearme los hombros—. ¿Ha sido demasiado para ti?

—¿El qué?

—Tener que cuidar de mí mientras me recupero.

Me giré hacia atrás para mirarlo.

—Pues claro que no. Ha sido un placer cuidar de ti. No pienses eso nunca.

Me hundió más profundamente la base de las palmas en los músculos e hizo presión con un movimiento circular.

—¿Qué te pasa, entonces?

—Creo que el estrés del último mes me está pasando factura. Todo va bien —mentí.

Después de media hora sentada en la misma posición, me levanté del suelo.

—¿Sabes de qué me acabo de acordar? Nos hemos quedado sin queso rallado. Iba a hacer tacos esta noche. Voy a ir al supermercado a comprar un poco.

—Vale.

Salí del apartamento a toda prisa.

Una vez doblé la esquina, me apoyé en el lateral del edificio y respiré hondo, tras lo que saqué el móvil y recé para que Jade contestara. Le había contado que se me había retrasado la regla a principios de semana.

—Gracias a Dios —dije cuando contestó.

—¿Va todo bien?

—Creo que estoy teniendo un ataque de pánico.

—Vale, cálmate. Estoy aquí. ¿Dónde estás?

—Estaba viendo la tele con Damien y he tenido que salir de casa. Está empezando a darse cuenta de que me pasa algo.

—Escucha. Tienes que hacerte una prueba. Sé que no quieres saberlo, pero tienes que reunir valor y hacerlo. Ahora mismo el problema es no saberlo.

—Vale. Estoy en la calle. Compraré un test y me lo haré. Le he dicho a Damien que iba al supermercado.

—Me quedaré al teléfono contigo. ¿Puedes usar un baño público?

—Encontraré algo.

Después de comprar una prueba de embarazo en la farmacia, pregunté si podía usar el baño de empleados que tenían en la parte de atrás. Puse a Jade en el altavoz mientras seguía las instrucciones y orinaba en el palito.

En el retrete, coloqué la cabeza entre las piernas y suspiré.

—Ahora a esperar.

Tras unos minutos de espera en silencio, Jade habló.

—Respira, hermanita. Respira. Si lo estás, es un accidente anormal. Lo entenderá.

—Damien se ha pasado suficientes años preocupándose por su salud. No quería que tuviera que preocuparse más. Esto va a ser horrible para él, sobre todo teniendo en cuenta que ni siquiera está totalmente recuperado. No...

—Se acabó el tiempo —interrumpió Jade—. He estado mirando el reloj. Es hora de comprobarlo.

Cuando miré a regañadientes el palito que descansaba sobre el lavabo, el símbolo rojo que apareció ante mis ojos no me sorprendió lo más mínimo.

—Es el signo del más.

Jade respiró hondo a través del teléfono.

—Vale. De acuerdo. Nos ocuparemos de ello. Todo va a salir bien.

Me tapé la boca.

—Dios mío.

—Tienes que decírselo pronto.

—Necesito más tiempo. Necesita más fuerza para poder lidiar con esto. No creo que se lo diga hasta dentro de un par de semanas por lo menos. No puedo hacerle esto. También necesito confirmarlo con un médico primero.

—Vale. Pide cita esta semana, pero prométeme que no pospondrás demasiado el decírselo.

—Si pudiera, no se lo diría nunca.

—Felicidades, Sra. Hennessey. Tenemos los resultados de su análisis de sangre, y definitivamente está embarazada.

Lo más probable es que pareciera que me había dicho que alguien había muerto.

—¿No son buenas noticias para usted?

Me agarré a los brazos de la silla para mantener el equilibrio y negué con la cabeza.

—No.

—¿Ha sido inesperado?

—Mi marido tiene una cardiopatía hereditaria. Habíamos tomado la firme decisión de no tener hijos biológicos para evitar transmitirla. Hay un cincuenta por ciento de posibilidades, y él no quería correr el riesgo.

Yo me tomo la píldora y él también pensaba hacerse pronto una vasectomía. Esto es como mi pesadilla hecha realidad, y la verdad es que no entiendo cómo ha sucedido.

—Siento que no sean noticias positivas para usted.

—Se supone que la píldora es efectiva casi al cien por cien, y no me he saltado nunca ni una. Siempre he sido muy diligente. ¿Cómo ha podido ocurrir?

—Bueno, hay ciertas cosas que pueden contrarrestarla. ¿Ha estado tomando otros medicamentos, por ejemplo?

De repente, se me encendió una bombilla.

«No puede ser».

—Estuve experimentando episodios depresivos y ansiedad a causa de la operación de mi marido. Lleva un mes recuperándose. No quería tomar antidepresivos, por lo que mi psicóloga me recomendó la hierba de San Juan, así que empecé a tomármela.

La Dra. Anderson cerró los ojos durante unos segundos en señal de comprensión y asintió.

—Sí. Por desgracia, es bien sabido que interfiere con la píldora.

—Bien sabido por todo el mundo menos por mí, al parecer. Joder. Perdón por decir una palabrota, pero... joder. —Bajé la cabeza y la coloqué entre las manos.

—Su psicóloga debería haberlo sabido antes de recomendársela.

—No. Debería haberlo comprobado yo misma. La culpa es mía. ¿Cómo he podido ser tan estúpida?

—Le sorprendería saber cuánta gente se toma cosas sin leer la letra pequeña ni informarse de los efectos secundarios.

—Intentaba mejorar las cosas manejando mis problemas en silencio y he acabado fastidiándolo todo.

—Todavía tiene la opción de interrumpirlo.

Incluso oír cómo aludía a eso me resultaba doloroso.

—No. Jamás sería capaz de hacer eso. —Seguía siendo el hijo de Damien y mío, y por muy asustada que estuviera, sabía sin lugar a dudas que ya estaba perdidamente enamorada de él.

—Vale. Lo entiendo.

—¿Cuál es el siguiente paso?

—Le daremos cita para que se haga una ecografía pronto.

—Vale. —Tragué saliva. Esto se estaba volviendo demasiado real, teniendo en cuenta el hecho de que Damien todavía no tenía ni idea. El tiempo corría.

Salí de la consulta aturdida. Si antes me parecía difícil aceptar el embarazo, saber que era culpa mía hacía que fuera totalmente insoportable.

No sabía cómo estar cerca de Damien. Llevar la carga de este secreto era demasiado. De forma consciente o inconsciente, lo había estado dejando de lado, y él estaba empezando a notar que me pasaba algo. No obstante, dudaba que supiera lo que era. Solo Dios sabía qué conclusiones podría haber sacado.

Pasaron dos semanas desde la cita con la doctora. Cada día planeaba confesarle lo del embarazo y cada día me acobardaba por completo. Me decía a mí misma que necesitaba más tiempo para recuperarse antes de afrontar la noticia, pero la verdad era que nunca iba a estar preparado para oírla.

Parecía sospechar que algo no iba bien y no dejaba de preguntarme si me pasaba algo. Yo no sabía cómo decirle la verdad.

Últimamente había estado haciendo varios viajes a la «tienda» solo para poder hablar con Jade en privado. Con el oído sensible de Damien, podía oír cualquier conversación que tenía con ella en nuestro apartamento, incluso cuando susurraba con la puerta cerrada. Jade estaba muy enfadada conmigo por no habérselo contado todavía, pero aun así accedió a apoyarme hasta que por fin reuniera el valor para sincerarme.

Una tarde, volví a casa después de haberme escapado para llamarla. Damien estaba de pie en medio del salón con los brazos cruzados. La adrenalina se apoderó de mí cuando vi su expresión.

—¿Qué demonios está pasando? —Nunca me había hablado con un tono tan enfadado.

—¿A qué te refieres?

—Dijiste que ibas a ir a la tienda. En vez de eso, estabas hablando por teléfono en el callejón de la esquina. —Se me secó la boca.

—¿Cómo lo has sabido?

—Contéstame primero. ¿Qué estás ocultando?

—¿Le has pedido a alguien que me siga?

—Estaba preocupado por ti. Cuando saliste corriendo, llamé a Gary y le pedí que te vigilara porque sabía que algo no iba bien. Pero que me dijera eso era lo último que me esperaba.

—Conque le pediste a Gary que me siguiera. ¿Qué crees que está pasando?

—Y yo qué demonios sé, pero no me está dejando una sensación cálida y agradable, Chelsea. ¿Qué está pasando? ¿Con quién hablabas por teléfono?

«Tenía que decir la verdad».

0Mi respuesta fue apenas audible.

—Jade.

Entrecerró los ojos.

—¿De qué hablas con Jade que no puedes decir delante de mí? —preguntó. Empezó a caminar lentamente hacia mí, y la conclusión equivocada que estaba empezando a sacar casi me rompió el corazón—. ¿Te estás arrepintiendo de todo esto? ¿De haberte casado conmigo?

«Tenía que decírselo».

«Ahora».

—¡No! No. Nunca. Damien, yo...

—¿Qué?

—Estoy... embarazada.

Prácticamente se cayó hacia atrás, como si el anuncio lo hubiera dejado sin respiración.

—¿Qué?

Se me empezaron a humedecer los ojos.

—Sí.

Se llevó las manos a la cabeza y me miró estupefacto.

—¿Cómo es posible que estés embarazada? Tomas la píldora.

—Cometí un tremendo error. Las semanas anteriores a tu operación intenté que no vieras lo asustada que estaba. Empecé a tomarme algo homeopático para calmarme, hierba de San Juan. Pensaba que era inofensivo, pero resulta que afecta a la eficacia de la píldora. —Empecé a caminar de un lado a otro—. Todo esto es culpa mía. Me pediste una cosa en esta vida, un sacrificio, y no he podido hacerlo bien. —Lo miré con ojos suplicantes—. Pero no puedo abortar, Damien. Soy incapaz.

—Jamás te pediría que lo hicieras —soltó de repente—. *Nunca*. ¿Lo entiendes?

—Sí.

Se quedó en estado de conmoción durante un tiempo indeterminado.

Agarró su chaqueta y, de repente, se dirigió hacia la puerta principal.

—¿A dónde vas?

—Necesito... que me dé un poco el aire, ¿vale? Ahora vuelvo. No te preocupes. Estaré bien.

Cuando cerró la puerta, me derrumbé en el sofá llorando. Aunque contarle la verdad me había dolido, supuso una liberación enorme haberla soltado por fin. El peso de mantenerlo en secreto me había estado matando.

Llevaba días sin dormir. Fue el primer momento en el que sentí que podía relajarme lo suficiente como para cerrar los ojos.

Agotada, mi cuerpo se apagó y acabé quedándome dormida en el sofá mientras esperaba a que Damien regresara.

Después de que pasara una cantidad desconocida de tiempo, me desperté y me encontré su cabeza sobre mi estómago.

Pasándole los dedos por el pelo ondulado, hablé en voz baja.

—Has vuelto.

—Claro que he vuelto. Perdón por haberme ido. No debería haberte dejado así. Sentía que no podía respirar y necesitaba procesarlo a solas.

—Lo siento mucho.

—No es culpa tuya. No lo hiciste a propósito. —Se inclinó y me dio un beso en la barriga con ternura y habló sobre mi piel—: Pensaba que te estaba perdiendo. Durante semanas he pensado que te perdía, Chelsea. No tenía ni idea de lo que estaba pasando.

Me dolió pensar que creyera que tenía dudas.

—Nunca, Damien. Jamás te dejaría.

Se sentó de repente.

—Tengo que decirte algo.

—Vale. —Sorbí por la nariz.

—No llegué a mencionarte algo que experimenté cuando salí de la operación. Pensé que no era más que un sueño, pero ahora me lo estoy cuestionando.

—¿El qué?

—Vi algo... o a alguien. Por algún motivo, *supe* que era nuestro bebé. No se presentó claramente como una niña o un niño. Era como el espíritu de alguien pequeño. No le vi la cara, pero recuerdo haber visto rizos rubios. Así que supuse que era una niña. —Me pasó los dedos por el pelo—. El caso es que supe que era nuestro. Esa cosa... espíritu... como quieras llamarlo... intentaba abandonarme. Yo no paraba de pedirle que se quedara, de suplicarle que se quedara. En ese estado de ensoñación, conocía todos los riesgos, sabía que no debía quedarse conmigo ni pedirle que se quedara, pero en ese momento no me importó. Mi amor por él era demasiado fuerte. Todavía no entiendo qué fue aquella experiencia, si fue una alucinación o algo así. En aquel momento pareció real. No tenía intención de contártelo.

—¿No te acuerdas de lo que me preguntaste cuando se te pasó la anestesia?

—No.

—Me preguntaste dónde estaba ella.

—¿En serio?

—Cuando te pregunté a quién te referías, me dijiste que era nuestro bebé.

—Dios. No me acuerdo de nada de eso. Pero eso debió de ser el final.

Escuchar su historia me asustó un poco, porque ese día estaba embarazada, aunque todavía no lo sabía.

—La cosa es que... —continuó—, cuando experimenté eso en ese estado subconsciente, elegí que se quedara. A pesar de todo, quería que estuviera a mi lado, porque el amor que sentía superaba todo lo demás... todos los riesgos, todos los miedos.

—¿Crees que fue una premonición?

—No lo sé. ¿Y sabes qué? No importa. Quiero tener este bebé. Siempre he querido tener uno contigo. Intenté hacer lo que creía que era correcto, pero Dios tenía otros planes.

Me invadió un alivio inmenso.

—Pensé que estarías destrozado. Me daba pánico decírtelo.

—Estoy acojonado, cariño. Pues claro. Pero no hay duda de que lo quiero. Lo quiero más que nada. Solo estoy asustado, pero eso es irrelevante en este momento. Ahora que está aquí de verdad... la quiero todavía más de lo que me habría imaginado nunca. Estoy muerto de miedo, pero estoy tan enamorado... Enamorado de ella y de ti.

—¿De ella?

—Eso creo, sí. Es una chica. —Sonrió.

—¿Cómo vas a lidiar con esto, Damien? Con el miedo y con la culpa que siempre te han preocupado.

Se lo pensó durante un rato largo antes de responder.

—Si hay algo que he aprendido es a vivir con miedo. Vivo cada día sin saber si voy a morirme de un momento a otro. Pero me niego a dejar que siga dictando mi vida. Así que lo gestionaré como gestiono todo lo demás. Me levantaré cada día y rezaré al mismo Dios que te trajo junto a mí y que me ayudó durante la operación. Rezaré para que Él también proteja a nuestra hija. Da igual lo aterrador que sea, en este momento tengo que ponerlo todo en sus manos y darle las gracias por bendecirme con todas las cosas que no creía que iba a llegar a tener.

Volvió a bajar la cabeza hasta mi estómago.

—Madre mía. Vamos a tener un bebé.

Dejé que esas palabras calaran hondo. Por primera vez, me permití celebrarlo, como si acabara de hacerse realidad.

Sonreí.

—¡Vamos a tener un bebé!

La semana siguiente, cuando oímos latir el corazón de nuestro bebé por primera vez, fue tan mágico como aterrador.

Durante varios años no sabríamos si la genética estaría de nuestra parte. La miocardiopatía hipertrófica es una enfermedad que, si se hereda, se manifiesta con el paso del tiempo y lo hace en la edad adulta temprana. Dejaríamos que nuestro hijo o hija decidiera si quería hacerse las pruebas. Lo único que sabíamos era que, mientras tanto, haríamos todo lo humanamente posible para monitorear y proteger a nuestro bebé.

25

LOS PUNTOS SOBRE LAS ÍES

Nuestros grandes planes de boda iban a tener que aplazarse hasta después del nacimiento del bebé. Entre hacer la habitación del bebé y preparar a los perros para el nuevo miembro de la familia, había demasiadas cosas que hacer como para preocuparse de organizar una gran fiesta.

Habíamos optado por no descubrir el sexo, aunque Damien seguía convencido de que era una niña. Realmente creía que el espíritu con el que se había encontrado en su sueño (o lo que hubiera sido aquella experiencia) era femenino. Lo atribuyó a la intuición paterna.

Todos los artículos que habíamos comprado para la habitación del bebé eran grises, blancos y verdes, aunque Damien escogía pequeños objetos rosas cuando estaba fuera y los colocaba de forma estratégica por todo el espacio; básicamente era la habitación de una niña.

Mi barriga era pequeña y baja, lo que hizo que Damien la apodara su «pequeña pelota de playa».

En general, el embarazo fue tranquilo hasta el último mes.

Ambos estábamos muy estresados porque Jenna nos había sorprendido con la noticia de que planeaba mudarse a Colorado con su nuevo novio. También decidió que los perros eran técnicamente suyos y que tenía derecho a llevárselos con ella.

Damien intentó convencerla de que lo mejor para los Doble D era quedarse en California porque era el único hogar que habían conocido. No lo aceptó y amenazó con llevarnos ante los tribunales para obtener la custodia completa. No pintaba nada bien.

Me alteré demasiado y acabé en reposo por hipertensión. Así pues, Damien no solo estaba preocupado por si le quitaban los perros, sino también por la salud de su mujer y de su bebé nonato. A su vez, yo estaba preocupada por el estrés que todo lo anterior le estaba provocando en el corazón.

Los perros fueron mi única salvación durante el periodo de reposo en cama, ya que se subían a mi lado y me hacían compañía durante las tardes en las que Damien tenía que hacer cosas en el edificio. Ya ni siquiera oponía resistencia a que estuvieran en nuestra cama, puesto que sabía lo reconfortantes que eran para mí. No obstante, por la noche seguían teniéndolo prohibido. Sabía que le aterrorizaba que Jenna ganara y que se fueran pronto. Como resultado, estábamos mimando y consintiendo a los perros.

Un día, Damien había salido a por un par de cosas que se me habían antojado. Había tardado dos horas más de lo que debería.

Cuando por fin volvió, la puerta principal se cerró de golpe y lo oí decir:

—Ya está.

—¿Qué?

—Ya está. Nos deja quedarnos con los perros.

—¿Qué? ¿Y eso?

—Redacté un contrato y la he comprado.

—¿Cómo?

—Le he dado un montón de dinero, suficiente como para que no pudiera rechazarlo. No iba a permitir que esta situación nos estresara más. No iba a permitir que nos los quitara.

—¿Cuánto le has dado?

—No te preocupes por eso. Tenemos los fondos suficientes para hacerlo. Y valen la cantidad que sea.

Una vez más, Damien se había hecho cargo de una situación y había acudido a mi rescate. Lágrimas de alivio empezaron a recorrerme el rostro. Solo en ese momento me di cuenta de hasta qué punto el miedo a perder a los animales había estado haciendo mella en mi salud y en mi bienestar.

Por lo general, Damien no se metía en la cama con nosotros, pero esa tarde se nos unió. Tumbada en la cama con los *Triple D*, me invadió una paz enorme. Además, el bebé estaba dando patadas. Nuestra familia estaba completa y eso no nos lo podía quitar nadie.

Eso no tenía precio.

Era una noche despejada y el cielo oscuro estaba lleno de estrellas brillantes. Damien y yo estábamos sentados en el patio la noche anterior a la cesárea que tenían prevista hacerme, fantaseando con todas las cosas que íbamos a hacer cuando naciera el bebé.

—Estoy deseando volver a comer sushi y poder depilarme las piernas.

Me agarró el muslo con firmeza.

—Estoy deseando poder envolverme la espalda con estas piernas y empotrarte sin preocuparme de empalar a mi hija. —Se volvió hacia mí—. Puedes volver a depilarte las piernas, pero déjame a mí depilarte el sexo, incluso cuando seas capaz de volver a vértelo.

—Claro. De hecho, cuento con ello.

—Bien. —Me guiñó un ojo.

—¡Oh! Estoy deseando volver a tomarme mi café con leche de la tarde. Esa es otra cosa que echo de menos, ingerir mucha cafeína.

Damien gruñó.

—¿Sabes lo que estoy deseando? Estoy deseando tirar ese puto aguafiestas con relleno por la ventana. Eso va a ser lo primero que desaparezca.

Eso hizo que me partiera de risa. Se refería a la almohada para embarazadas que había estado usando las últimas semanas. Formaba una gran barrera entre nosotros.

—De hecho, ¿por qué no se la dejas a los D? El otro día los encontré montándosela. Eran dos contra uno.

Arrugó las cejas.

—¿Te ha recordado a tus libros?

Le di un codazo.

—No.

Se rio y me dio un beso en la mejilla.

La cesárea de mañana no llegó tan rápido como me hubiera gustado. Debido a mi preeclampsia, mi médico pensó que lo mejor era sacar al bebé una semana antes de la fecha prevista, sobre todo porque el cuello del útero no se había dilatado en absoluto.

Estábamos nerviosos, pero muy emocionados por conocer por fin a nuestro bebé.

Damien estaba muy gracioso con el gorro de ducha del hospital. Estar aquí me recordó lo aterrorizada que estuve el día que lo operaron. Por muy aterrador que me pareciera imaginarme al médico cortándome el abdomen hoy, nada se comparaba con el miedo que sentí el día que mi marido pasó por el quirófano.

Me sobresaltó cuando habló.

—¿Sabes? Por muy aterradora que fuera mi operación, esto me asusta mucho más. Estoy deseando que se acabe.

La ironía de su afirmación hizo que sonriera. Supongo que así es cuando quieres a alguien. La idea de que algo le ocurra a la otra persona es mucho peor que la idea de que te ocurra algo a ti mismo.

Lo miré desde mi posición horizontal sobre la mesa de operaciones.

—Te quiero.

Se quitó brevemente la mascarilla quirúrgica para contestarme.

—Sois mi vida entera.

Me sentí tan agradecida de que se encontrara bien, de que estuviera a mi lado.

Damien me agarró de la mano con fuerza mientras los médicos me explicaban todo lo que estaban haciendo. Como me habían puesto la epidural, tenía toda la parte inferior del cuerpo completamente dormida.

Me habían advertido de que iba a notar algunos tirones. Justo cuando los sentí, Damien me apretó la mano con más fuerza.

—Dios mío, ya viene. La están sacando.

En ese momento, los oí.

«Llantos».

«Llantos».

«Más llantos».

Mi bebé.

Los ojos de Damien brillaban.

—¡Madre mía! Es preciosa, cariño. Se parece a ti. ¡Es igual que tú!

—¿Sí?

—Sí. Tiene la piel clara. Es un ángel. Ella... Ella... tiene... un pene. ¿Un pene?

—Es un niño —proclamó el médico.

Damien empezó a llorar de alegría y de risa a la vez.

—Tiene un pene pequeño. ¿Es un niño? ¡Es un niño! Cariño, tenemos un hijo.

—¡Es un niño! —repetí.

—¡Sí!

Al cabo de unos minutos, una enfermera le entregó nuestro hijo a Damien, que lo colocó junto a mi cara. Le di un beso en la mejilla, deseando abrazarlo.

—Hola —le dije en voz muy baja.

Por mucho que Damien pensara que se parecía a mí, reconocía la nariz de mi marido con total claridad.

—Se suponía que ibas a ser una niña —susurré—. Engañaste a tu padre.

Damien se inclinó y le dio un beso en la frente a nuestro bebé.

—Ha cambiado la historia.

Uno de los inconvenientes de que el sexo de nuestro bebé nos tomara por sorpresa era que no habíamos elegido ningún nombre. Nos habíamos centrado tanto en los nombres de niña que las opciones de niño se quedaron por el camino.

Nuestro hijo tenía unas semanas cuando por fin nos decidimos por un nombre. Optamos por anunciárselo a nuestros familiares y amigos más cercanos en Nochebuena.

Parecía que había sido ayer cuando el año pasado celebramos la fiesta en nuestra casa. Habían cambiado tantas cosas desde aquella fecha. Por aquel entonces, Damien ni siquiera había decidido operarse, también pensábamos que no tendríamos hijos nunca y acabábamos de empezar a salir. Un año después, Damien llevaba diez meses operado, nos habíamos casado y teníamos un hijo. Por no hablar de que ahora los perros eran nuestros a tiempo completo.

Damien llevaba al niño sobre el pecho, en un portabebés, mientras colocaba los últimos adornos. Todavía estaba recuperándome de la cesárea, por lo que me tomé las cosas con calma mientras preparaba la comida en la cocina. En principio no íbamos a hacer una fiesta, pero era mucho más fácil que llevar a nuestro hijo de casa en casa durante las vacaciones. En nuestra casa teníamos todo lo que necesitaba.

Sonó el timbre.

Tyler, su novia Nicole y la madre de Damien estaban en la puerta con unos regalos envueltos.

—¡Hola, chicos! Pasad.

Monica me abrazó con fuerza.

—¿Cómo te encuentras?

—Estoy bien, un poco dolorida todavía, pero genial teniendo en cuenta la situación.

Nicole me miró de arriba abajo.

—Eres tan pequeñita. Nadie sabría que diste a luz hace un mes.

—Ni siquiera parecía que estaba embarazada por detrás en el noveno mes —gritó Damien—. Lo sé porque al final pasé mucho tiempo en esa posición. —Miró a Monica—. Uy, lo siento, mamá.

Tyler se abrió paso entre nosotros en dirección al bebé.

—¡Ahí está mi ahijado sin nombre!

Nicole sonrió.

—Ohh, lleva un gorrito como su padre.

Le habíamos puesto un gorrito gris a juego con el de Damien.

La mirada de Tyler pasó del bebé a su hermano.

—Nunca pensé que llegaría este día.

—Ni tú ni yo, hermano.

Tyler habló cerca del bebé.

—No te preocupes, pequeño Sin Nombre. Tu tío Tyler te enseñará todo lo que tienes que saber en esta vida.

—Y luego papá te dirá que hagas lo contrario a lo que diga el tío Tyler —bromeó Damien.

—¿Cuándo vamos a conocer el nombre? —preguntó Monica.

—Lo anunciaremos cuando lleguen todos, puede que después de la cena —respondió Damien—. Todavía estamos esperando a que llegue la familia de Chelsea.

Nicole se acercó a mí mientras jugaba con su collar.

—Mira lo que me ha comprado Tyler por Navidad. Es de Tiffany's.

Examiné el colgante en forma de corazón que colgaba de una cadena de plata.

—Ni tan mal, Ty.

—Se ha portado. —Nicole sonrió.

—Es muy bonito. Vosotros dos también acabáis de hacer vuestro primer año, ¿no? Recuerdo que la primera vez que te vi fue el año pasado por estas fechas, y acababais de empezar a salir.

—Sí. Y ahí seguimos.

Tyler escuchó y levantó el dedo índice.

—Lo que significa... que todavía no la he cagado.

Damien golpeó a su hermano en el hombro.

—En serio, Nicole, hay que ser una mujer especial para lidiar con el narcisista de mi hermano. Bravo por ti.

—*Touché*. —Tyler se rio. Luego se volvió hacia mí—. Entonces, ¿quién viene de tu parte esta noche?

—Mi hermana Claire, su marido, Micah, y su hija pequeña, Clementine. También mis padres.

—¿No tienes otra hermana? —preguntó Monica.

—Sí. —Hice un mohín—. Jade no ha pedido venir, está en Nueva York. Su obra siempre tiene más público en esta época del año.

—Vaya mierda.

—Ya. La echo de menos. Todavía no ha conocido al bebé. La está matando, pero literalmente la amenazaron con despedirla cuando pidió tiempo libre para venir a casa cuando nació. —Sintiéndome triste, añadí—: Pero la veré pronto. Vendrá en cuanto pueda.

Tyler rodeó a Nicole con el brazo.

—¿Qué os parece si traigo algo de beber?

—En realidad, hermanito, iba a mandarte a la licorería para que compraras cerveza. Salí antes y se me olvidó lo más importante.

—Cuenta conmigo. —Le dio un beso a su novia en la nariz—. Nic, ¿quieres quedarte o te vienes conmigo?

—Me quedo.

Unos minutos después de que Tyler se fuera, sonó el timbre de la puerta. Supuse que era mi familia, ya que venían todos en un monovolumen.

El corazón me dio un vuelco cuando vi a mi hermana. Estaba de pie sosteniendo un montón de bolsas.

—¡Jade! ¡Dios mío!

Nos abrazamos. Cuando se separó, se le llenaron los ojos de lágrimas al ver al bebé. Sin mediar palabra, Damien lo sacó del portabebés y se lo entregó a su tía.

Jade admiró a nuestro hijo mientras lo sostenía en brazos.

—Me moría por tenerlo en brazos.

Le di un minuto para que disfrutara de él antes de preguntarle:

—¿Cómo te las has apañado para escaparte?

—Literalmente lloré, rogué y supliqué por una noche libre. Tengo que volver mañana por la noche. No podía estar más tiempo sin verlo. —Volvió a mirar al bebé—. Se parece a nosotras. Pero tiene la nariz de Damien.

—¡Eso es justo lo que dije!

Damien parecía feliz de verme *a mí* tan feliz.

—Jade, es una sorpresa increíble. No tienes ni idea de lo contenta que acabas de poner a tu hermana.

Me sonrió.

—Me alegro mucho de haber podido conseguirlo.

Todos los demás llegaron poco después y se quedaron tan sorprendidos como yo al ver a Jade con el bebé en brazos. No lo soltó hasta que se hizo caca, momento en el que Damien acudió al rescate para que yo pudiera pasar un rato a solas con mi hermana.

Jade y yo estábamos preparando la comida en la cocina cuando Tyler volvió de la tienda con la cerveza.

—¡Tyler, ven a conocer a mi hermana! Esta es Jade.

Jade, que había estado cara a cara conmigo, se dio la vuelta para saludarlo.

Tyler abrió la boca y se detuvo como si hubiera visto un fantasma. No podía culparlo por quedarse sin palabras al verla por primera vez. Mucha gente reaccionaba así. Jade era alta y hermosa, una presencia imponente que iluminaba cualquier habitación en la que se encontrara. Con su pelo rubio cortado estilo *pixie*, sus ojos grandes y su nariz pequeña, parecía casi una versión real de Campanilla.

Tartamudeó cuando habló.

—Hola. Yo... eh, soy...

Jade respondió por él.

—Tyler. —Sonrió—. Eres Tyler.

—Así me llamo. Sí. Y tú eres... —Tyler volvió a quedarse sin palabras.

—Jade.

Tyler se rio con nerviosismo.

—Claro. Acaba de decirlo. Jade. Encantado de conocerte. —Le tendió la mano y la aceptó.

—Lo sé. Por fin, ¿verdad? Encantada de conocerte, Tyler.

Nicole entró en la cocina en ese momento, y Tyler, que seguía dándole la mano a Jade, la soltó instintivamente.

—Aquí estás, Ty. No te había visto entrar. Empezaba a pensar que te habías perdido.

Su novio esbozó una sonrisa falsa.

—Hola. Sí, es que hoy en día hay demasiadas variedades de cervezas. —Volvió a mirar a mi hermana—. Jade, ella es...

Cuando volvió a quedarse en blanco, su novia respondió en su nombre.

—Nicole.

Jade le sonrió al chico.

—Sí. Nos hemos conocido mientras estabas fuera.

—Genial. Vale. —Le hizo un gesto con el pulgar—. Voy a... meter la cerveza en la nevera.

Tyler se agachó a la altura de la parte baja de la nevera y estaba moviendo las botellas cuando una se le resbaló de la mano y se hizo añicos en el suelo.

—Joder —dijo entre dientes—. Lo siento, Chelsea. Voy a limpiarlo.

Nunca había visto a Tyler actuar así. Normalmente era una persona muy calmada y tranquila. ¿Era una reacción a mi hermana o era otra cosa?

Cuando Tyler y Nicole salieron de la cocina, Jade me miró en silencio. Ya le había visto antes esa expresión. Sabíamos cómo leernos la mente sin decir nada.

—Conque *ese* es Tyler. —Miró hacia donde él estaba, de pie en el lado opuesto del apartamento.

—Sí.

—Es guapísimo —susurró.

—Lo sé. Damien y él se parecen, pero son diferentes, ¿verdad?

—Totalmente. —Jade respiró hondo. Ella también parecía un poco nerviosa.

Si había algo que sabía de mi hermana era que nunca se plantearía insinuársele a alguien que tuviera novia. La última relación de Jade acabó cuando su ex la dejó por otra, al igual que me pasó a mí. Entendía lo que era la traición. E incluso si en algún universo alternativo no estuviera saliendo con Nicole, no estaba segura de poder confiarle el corazón de Jade a Tyler. Por mucho que quisiera a mi cuñado, él no era Damien. Que un actor saliera con otro actor tampoco parecía una buena combinación.

Aun así, durante un momento fugaz, no pude evitar fantasear con cómo sería ver al hermano de Damien con mi hermana. No era más que eso: una fantasía, más que nada porque Jade vivía en Nueva York y Tyler vivía aquí.

Vivía con su *novia* aquí.

«Vale. Pasa página, Chelsea».

Más avanzada la noche, todos habían comido e intercambiado regalos, así que era el momento oportuno para anunciar el nombre que habíamos escogido.

Damien hizo los honores.

—Quiero que todos sepáis que le hemos dado muchas vueltas, hemos saltado de nombres poco conocidos a nombres comunes. Durante mucho tiempo, nada nos pareció bien. Entonces, mi mujercita se puso firme. Me dijo que solo había un nombre que le parecía bien. ¿Quién soy yo para refutar eso? Así pues, os presento a... Damien Raymond Hennessey, o como nos gusta llamarle, Pequeño D.

Soltaron varias aclamaciones.

—¿Hemos esperado todo este tiempo solo para saber que le has puesto Damien? —exclamó Tyler desde el otro lado de la habitación, bromeando.

—Exacto. Y su segundo nombre es por papá, claro. —Monica estaba llorando, probablemente pensando en su difunto marido.

—Creo que nuestra elección representa bastante bien nuestra relación en general —añadí—. A veces, las mejores cosas están delante de tus narices todo el tiempo.

Damien y yo nos estábamos preparando para acostarnos, y tuve que preguntar.

—¿Te ha dicho Tyler algo sobre Jade?

—¿Te refieres a otra cosa que no sea: «Mierda, ¿cómo no me dijiste que su hermana estaba buenísima?»? No.

—¿Y qué le dijiste?

—Le dije que ahora Jade era de la familia y que le partiría la cara como alguna vez se acostara con ella.

—¿En serio?

—Ya te digo. Dicho esto, creo que de verdad le gusta Nicole. El adolescente que hay en él salió un poco cuando vio a tu hermana.

—Vale. —Decidí dejar el tema y pasar de mi aparente obsesión con la idea de Tyler y Jade.

Damien se acercó a mí en la cama.

—Bueno... ¿estás lista para tu regalo?

—Dijiste que esperara algo loco, así que no estoy muy segura.

—No es tan loco. —Miró al techo con duda y luego soltó una risita—. Bueno, puede que sí que lo sea.

—¿Qué has hecho?

—Bueno, permíteme empezar diciendo... que nunca me ha gustado ese lunar que tengo en el culo. De hecho, solía odiarlo... hasta que me dijiste que te gustaba.

—Espera. Ahora estoy confundida. ¿De qué estamos hablando?

—Decidí poner los puntos sobre las íes.

—¿Que decidiste qué?

—En vez de quitármelo, lo he modificado.

Damien se levantó de la cama y se bajó lentamente los pantalones para mostrar su culo musculoso y bronceado. Tenía un nombre tatuado en el lugar donde antes estaba el lunar.

«Un momento».

¡El lunar seguía ahí! Ahora servía para poner el punto sobre la «I» de la palabra que se había grabado en su hermoso trasero.

FIRESTARTER.

EPÍLOGO

DAMIEN

Nochevieja.

El año pasado, por estas fechas, Chelsea y yo nos estábamos besando en Times Square.

Ahora, estaba profundamente dormida a mi lado con nuestro hijo sobre el pecho. Él también se había dormido mientras le chupaba el pezón. Los perros estaban en el suelo junto a ellos.

Todos estaban dormidos mientras caía la bola de cristal. En la mesita había envases de comida china a medio comer. Éramos un regalo para la vista.

Yo era el único que estaba despierto. El volumen de la televisión estaba bajo mientras le daba sorbos a la cerveza y agradecía lo que tenía.

Estaba aquí.

Estaba vivo, con una esposa, dos perros y, sobre todo, un hijo precioso que jamás soñé que tendría.

Recorriendo el diminuto pie del pequeño Damien con el dedo, me maravillé de lo mucho que puede cambiar la vida en un año. La mía había cambiado para mejor.

Estaba demasiado nervioso y enérgico como para dormir, por lo que me hice con el portátil y empecé a navegar por Internet. Hacía siglos que no consultaba el correo electrónico. Cuando hice clic en el icono, el correo electrónico de Chelsea estaba abierto, ya que había sido la última en conectarse. Había un correo de hacía más de un año que no había borrado. Normalmente no me habría percatado, pero el nombre me llamó la atención de inmediato.

Elec O'Rourke.

Su ex.

La fecha del correo era de antes de que Chelsea y yo fuéramos oficialmente pareja.

No pude evitar leerlo.

No era más que una breve confirmación del día en el que nos lo encontramos en Bad Boy Burger. Por lo que vi, ella no llegó a responderle.

Esta noche me sentía increíblemente feliz, con ganas de vivir. Acelerado. Seguido por un impulso, volví a abrir el correo electrónico, hice clic en «responder» y escribí:

No me conoces, pero me llamo Damien Hennessey. Soy el marido de Chelsea, el mismo chico con el tatuaje en el antebrazo de la hamburguesería.

Ha dado la casualidad de que su bandeja de entrada estaba abierta, y me encontré con tu mensaje. Sentí que merecía una respuesta.

Tengo sentimientos encontrados hacia ti. Una parte de mí quiere ir a por ti y joderte la vida por hacerle el daño que le hiciste. Otra parte de mí quiere ir a por ti y darte un buen beso en los labios como agradecimiento por el día en el que decidiste que acostarte con tu hermanastra era una buena idea.

No me he expresado del todo bien, pero entiendes a lo que me refiero.

Siempre te he odiado. Sobre todo, odiaba el hecho de que ella hubiera amado a alguien antes que a mí. Pero a partir de hoy, ya no voy a odiarte ni a ti ni a nadie por ese motivo.

Tengo un hijo.

Nació hace poco más de un mes. Tengo que darle ejemplo.

Así pues, esto no es una carta de odio, es una especie de carta de agradecimiento.

Gracias por acostarte con tu hermanastra y, a su vez, romper con mi chica.

Si no lo hubieras hecho, Chelsea estaría contigo ahora, y yo nunca habría conocido al mayor amor de mi vida.

—D. H. Hennessey

Dejé el portátil y despegué a Bebé D de Chelsea para llevármelo al dormitorio. Cada vez que su corazoncito latía contra mi pecho, intentaba bloquear el miedo que se apoderaba de mí y me concentraba en su ritmo saludable. Lo coloqué en el moisés.

Volví al sofá y me llevé a Chelsea en brazos a la cama. Seguía profundamente dormida cuando la acosté y la tapé. De todas formas, solo pasaría una hora más o menos antes de que el bebé se despertara inevitablemente con hambre.

Volví al salón, estaba a punto de apagar el portátil y unirme a Chelsea en la cama cuando me di cuenta de que había llegado un nuevo correo electrónico.

Era de Elec O'Rourke.

Damien:

Hola. Perdonaré el tono ligeramente trastornado de tu mensaje. Intuyo que, si tienes un hijo recién nacido, no estás durmiendo mucho y que lo más probable es que estés tenso. Estar tenso = Estar raro. Si estás tenso, puede que estés un poco raro. Pero no pasa nada, porque quitando eso, parece que amas a Chelsea. Se merece a alguien que la aprecie de verdad.

En fin, entiendo lo que se siente cuando uno está agradecido. Yo también tengo un hijo. Y es perfecto. Estoy totalmente seguro de que las cosas acabaron justo como tenían que acabar.

Chelsea es una mujer increíble. Eres un hombre afortunado. Te diría que le dieras un beso y un abrazo de mi parte, pero temo que te lo tomes a mal y que acabe en una bolsa para cadáveres.

Así que dile que le deseo lo mejor.

En cuanto a ti y a mí, espero que ahora estemos bien, aunque puedes ahorrarte el buen beso. Feliz Año Nuevo y enhorabuena por vuestro hijo.

—Elec O'Rourke

P. D.: Estuviste genial en *La profecía*.

Agradecimientos

Los agradecimientos siempre son, para mí, la parte más difícil del libro. Hay demasiadas personas maravillosas que me apoyan a diario, y es imposible darles las gracias a todas individualmente.

En primer lugar, quiero darles las gracias a todos y cada uno de los lectores que siguen comprando y promocionando mis libros. Vuestro entusiasmo por mis historias es lo que hace que siga adelante. A todos los blogueros de libros y autores que me apoyan, sois LA razón de mi éxito.

A Vi: no tengo palabras para agradecerte que sigas siendo mi compañera de aventuras mientras navegamos juntas por las agitadas aguas de la autopublicación. Estoy segura de que, si no fuera por ti, me hundiría. Lo que tenemos es un regalo, no solo por nuestra capacidad de crear mundos imaginarios juntas, sino sobre todo por nuestra amistad en *este* mundo. Estoy más que agradecida por haberte encontrado.

A Julie: sigues inspirándome con tu resistencia y tu actitud estimulante. Gracias por tu amistad y por ser siempre un gran ejemplo para mí, tanto personal como profesionalmente.

A Luna: eres un tesoro, por tu amistad y por las interpretaciones hermosas que haces de mis historias, las cuales me ayudan a mantenerme motivada durante el proceso de escritura. (Eres increíble, Muriel).

A Erika: gracias por apreciar siempre todas las pequeñas cosas y por hacer que me sienta más especial de lo que a veces creo que merezco. Tú eres la especial.

A mi inestimable grupo de fans de Facebook, Penelope's Peeps: ¡os quiero a todos! Estoy deseando que haya más fiestas y encuentros Peeps, *online* y en persona. Y a la Queen Peep Amy, gracias por ser la administradora de Peeps y por apoyarme desde el principio. Nunca olvidaré tu emoción cuando te hablé de este libro.

A Mia: gracias, amiga mía, por alegrarme siempre el día en los momentos adecuados y por hacerme reír siempre. Estoy deseando ver lo que nos tienes preparado para este año.

A la australiana Lisa: George y yo te adoramos y estamos deseando verte el año que viene.

A Elaine de Allusion Book Formatting and Publishing: será mejor que no dejes de hacer lo que haces. De lo contrario, tendré que rogarte que sigas trabajando para mí.

A Lisa y Milasy de TRSoR: gracias por encargaros de mi *blog tour* y de los lanzamientos y, en general, por lo increíbles que sois a diario.

A Letitia de RBA Designs: ¡la mejor diseñadora de portadas! Gracias por trabajar siempre conmigo hasta que la portada es exactamente como quiero que sea.

Al verdadero Dr. Tuscano: por su ayuda con mi investigación para este libro.

A mi agente, Mark Gottlieb y Meredith Miller de Trident Media Group: gracias por trabajar para que mis historias lleguen a las manos de gente de todo el mundo.

A mi marido: gracias por asumir siempre mucho más de lo que deberías para que yo pueda escribir. Te quiero muchísimo.

A los mejores padres del mundo: ¡tengo tanta suerte de teneros! Gracias por todo lo que habéis hecho por mí y por estar siempre ahí.

A mis mejores amigas, Allison, Angela, Tarah y Sonia: gracias por aguantar a esa amiga que de repente se convirtió en una escritora chiflada.

Por último, pero no por ello menos importante, a mi hija y a mi hijo: mamá os quiere. ¡Sois mi motivación e inspiración!

¿TE GUSTÓ
ESTE LIBRO?

**escríbenos y
cuéntanos tu opinión en**

 /Sellotitania  /@Titania_ed

/titania.ed

#SíSoyRomántica